Heibonsha Library

さらわれて

Kidnapped

平凡社ライブラリー

Heibonsha Library

さらわれて

Kidnapped

デイビッド・バルフォアの冒険

R.L.スティーブンソン著
佐復秀樹訳

平凡社

本訳書は、平凡社ライブラリー・オリジナルです。

目次

コルストールフィンに建つアラン・ブレックとデイビッド・バルフォアの像

デイビッド・バルフォアの一七五一年における冒険の思い出。
いかにしてさらわれ、漂流したか。無人島での苦難。西部高地地方の旅。アラン・ブレック・スチュワートおよびその他の悪名高い高地のジャコバイトと知り合うこと。および偽ってショーズのエベニーザ・バルフォアと呼ばれている叔父によって苦しめられたこと。彼自身によって書かれ、
今ロバート・ルイス・スティーブンソンによって発表される。

たどったの推定コース地図

スティーブンソンの作らせた原著掲載地図をもとに作成

デイビッド・バルフォアが

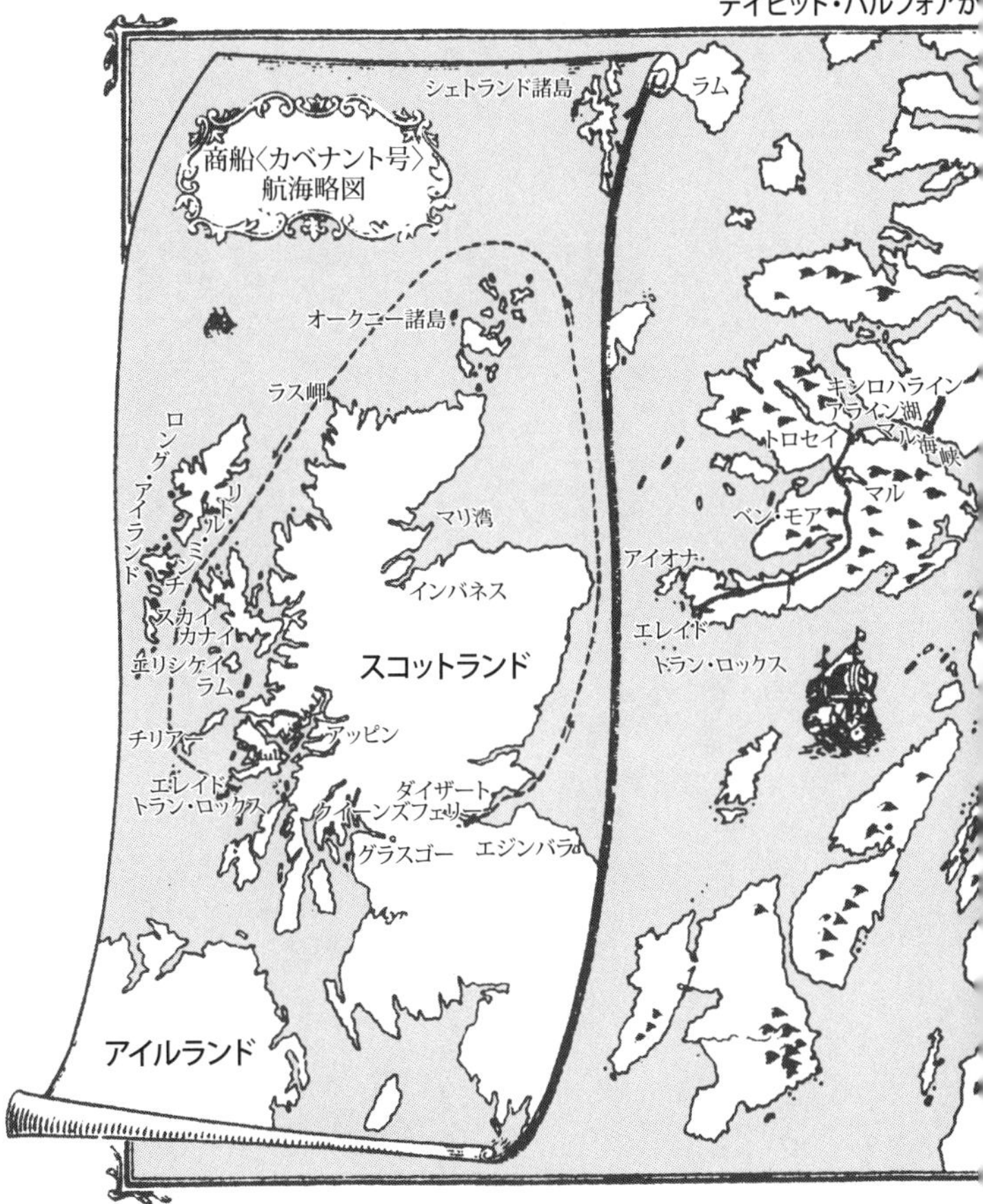

本文中、＊は巻末に後注のあることを示す。
〔　〕内は訳者による補足。

第１章　ショーズの屋敷に向けて旅立つ

この冒険の物語を一七五一年の六月初めのある朝から始めたいと思う。その朝ぼくは、父の家のドアから最後に鍵を抜いたのだった。道を下ってゆくと、太陽がまわりの丘のてっぺんを照らしはじめた。そして牧師館まで来た時には、ブラックバード〔ツグミの一種〕は庭のライラックのあいだで囀（さえず）っていたし、日の出時には谷間に立ちこめていた霧もあがって消えようとしていた。

エッセンディーン*の牧師のキャンベルさんは、庭の木戸のところでぼくを待っていてくれた。親切な人だ！　もう朝ごはんを食べたかと尋ねた。そして何も不足したものはないという返事を聞くと、ぼくの片手を両手で包み、優しく腕の下に抱え込んだ。

「さあ、デイビー、いっしょに浅瀬のところまで行って見送ってやろう」。

ぼくたちは黙って歩きはじめた。

「エッセンディーンを離れるのは悲しいかい?」と牧師さんはしばらくすると言った。

「ええと、牧師さん。どこへ向かおうとしているのかとか、これからどうなりそうなのかとかがわかっていれば、はっきりしたことも言えるのですけど。エッセンディーンは本当にいいところですし、ここでとても幸せでした。けれど、ほかにどこにも行ったことはないんです。父と母は、もう死んでいるんですから、ここにいてもハンガリー王国にいても遠いということでは同じです。本当のことを言えば、これから行くところで身を立てるチャンスがあると思えれば、喜んで行くのですけれど」。

「そうかい。よくわかった、デイビー。それではきみの運勢を占って進ぜねばならんな、わたしにできるかぎりは。きみのお母さんが亡くなって、お父さん(立派なキリスト教徒だった)が、死の病にかかったとき、一通の手紙をわたしに預けて、それはきみへの遺産だと言ったんだ。『わたしが死んで、家が片づき、家財道具の始末がついたら』(それはすべて、デイビー、片がついた)『この手紙を息子に渡して、クラモンド*からそう遠くないところにあるショーズの屋敷に送り出してください。わたしの実家なんですが、そこに息子は戻るのがいい。あの子はまじめな若者です。そして、思慮深くもありますから、きっと無事に着いて、行った先で好かれるに違いありません』と言いなすったんだ」。

「ショーズの屋敷ですって!」とぼくは叫んだ、「あの亡くなった父がショーズの屋敷と何の関係があったというのです」。

「いいや、誰にもそんなことは確かにはわからん。だがあの一族の名前はな、デイビー、きみのと同じなんだ――ショーズのバルフォア。由緒ある、真っ当で立派な一族だったのだが、おそらく最近になって傾いてしまったのだろう。きみのお父上も地位にふさわしい学識のあるお方だった。あれ以上立派に授業をできた人はいなかった。それに、どこにでもいる並みの教師とは振る舞いや話し方も違っていた。本当に（きみも覚えているように）、わたしはお父さんを牧師館に連れてきてお歴々と会わせるのが楽しみだったよ。そして、わたしの一族の者たち、キルレネット*のキャンベルやダンスワイヤー*のキャンベル、ミンチ*のキャンベルやそのほか、みんなよく知られた紳士*たちが喜んで友達づき合いをしたものだった。最後に、この件に関するもののすべてを見せれば、これが遺言状そのもので、旅立たれたわれらが兄弟自らの手で上書きがされている」。

キャンベルさんはぼくに手紙を渡し、それにはこう宛名が書かれていた。「ショーズのエベニーザ・バルフォア殿机下、わが息（そく）デイビッドによって届けられん」。エトリックの森*で貧しい田舎教師をしていた者の子供である十七歳の若者の前に、とつぜん開かれたこの洋々たる未来に、ぼくの胸は激しく高鳴った。

「もしキャンベルさんがぼくの立場だったら、行きますか？」と口ごもりながら尋ねた。

「間違いなく行くね、しかも何のためらいもなく。きみのように丈夫な若者なら（エジンバラ近くにある）クラモンドまで歩いて二日で着くだろう。まかり間違って親戚の方々が（わたしにはその人たちがきみと血続きだとしか思えないのだが）、傲慢にもきみを追い払ったとしても、たった二日歩けばまた戻ってきて牧師館のドアを叩けるじゃないか。だけど、きみの亡くなったお父上が予想したように、温かく迎えられ、そしてやがては立派な大人になることだろうと信じたいね。そしてデイビー、若者よ」と彼は続けた、「わたしの気にかかっているのは、この別れをより良いものとすること、そして世の中の危険からきみを守ってやりたいということなんだ」。

ここでキャンベルさんは心地よく座れる場所をさがして、道端の樺の木の下にある大きな丸石を見つけると、重々しくまじめな顔をして腰を下ろし、そしていまや、二つの峰のあいだから日が差していたので、それをさえぎるために、三面を折り上げた正装用の三角帽の上にハンカチをかぶせた。それからその場所で、人差し指を立て、最初に、ぼくが気を引かれたこともないいくつもの異端の説に対して用心するようにと言い、また、すぐにお祈りをし聖書を読むようにとすすめた。それがすむと、これからぼくが向かうはずの大きな屋敷と、そこの住人に対してどう振る舞えばいいか、こまごまと説明してくれた。

「取るに足りない問題ではな、素直に従っていればいいんだ、デイビー。お前は良い生まれだとはいっても、田舎で育てられたということをよく覚えておきなさい。わたしたちに恥をかかせないでくれ、デイビー、恥をかかせてはいかん！　むこうの、大きくてたいそうな家には、身分の上のも下のもひっくるめて大勢の召使いがいるから、できるだけ愛想よく、用心深く、素早く気を働かせて、なるたけ言葉数は少なくするのがいい。地主に関しては——地主は地主だということを忘れるな。それ以上は言わん。敬意を払うべきには敬意を払うんだ。地主には従うのが喜びなのだ。あるいは、若者はそうすべきなのだと思いなさい」。

「ええ、牧師さん、そうなんでしょう。うまくやれるよう頑張ってみる、と約束します」。

「よし、よく言った」とキャンベルさんは温かく言ってくれた。「さて、取ってゆくべきだが、（語呂合わせで言えば）取るに足りないものについてだ。ここに小さな包みがあるが、その中には四つのものが入っている」。こう言いながらキャンベルさんは、少し手間取って上着の脇のポケットからそれを引っ張り出した。「この四つのうち、いちばん最初のは、法的にきみに帰すべきものだ。このわずかばかりの金は、お父さんの本と家具の代金で、それは（はじめから説明しておいたように）、後任の教師に転売しようと思ってわたしが購入した。ほかの三つは、うちの奥さんとわたしとが、きみに受け取ってもらいたいと思っている贈り物だ。最初の丸いのが、初めての門出にきみがいちばん喜びそうなものだが、なあ、デイビー、それは大海の一滴にすぎない。一歩だけはきみを助けるだろうが、夜明けのようにすぐに消えうせてしまう。二番目は、平べったく四角で、字が書いてあって、生涯を通じてきみを助けてくれるだろう、ちょうど道をたどるのに良い杖や、病の時の良い枕のように。そして最後は箱のような形をしていて、それがきみをより良い地へと送り届けてくれることを心から願っている」。

こう言うとキャンベルさんは立ち上がって帽子を取り、世の中に旅立とうとしている若者のために、声に出して心に沁みる言葉で祈ってくれた。それからとつぜん、ぼくを腕の中に包み込むと、とても強く抱きしめた。そのあと、腕を伸ばした距離でぼくを摑み、悲しみで顔をくしゃくしゃにしてじっと見つめた。そして、急に後ろを向くとさよならと叫びながら、ぼくたちがやって来た道を体を揺すりながら走って戻って行った。ほかの人には滑稽に見えたかもしれない。けれどぼくには笑おうなんていう気持ちはまったく起きなかった。見えるあいだはじっと見つめていたけれど、キャンベルさんは急ぐ足を止めようとはしなかったし、一度も振り返りもしなかった。するとぼくには、キャンベルさんがとても悲しんでいるのだということがわかり、ぼくの良心はそのことで強く疼いた、というのは、ぼくとしてはこの静かな片田舎を抜け出して、大きくにぎやかな家に行き、同じ名前を持ち、血を分けた、裕福で尊敬されている身分の高い人たちのあいだで暮らせることに大喜びをしていたからだ。

「デイビー、デイビー」とぼくは考えた、「こんなにもひどい忘恩を見たことがあるか？　名前をちょっと口に出されただけで昔の親切や古くからの友人たちを忘れてしまえるのか？　おい、おい、恥を知るがいい！」。

そしてぼくは、あの親切な人が立ち去ったばかりの丸石に腰を下ろし、贈り物がいったいどんなものなのか確かめようと包みを開いた。箱のようなと言ったものにはあまり疑いを持っていなかった。そう、確かにそれはプラド〔長い肩掛け〕のポケットに入れて運べる聖書だった。丸いと言ったのは一シリング銀貨だとわかった。そして三番目の、健やかな時でも病気の時でも、生涯を通して毎日素晴らしく役に立つことになるものとは、小さく粗末な黄色い紙切れで、その上には赤インクでこう書いてあった――

スズラン水の作り方――スズランを摘み、それを袋の中に入れて雫（しずく）を取り、必要な時にスプーンに一杯か二杯飲む。中風で口が利けなくなった者に言葉を回復させる。痛風に効能あり。心臓を楽にし、記憶をよくする。花はガラス瓶に入れ、よく栓をし、ひと月間アリ塚の中に入れ、その後取り出せば、花より出（い）でたる液体を見出すので、小瓶に入れて保存すべし。健康な者にも病人にも、男にも女にも効能あり。

それから牧師さん自身の筆跡でこうつけ加えられていた。

同様に、捻挫には擦り込むべし。そして差し込みが起こった時には大匙一杯。

確かにぼくはこれには笑ったけれど、それはためらいがちな弱々しい笑いだった。そしてぼくは喜んでその包みを杖の先につけると出発し、浅瀬を渡って向こう岸の丘を登りはじめた。そして家畜たちが歩く緑の道がヒースの荒地に広がっているところまで来るとエッセンディーン教会を、牧師館を取り巻く木々を、そして父と母が横たわる墓地の大きなナナカマドの木を、最後に眺めた。

第2章　目的地に到着する

　二日目の昼前に丘の頂上に来て、ぼくは海までずっと下ってゆく土地のすべてを目の前にした。そしてこの下り坂の真ん中の、長い稜線の上にエジンバラの町が窯（かま）のように煙を上げていた。城には旗が上がり、湾には船が動いたり碇を下ろしたりしていて、どちらも、こんな遠くからでもぼくにははっきりと見て取ることができた。そして田舎者のぼくはそのどちらにも度肝を抜かれた。

　そのすぐあとに羊飼いが住む家のそばを通りかかり、クラモンドのあたりの大雑把な方角を教えてもらった。そしてこのようにして次から次へと道を教えてもらい、首都エジンバラの西方、コリントン*を過ぎてグラスゴー街道に出た。そしてそこで、たいへん愉快でもあり驚きもしたことに、笛の音に合わせ、一歩一歩足並みをそろえて行進してゆく連隊を見た。灰色の馬に乗った年とった赤ら顔の将軍を先頭に、殿（しんがり）には高い帽子をかぶった近衛兵の一個中隊がいた。

この赤い服を目にして、陽気な音楽を耳にすると、生きる喜びが胸にあふれ、頭がぼうっとするような思いだった。

もう少し進んで、もうクラモンドの村にいると教えられると、尋ねるあて先をショーズの屋敷に変えた。この言葉は道を尋ねた人々を驚かせたようだった。最初は、田舎じみた服を着て、しかも道中ほこりまみれになっている身なりのみすぼらしさが、ぼくが向かおうとしている屋敷の立派さと釣り合わないのだと考えた。けれど二人か、たぶん三人の人が同じ目つきでぼくを眺め、同じ答えをすると、ショーズの家そのものに何かおかしなことがあるのだと思いはじめた。

この不安をしずめようと質問のしかたを変えてみた。実直そうな男が荷車の梶棒を取って小道をやって来るのを目にして、ショーズの屋敷と呼ばれているところについて何か話を聞いたことがあるかと尋ねてみた。

荷車を止めると男はほかの人たちと同じ目でぼくを見た。

「ああ、何でだ?」と男は言った。

「立派なお屋敷なの?」とぼくは尋ねた。

「確かに、そこはでかくてたいそうなお屋敷だ」

「うん、だけど住んでいる人たちは?」

「人たちだと？」と男は声を上げた。「おめえは抜け作か？　あそこにゃ人なんていやしねえ――人と呼べるようなものは」。

「何ですって？　エベニーザさんは？」とぼくは言う。

「ああ、そりゃ、地主は確かにいるぞ、それがおめえが探してる人なら。いってえどんな用事だえ？」

「勤め口があるんじゃないかと思ったんだけれど」とぼくはできるだけ謙虚に見えるようにして言った。

「何だって？」と荷車引きはひどく甲高い声で叫んだものだから、彼の馬さえもがびくっとした。そしてこう続けた、「なあ、小僧さん、おいらには関係ねえことだが、おめえはきちんと口の利ける若もんだ、だからおいらの言うことを聞くなら、ショーズとはかかわらねえことだ」。

　次に出会ったのはこざっぱりとした身なりの、美しい白い毛の鬘をかぶった小男で、得意先回りの途中の床屋だと見て取った。そして床屋というのはたいへんなお喋りで情報通だとよく知っていたから、ぼくは率直にショーズのバルフォアさんというのはどんな人なのか尋ねてみた。

「ほお、ほお、ほお、人なんてもんじゃありゃしない、まったく人なんてもんじゃない」と床屋は言い、何の用事があるのかと、いかにも小ずるそうに尋ねてきた。だけどぼくはそんなことに答えるほど間抜けではなく、床屋は何の得るところもなく次の顧客のところに回っていった。

これによってぼくが抱いていた幻想に与えられた打撃については、うまく言葉で説明することができない。非難がはっきりしないものであればあるほど、ぼくにはますますそれが気に入らず、それには空想を働かせる広い余地が残されていたからだ。これはどんなたぐいの大邸宅なのだろう、そこへ行く道を聞かれるたびに村人全部がびくっとし、じっと見つめてくるなんて？　あるいはどんな紳士なのだろう、その悪評がこのように辻々に広まっているとは？　もし一時間歩いてエッセンディーンに帰れるものなら、すぐにその場でこの冒険を切り上げキャンベルさんのところに戻っていたことだろう。けれど、すでにこんなにも遠くまで来てしまったあとになっては、ただ恥ずかしい思いをしたというだけでは、事態を確かめてもみないで放り出してしまうわけにはとてもいかなかった。ぼくは単に自尊心からだけでもやり遂げなくてはならなかった。耳にした印象は少しも気に入らなかったし、のろのろと歩きはじめたのではあったけれど、ぼくは道を尋ねつづけ、前に進みつづけた。

でっぷりとして、色の浅黒い、不機嫌そうな女の人がとぼとぼと丘を下ってくるのに会ったのは日没も近づいてきた時だった。いつもどおりの質問をすると、その人はくるっと回れ右をして、ぼくを連れていま降りてきたばかりの丘のてっぺんに戻り、隣の谷の底の緑地にまるっきりむき出しで建つ広大な建物を指差した。あたりの土地は心地よく、低い丘が連なり、水も豊富で木々の緑も目を喜ばせ、そして穀物は、ぼくの目には素晴らしく豊かに稔っているように見えた。けれど家そのものは何か廃墟のようだった。そこまで通じている道はなかったし、どの煙突からも煙は上がらず、庭らしきものはまったくなかった。ぼくの心は沈んだ。「あれか！」とぼくは叫んだ。

女の人は敵意を込めた怒りで顔を赤らめた。「あれがショーズの屋敷だ！」と叫んだ。「血があれを建てたんだ。血があれを建てるのを止めたんだ。血があれを打ち倒すだろう。これを見な！」ともういちど彼女は叫んだ、「地面につばを吐き、あの家に向かって親指の関節を鳴らして呪ってやる。あの家の没落が救いのないものになれ！　あんたが地主に会ったら、聞いたことを話してやるがいい。ジェニット・クラウストンがあいつとあの家に、牛小屋と馬屋に、人に、客に、そして亭主でも、かかあでも、娘でも餓鬼にでも呪いがかかるよう祈るのは千二百十九回目だと言ってやれ――そいつらの破滅が救いのないものになれ！」。

その声は、この世のものでない歌でも歌うようにだんだんと高くなっていたのだけれど、女の人は、ぴょんと飛び跳ねると向きを変え、行ってしまった。ぼくはそのままそこに身の毛をよだたせて立っていた。このころ人々はまだ魔女を信じていて、呪いには震え上がったものだった。そしてこの呪いは、道端で出会う前兆のように実に折よく降りかかってきたから、まだ目的地にも着かないうちにぼくをすっかり搦め取ってしまい、足から力を奪ってしまった。

ぼくは座り込んで、ショーズの屋敷をじっと見つめた。見れば見るほどこの地方は気持ちのよいところに思えてきた。サンザシの藪はどこも満開の花をつけていた。野原には点々と羊が見える。空に舞うミヤマガラスのみごとなひと群れ。そして恵み豊かな土地と気候のありとあらゆるしるし。それでも、その真ん中にあるみすぼらしい大きな建物はぼくの空想を逆なでするのだった。

掘割道の脇に座り込んでいると、畑から帰る土地の人々が通り過ぎていったけれど、ぼくには今晩はと挨拶するだけの元気もなかった。とうとう日が沈み、そうすると、黄色みをおびた空を背景にして煙の渦が昇ってゆくのが見えはしたものの、それは蠟燭の煙より濃いとは思えなかった。それでも煙は昇っていて、ということは、火と暖かさと調理場があり、誰か火をつけた住人がいるにちがいないということだった。そしてこれはぼくの心を素晴らしく癒してくれた──確かに、キャンベルさんが大量に蓄えているスズラン水のひと瓶丸ごとよりも。*

そこでぼくは自分が向かう方角に通じている、草の中の少し薄れかけた踏み跡を進んでいった。それは人が住む場所に行く唯一の道としては本当にとてもかすかなものだった。それでも、ほかに道は見えなかった。やがてぼくは、屋根のない門番小屋が脇にあり、てっぺんには紋章のついた二本の石柱がまっすぐ立つところに着いた。明らかに表門とするつもりだったらしいのだけれど、決して完成することはなかったのだ。鋳鉄でできた門扉のかわりに、木の枝を編んだ一対の枝折り戸がわら縄で縛られて門を閉ざしていた。そして塀もなければ玄関に通じる並木道などまるで気配もないまま、ぼくがたどってきた踏み跡は二本の門柱の右手を通り、家までうねうねと続いていた。

近づけば近づくほど、屋敷はますます荒涼とした姿を現した。それは決して完成することのなかった屋敷の一翼のように見えた。内側の突き当たりとなるはずだった部分が、上の階では開いたままになっていて、空を背景にして未完成の石造りの階段が見えた。窓の多くにはガラスがはまっておらず、コウモリが、鳩小屋から出てくる鳩のように出入りしていた。

屋敷に近づくころにはあたりが暗くなりはじめていた。そして、とても高くて狭い、しっかり鉄格子のはまった一階の窓の三つに、小さな火の瞬く明かりがかすかに見えはじめた。

これがぼくが目指してやって来た大邸宅なのだろうか？　この壁の中でぼくは新しい身内を見つけ、大いなる未来に乗り出そうというのだろうか？　そもそも、エッセン川のほとりの父の家では、火や明るい灯（ともしび）は一マイル〔約一六〇九メートル〕離れても見えたし、乞食が叩いても扉は開けられたものだった。

ぼくは用心深く進み、進みながら耳を澄ますと、誰かが皿をカシャカシャいわせる音と、時どき発作的に起こる、小さな乾いた咳が聞こえた。けれど話し声は聞こえず、犬一匹の鳴き声も聞こえなかった。

ドアは薄暗い光の中でもよく見えたのだけれど、大きな一枚板で、一面に鋲が打ってあった。そして上着の下では弱々しく心臓を打たせながらぼくは手を上げ、ドアをいちど叩いた。それからじっと立って待っていた。家では何の物音もしなくなっていた。まるまる一分がたっても、頭上のコウモリ以外動くものは何もなかった。もう一度ドアを叩き、もういちど耳を澄ませた。この時までには耳は静かさにすっかり慣れていたので、家の中の時計がゆっくり秒を刻むチクタクという音を聞くことができた。けれど家の中にいる人は誰であれじっと身動きもせず、息を殺していたにちがいない。

ぼくは逃げ出そうかどうか決心がつかずにいた。それでも怒りのほうがまさって、逃げ出すかわりにめちゃめちゃに扉を蹴飛ばし、叩き、大声でバルフォアさんの名前を呼びはじめた。そうして夢中になっていると頭の真上で咳が聞こえたので、うしろに飛びのいて上を見上げると、二階の窓のひとつに、高いナイトキャップをかぶった男の頭と、ラッパ銃の開いた筒先が見えた。

「弾丸（たま）が込めてあるぞ」という声が聞こえた。

「手紙を持ってここに来たんです」とぼくは答えた、「ショーズのエベニーザ・バルフォアさん宛ての。ここにいますか？」

「差出人は誰だ」とラッパ銃を持った男は尋ねた。

「そんなことはどうでもいいでしょう」とぼくは、とても腹が立ってきていたので言い返した。

「ふうむ」というのが答えだった、「戸口の段の上に置いて、お前はとっととうせろ」。

「そんなことをするつもりはない」とぼくは叫んだ。「初めからそうするつもりだったように

バルフォアさんに直接手渡すんだ。これは紹介状だ」。

「これは何だって？」と鋭い声は叫んだ。

ぼくは言ったことを繰り返した。

「お前はいったい誰なんだ？」というのが、しばらく間をおいたあとの、次の質問だった。

「恥ずかしい名前ではない」とぼくは言った。「デイビッド・バルフォアとみんなから呼ばれている」。

それを聞いて確かに男はびくっとしたのがわかった、というのはラッパ銃が窓敷居にぶつかってカタカタと音を立てるのが聞こえたからだ。そしてずいぶんと長い沈黙があったあと、声の調子が奇妙に変わって次の質問が続いた。

「父親は死んだのか？」。

これにはとても驚いたので、ぼくは答える声が出てこなくて、ただじっと突っ立って見つめているだけだった。

「そうだな」と男は続けた、「おっ死んだのだな、間違いない。だからお前がこうしてうちのドアを叩いているんだ」。また沈黙があり、それから傲慢に「おい」と言った、「中に入れてやろう」。そうして窓から姿を消した。

第３章　おじと知り合いになる

やがて鎖や閂がガチャガチャいう大きな音が聞こえ、用心深くドアが開き、ぼくが通り過ぎると背後でふたたび閉ざされた。

「台所に入って、何にも触るんじゃないぞ」と声が言った。そしてこの家の人間がドアの守りを固め直そうとしているあいだに、ぼくは手探りで進み、台所に入った。

火はかなり明るく燃え上がっていて、こんなのはこれまで見たこともないと思うほど何もない部屋を照らしていた。皿が半ダース、棚の上に立てて置いてあった。テーブルには夕食の用意ができていて、お粥の椀と角製のスプーン、そして弱いビール＊のカップが並べてあった。今あげたもののほかには、その大きな、石の丸天井のある、からっぽの部屋には、壁に沿って置かれた、しっかり鍵のかかったいくつかの櫃と、部屋の角に置く南京錠のかかった食器戸棚しかなかった。

最後のチェーンをかけ終わるとすぐに、男はぼくのところにやって来た。それは下品で背が丸まって、肩幅の狭い土気色の顔をしたやつだった。そして年齢は五十歳から七十歳のあいだのどこかだったろう。ナイトキャップはフランネルでできていて、ぼろぼろのシャツの上に、上着とチョッキのかわりに着た寝巻きもまたそうだった。男は長いこと髭を剃っていなかった。けれどぼくをいちばん怖がらせ、ひるませたのは、ぼくから目をそらそうともしなければ、まっすぐに顔を見つめもしないことだった。職業にしろ生まれにしろ、これがどういう人なのかぼくにはとうてい推測もできなかったけれど、年をとって食い扶持だけをあてがわれて、この大きな屋敷を管理するために残された、役にも立たない奉公人というのがいちばんありそうなことだと思った。

「腹は減っているか?」と男は言い、ぼくの膝のあたりをチラッと見た。「その粥を食べてもいいぞ」。

あんたの夕食なんじゃないかとぼくは言った。

「ああ、そんなものはなくてもかまわない。だがビールは飲むぞ、喉を湿らせるのは咳にいいからな」。男はビールのカップを半分ほど飲み干し、飲むあいだずっとぼくを見つめていた。それからとつぜん手を伸ばすと、「手紙を見ようじゃないか」と言った。

ぼくは、手紙はバルフォアさん宛てであって、あんたに宛てものではないと言った。

「では、お前はわしが誰だと思っているんだ？　アレグザンダーの手紙をよこせ！」。

「父の名前を知っているのか？」。

「知らなきゃおかしいだろう、アレグザンダーとは実の兄弟なんだから。お前はわしも、わしの家も、わしのこの素晴らしい粥もあまり気に入ったようには見えないが、わしはお前の実のおじで、デイビー、お前はわしの実の甥なんだ。だから手紙をわたして腰を下ろし、腹を満たせ」。

もしぼくがもう何歳か若かったら、恥ずかしさと、疲れと、失望とでわっと泣き出していたにちがいないと思う。けれどぼくは悪態も愛想のいい言葉も何もまったく思いつかず、男に手紙を渡すと、若い男がこれまで見せたこともないような食欲のなさでもってお粥に向かった。そうしているあいだ、おじは火に向かってかがみ込み、手の中で何度も何度も手紙をひっくり返して見ていた。

「中に何が書いてあるか知っとるのか？」とおじはとつぜん尋ねてきた。

「自分でご覧になったでしょう、封が破られていないのを」。

「ああ、どうしてここに来ることになったのだ？」。

「手紙を渡すためです」。

「いいや」とおじは狡っからそうに言った、「だが確かに何かを期待しているだろう？」。

「正直に言います、お金持ちの親戚がいると聞かされた時には、確かに、その人々が身を立てる手助けをしてくれるのじゃないかという希望を抱きました。けれどぼくは乞食ではありません。あなたの手から好意を受けることを期待はしていませんし、進んで与えようというもの以外は欲しがったりしません。貧しそうに見えても、ぼくには喜んで助けてくれる自分の友達がいるからです」。

「ほう、ほう！」とエベニーザおじは言った、「鼻息を荒くして突っかかってくるんじゃない。わしらもうまくやっていけるさ。それでなあお前、デイビー、もうその粥がいらないのなら、わしが一口いただけるんだがね」。そしてぼくを椅子から追い出し、スプーンを取り上げると、「ああ、これは旨く、体にいい食べ物だ――たいした食べ物だ、粥っていうのは」と続けた。彼は少しばかりもごもごとお祈りをつぶやくと食べはじめた。「お前の父親は食べ物には目がなかったなあ。大食漢ではなかったとしても食欲は旺盛だった。だがわしときたら、食べ物はほんのちょっぴりしか突っつけなかった」。彼はビールを一口ぐいっと飲むと、それで、もてなさなければならないという義務を思い出したのだろう、次の言葉はこう続いたのだった。「喉が渇いているのだったら、ドアのうしろに水があるぞ」。

これにはぼくは返事をせず、身を固くして二本の足で突っ立ち、怒りで煮えくり返りながらおじを見下ろしていた。おじのほうは、何か時間にせかされる人のように食べつづけ、時にはぼくの靴に、時には手編みの長靴下にと、鋭い視線をチラッチラッと投げかけつづけた。たった一度だけ、おじがあえて少し上を見た時、二人の視線は合った。そして人のポケットに手を突っ込んでいるところを捕まったどんな泥棒でも、これ以上まざまざと困ったという表情をすることはなかっただろう。このせいでぼくは、おじのおずおずした態度があまりに長いこと人づき合いをしなかったせいなのだろうかと、そして、おそらくちょっと試してみればそれは消えうせて、おじはまったく違った人間に変化するのだろうかと、じっと思いをめぐらしはじめた。その思いから、おじの鋭い声でぼくは現実にかえった。

「親父さんは死んでから長いことたつのか?」。

「三週間です」。

「あれは口の堅いやつだった、アレグザンダーは——口が堅く、寡黙な男だった」と彼は続けた。「若いころは決して多くを喋ることはなかった。わしのこともあまり話さなかっただろう?」。

「あなたがご自分で言うまでは父に兄弟があるなんて知りませんでした」。

「やれやれ!」とエベニーザは言った。「それどころかショーズのこともだろう、たぶん」。

「その名前すら聞いたことはありませんでした」。

「考えてもみろ!」とおじは言った。「変わったやつだよな!」。それにもかかわらず、おじは妙に満足したように見えたのだけれど、それが自分になのか、ぼくになのか、父親のそういう振る舞いになのかはとうてい読み取ることはできなかった。それでも確かにおじは、最初にぼくという人間に対して抱いたあの嫌悪、あるいは悪意から抜け出そうとしているように見えた。やがて椅子からさっと立つと、部屋を横切ってぼくのうしろに来てポンと肩を叩いたからだ。「そのうち、とってもうまくやっていけるさ!」と彼は大声で言った。「お前を家に入れてよかったよ。さあ今度はベッドに行こう」。

驚いたことにおじはランプにも蠟燭にも火をつけず、暗い廊下に歩み入り、道を手探りし、深呼吸をして階段を上がり、ドアの前に立つとそこの鍵を開けた。ぼくはおじのすぐうしろに続き、どうにかこうにか、よろよろしながらもあとをついていった。そしておじは中に入るようにと言い、それがぼくの部屋だった。ぼくは言われたとおりにしたけれど、二、三歩進んで立ち止まり、ベッドに行くのに灯かりが欲しいと言った。

「ほう、ほう」とエベニーザおじさんは言った、「いい月が出ているじゃないか」。

「月も星もありませんよ、穴倉みたいに真っ暗です。ベッドが見えません」。

「ほう、ほう。家の中の灯かりなんて、とうてい賛成できないぞ。火事が心配でしょうがない。おい、デイビー、お休み」。そしてぼくがさらに抗議をする前に、おじがドアを閉め、外から鍵をかけてぼくを閉じ込めるのが聞こえた。

笑ったらいいのか泣き叫んだらいいのかぼくにはわからなかった。その部屋は井戸のように冷たく、そしてベッドは、ぼくがたどり着いた時には泥炭地のように湿っていた。けれど幸運にもぼくは自分の荷物とプラドを摑んでいたので、そのプラドに包(くる)まって大きな寝台枠の陰の床に横になると、すぐに寝込んでしまった。

最初に日が差すのと同時にぼくは目を開け、自分が、大きな部屋にいるのがわかった。そこには型押しされた革が掛けられ、立派な飾りのついた家具が備えつけてあって、明るい三つの窓で照らされていた。十年前には、あるいはたぶん二十年前には、そこは横になるにも目覚めるにもこの上ない場所だったにちがいない。けれどそのあと、湿気と埃と長いこと使われなかったことと、ネズミとクモのためにひどい状態になっていた。そのうえ、多くの窓ガラスが割れていた。そして実際、それがこの家全体に共通した特徴だったから、ある時おじは腹を立てた隣人たち――たぶんジェニット・クラウストンを先頭にした――からの包囲攻撃を受けたことがあったにちがいないとぼくは思った。

外ではお日さまが照っていた。そしてこの惨(みじ)めな部屋はとても寒かったので、ぼくは牢番がやって来るまでドアを叩き、叫び声を上げた。おじは家の裏にぼくを連れてゆくと、そこには井戸があって、「そうしたければそこで顔を洗え」と言った。それがすむとぼくは急いで台所に行き、そこではおじが火を焚いてお粥を作っていた。テーブルの上には二つのお椀と二本の角製のスプーンが出ていたけれど、弱いビールは昨日と同じで一人分しかなかった。おそらくぼくの目は少しばかり驚いてこれを見つめて、おじはそれを見て取ったのだろう。まるでぼくが考えていたことに答えるかのように声を上げて、ぼくもエールを——と彼はその飲み物のことを呼んだ——欲しいかと聞いたからだ。

いつもはそうしていたけれど、どうぞおかまいなく、とぼくは言った。

「いや、いや」とおじは言った。「道理にかなったものは何も拒んだりはしないさ」。

おじはカップをもうひとつ棚から取った。そしてそれから、ぼくがひどく驚いたことに、もっとビールを注ぐのではなくて、正確に半分の量をひとつのカップからもうひとつのカップに移した。これには何かぼくをびっくりさせるような、ある種の気高さがあった。確かにけちん坊だったけれど、おじはこの悪徳をもう少しで尊敬されるものとするような生粋(きっすい)のけちん坊だったのだ。

食事を終えると、エベニーザおじは引き出しの鍵を開けて陶製のパイプとタバコをひとかたまり取り出し、そこから一服分を切り取るともういちど鍵をかけてしまいこんだ。それから窓のひとつの陽だまりに腰を下ろし、静かにタバコをふかした。時おり彼の視線はぼくのほうに回ってきて質問を投げかけてきた。そのうちのひとつは「それでお前の母親は？」というもので、母も死んだと答えると、「ふむ、あれはかわいい娘っこだった！」。それからまた長い沈黙があって、「お前さんの友人たちというのは誰なんだ？」。

それはキャンベルという名前の、何人もの紳士たちだとぼくは答えた。もっとも、かりそめにも注意を払ってくれたのは実際は一人きりで、しかも牧師さんだった。けれどぼくは、おじがぼくの立場をあまりに軽く見すぎていると考えはじめていて、またひとりぼっちでおじといることにも気づいたから、まったく寄る辺もないと思われたくなかったのだ。

おじはこのことをあれこれ思いめぐらしているようだった。そしてそれから、「デイビーよ、お前はエベニーザおじさんのところにちょうどいい時に来たんだよ。わたしは家族を大事に思っていて、お前のためになるようにするつもりだ。だがお前がどうしたらいちばんいいかちょっと自分で考えてみるあいだ——法律家になるのか、聖職に就くのか、軍隊に入るか、男の子ときたらそれがいちばん好きだからな——わたしはバルフォア家の者が高地*のキャンベル家の者たちに腰をかがめるようなまねをしてもらいたくないから、余分なことは言わないでくれ。手紙もだめ、伝言もだめ、誰に対しても何も言ってはいけない。さもなければ——出口はそこだ」。

「エベニーザおじさん」とぼくは言った、「おじさんがぼくのためにならないことをすると思う理由は何もありません。けれども、ぼくにだってぼくなりの誇りがあることを知ってもらいたいのです。おじさんを探しに来たのは決してぼくの意思ではありませんでした。ですからもう一度、出口はそこだなんて言うのだったら、言葉どおり出てゆきます」。

おじはひどくあわてたようだった。「ほう、ほう」とおじは言った、「あわてるでない――あわてるでない！　一日か二日待っていろ。わしは占い師じゃないんだから、粥の椀の底にお前の運勢を見ることはできない。だが、ほんの一日か二日くれて、誰にも何も言わなければ、絶対にお前にいいようにしてやる」。

「結構です」とぼくは言った、「よくわかりました。助けてくださるのなら確かにありがたく思いますし、ただ感謝するばかりです」。

ぼくには（たぶんあまりにも早まって）おじより優位に立っていると思えた。そして次にぼくは、ベッドと寝具を風に当て日に干さなければならないと言いだした。こんなひどい状態ではとうてい寝られるものではなかったからだ。

「ここはわしの家か、お前の家か？」とおじは鋭い声で言い、それからとつぜん言葉を切った。「いやいや、本気で言っているんじゃあない。わしのものはお前のものだ、デイビーよ、そしてお前のものはわしのものだ。血は水よりも濃い。そしてお前とわししかこの名前を持つ者はいないんだ」。それからおじはとりとめもなく一家のことを、過去の偉大さについて、この屋敷を拡大しはじめた祖父のことについて、そして罰当たりな無駄遣いだとしてそれを止めた自分のことについて、話しつづけた。それを聞いていてぼくはジェニット・クラウストンの言葉を伝える気になった。

「あの阿婆擦れ婆め！」とおじは叫んだ。「千二百と十五回＊——わしがあの婆の財産を競売に付してから毎日だ。くそっ、デイビッド、わしは死ぬ前にあの婆を真っ赤に燃えた泥炭のうえで火あぶりにしてくれる。魔女め——札つきの魔女め。行って教区会議の書記に言いつけてやる」。

こう言うとおじは櫃をあけて、どちらも飾り紐のない、とても古いが、よく保存してあるチョッキつきの青い上着と、かなり立派なビーバーの毛皮帽子を取り出した。それらをともかくもいそいで身に着けると、戸棚から杖を取り出し、すべてにもういちど鍵をかけなおすと出発の準備を整えたのだけれど、その時ある考えがおじを押しとどめた。

「お前をひとりぼっちで家の中に残してゆくわけにはいかない。お前を締め出さなければならない」。

ぼくの顔には血がのぼった。「ぼくを締め出すのなら、もう二度と友好的に会うことはないでしょう」。

おじは顔色を真っ青に変え、唇を吸い込んだ。「そんなのは違うぞ」とおじは、床の隅を忌々しそうに見ながら言った——「そんなのはわしに可愛がられる道じゃあないぞ、デイビッド」。

「おじさん、おじさんの年と血のつながりにはきちんと敬意を払っても、おじさんに可愛がってもらうことに三文の価値もあるとは思いません。ぼくは自分に誇りを持つよう育てられました。だから、一人きりのおじさん、一人きりの家族だとしても、その十倍だとしても、そんな代償を払っておじさんに可愛がってもらおうとは思いません」。

エベニーザおじさんは窓のところに行きしばらく外を見ていた。おじがまるで中風にかかったように、体じゅうを震わせ、引きつらせているのが見えた。けれどおじは振り向くと薄笑いを浮かべていた。

「まあいいさ」とおじは言った、「わしらは我慢し、耐えなければならぬ。行くのはよそう。それでおしまいだ」。

「エベニーザおじさん」とぼくは言った、「ぼくにはまったく理解できません。おじさんはぼくのことをまるで泥棒扱いしています。この家にぼくを置くのを嫌がっているんです。ひと言ごとに、一分ごとにそれが見て取れます。おじさんがぼくを好きになるなんてありえません。そしてぼくはといえば、これまで誰か大人に向かってするとは思ってもいなかったような口の利き方をしてきました。それなら、どうしておじさんはぼくを家に置いておこうとするのです。ぼくを帰してください——ぼくの、そしてぼくを好いてくれている、友人たちのところへ帰してください!」。

「いやいや、いやいや」とおじはとても真剣に言った。「わしはお前のことがとても好きだ。わしらはうまくやっていけるさ。そしてこの家の名誉にかけて、このまま帰らせるわけにはいかないんだ。おとなしくここに居ろ、いい子だから。ここでちょっと待って居さえすれば、われわれはうまくやっていけるとわかるさ」。

「ではおじさん」とぼくは黙ってこの件について考えたあとで言った、「しばらく居ることにします。他人よりも、血のつながった人に助けてもらうのがいいでしょう。そしてもしうまくやっていけないとしても、それがぼくのせいじゃないように頑張ります」。

第4章　ショーズの屋敷でたいへんな危険に身をさらす

　こんなひどい始まり方をしたわりには、この日はなかなか快適に過ぎていった。ぼくたちは昼にまた冷えたお粥を食べ、夜には熱いお粥を食べた。お粥と弱いビールがおじの食事だった。おじはほんの少ししか口を利かず、しかも前と同じで、長い沈黙のあとでぼくに質問を投げかけてくるのだった。ぼくが自分の将来のことへと話を持ってゆこうとすると、またそれから身をかわした。入るのを許された台所の隣の部屋には英語とラテン語の本がたくさんあって、午後のあいだじゅうぼくはそれを大いに楽しんだ。実際、このいい相手があったので時間は軽やかに過ぎてゆき、ほとんどショーズに滞在してもいいかなと思いかけたほどだった。ただおじの姿と、そしてぼくの視線とかくれんぼをするおじの視線だけが、不信感をよみがえらせるのだった。

　あるものを見つけ、ぼくはいぶかしく思った。それは一冊の（パトリック・ウォーカー*が書いた）小冊子の見返しに記された書き込みで、明らかに父の筆跡でこう書かれていた、「五歳の誕生日にエベニーザに」。さて、ぼくを当惑させたのはこういうことだ。つまり、ぼくの父はもちろん弟だったから、父が奇妙な間違いをしたか、さもなければまだ五歳にもなる前に、こんなみごとで、読みやすく、男らしい文字を書いたにちがいないということだった。

ぼくはこのことを頭から追い払おうとした。けれど、古いのも新しいのも、歴史、詩、そして物語と、数多くの興味深い本を手に取ってみたのに、父親の筆跡というこの考えが頭にこびりついて離れなかったのだ。そしてとうとう台所に引き返して、もういちどお粥と弱いビールの前に腰を下ろすと、ぼくが最初に言ったのは、父は早くから本が読めたのじゃないかという質問だった。

「アレグザンダーが？　そんなことはなかった」というのが答えだった。「わしのほうがずっと早かった。小さなころわしは利口な子だったんだ。そうさ、アレグザンダーと同じくらい早くから本が読めたんだ」。

これはぼくをもっと当惑させた。そしてあることに思い至って、おじさんと父とは双子だったのかと尋ねた。

おじは腰掛けの上でとび上がり、角製のスプーンは手から床に落ちた。「なんでそんなことを尋ねるんだ？」と言い、ぼくの上着の胸元を掴むと、この時はまっすぐにぼくの目を見つめた。おじの目は小さくて色は薄く、鳥の目のように明るく、奇妙にきょろきょろし、ぱちぱちとまばたきをさせていた。

「どういうことですか？」とぼくは、とても冷静に尋ねた、というのもぼくはおじよりずっと力が強く、簡単に脅かされたりはしなかったからだ。「上着から手を離してください。こんなやり方はないでしょう」。

おじは必死にこらえているようだった。「おい、デイビー、わしに向かってお前の親父のことを話すんじゃあない。それが間違いなんだ」。おじはしばらく腰を下ろし、体を震わせ、目をぱちぱちさせながら皿を覗き込んでいた。「あれはわしのたった一人きりの兄弟だった」とつけ加えたけれど、その声には何の感情もこもっていなかった。そしてそれからスプーンを取り上げると、ふたたび夕食を食べはじめたものの、まだ震えたままだった。

さて、この最後の成り行き、こうしてぼくに摑みかかり、死んだ父に対してとつぜん愛情を表明したことは、まったくぼくの理解をこえていたので、ぼくは恐怖も希望も両方抱くことになった。一方では、おじはおそらく気が触れていて、危険なのかもしれないと思いはじめた。もう一方で（まったくひとりでに、抑えつけようとさえしたのに）心に浮かんできたのは、人々が歌っているのを聞いたことがある、正当な相続人である貧しい若者と、その若者を財産から遠ざけようとする邪悪な親戚についての物語歌（バラッド）だった。というのは、おじの心の中に何か恐れる理由がなければなぜ、ほとんど乞食のように戸口にやって来た親戚の者を相手にこんなしらばっくれたまねをしなければならないのだろう？

　こうした考えが、まったく根拠はないものの、それでもしっかり頭の中に根を下ろしてしまったまま、ぼくは今やおじのなにくわぬ顔つきをまねしはじめた。その結果、ぼくたちはまるで猫と鼠のようにお互いがひそかに相手を窺いながらテーブルに向かって腰を下ろしていた。そのあとおじは、悪態も愛想のいい言葉も一言も喋らず、ひそかに心の中で何かを思いめぐらすのに忙しかった。ぼくたちは長いこと腰を下ろしていて、おじをよく見れば見るほど、その何かがぼくにとって悪意あるものにちがいないとますます確信されるのだった。

　皿を片づけるとおじは、朝と同じに一服分のタバコを取り出し、腰掛けの向こうに回って暖炉に向かうとぼくに背中を見せて腰を下ろし、しばらくのあいだタバコを吸った。

「デイビー、わしは考えていたんだ」とついにおじは言った。それから、しばらく間を置くとまたこう言った。「お前が生まれる前に、お前にやるといい加減な約束をした金がわずかばかりあるんだ。お前の父親に約束をした。いや、法律的なものなんかじゃあない、わかるな。紳士同士がワインを飲みながら冗談で言い合ったんだ。さて、そのわずかな金を別に取ってある——たいへんな出費だったが、約束は約束だ——それが今ではおよそ、ちょうどぴったり——ちょうど正確に」——そしてここで言葉を切って、口ごもった——「ちょうど正確に四十ポンドだ！」。この最後の言葉をおじは肩越しにチラッとぼくのほうを眺めながら吐き出すように言った。そして次の瞬間、ほとんど叫ぶようにつけ加えた「スコットランド貨で」。

スコットランド・ポンドはイングランドのシリング〔一ポンド＝二十シリング〕と同じだったから、あとからつけ加えられたものによる違いは相当なものだった。そのうえぼくには、このすべてが作り話で、何かわけのわからない目的ででっち上げられたのだとわかった。だからぼくは返答に冷やかしの口調を隠そうとはしなかった。「ああ、おじさん考え直してください！　きっとイングランド貨でだったに違いありません！」。

「わしはそう言ったんだ」とおじは言い返した、「イングランド・ポンドだと！　それで、少しのあいだドアの外に出て、どんな夜なのか見ていてくれさえすれば、それを取り出して、またお前を呼び入れてやるよ」。

おじの言うとおりにしながら、ぼくをそんなに簡単に欺けると思ったとはと、おじを嘲りながら一人ほくそ笑んだ。暗い夜で、低いところにいくつか星が出ていた。そしてドアのすぐ外に立っていると、遠くの丘のあいだで風がうつろなうめき声をあげるのが聞こえた。空模様は雷が来そうで不安定だな、とぼくは心の中で思ったのだけれど、夜が更ける前にそれがどれほど重要な意味を持つことになるのかはまったくわかっていなかった。

ふたたび家の中に呼び入れられると、おじはぼくの手に三十七枚のギニー金貨〔一ギニー＝

二十一シリング」を数えながら渡してくれた。残りは小額の金貨と銀貨でおじの手の中にあった。ところがそこでおじは言葉とは裏腹に、小銭を自分のポケットに詰め込んだ。

「ほれ、これでわかるだろう！　わしは変わった男だ、そして見知らぬ人間にはよそよそしい。だが言ったことは必ず守るし、これがその証明だ」。

おじはとてもけちんぼに見えたから、この突然の気前のよさにぼくは口も利けず、感謝の言葉も見つからなかった。

「何も言うな」とおじは言った。「結構だ、感謝はいらない。すべきことをしているんだ。誰でもがすることだと言っているわけではない。だがわしとしては（用心深い人間でもあるんだが）、兄弟の子供には喜んで正当なことをしてやる。それにわしらが、こんなに近い身内だったら当然そうであるように、仲良くやってゆけると思うと嬉しいんだ」。

それに答えてぼくはせいいっぱい感謝の気持ちを述べた。けれどそのあいだじゅうずっと、次には何が起こるのだろうか、そしてなぜおじは大切な金貨を手放したのだろうかと不思議に思っていた。というのは、おじが持ち出した理由は、赤ん坊でもとうてい受けつけなかっただろうからだ。

やがておじは、ぼくのほうを横目で見た。

「そして、いいか」とおじは言う、「そのお返しをもらおうじゃないか」。

ぼくはおじに、筋が通ったことならどんなにでも感謝の気持ちを示す用意があると告げ、何かとんでもない要求を予想して待っていた。けれど、ついにおじが話す勇気をかき立てて言ったのはただ、(ぼくが思うにはたいへん適切にも)自分は年をとってきていて、少し体が弱っている、ぼくに家のことやわずかばかりの菜園を手伝ってもらいたいということだけだった。

それに答えてぼくは、喜んで役に立とうと言った。

「よし、それでは始めよう」。おじはポケットから錆びた鍵を引っ張り出した。「ほら、ここにあるのは屋敷の反対側にある塔の鍵だ。外からしか入れない、というのは屋敷のその部分はまだ完成していないからだ。そこに行って階段を上り、てっぺんにある櫃を持ってきてくれ。中には書類が入っている」とおじはつけ加えた。

「灯かりをもらえますか?」とぼくは言った。

「だめだ」とおじはとても狡猾そうに言う。「この家に灯かりはない」。

「わかりました。階段は安全ですか?」。

「立派なもんだ」とおじは言い、それからぼくが行こうとすると「壁伝いに進んでゆけ」とつけ加えた。「手すりがないんだ。けれど踏みしめる階段はしっかりしている」。

ぼくは夜の中に出ていった。風はまだ遠くでうめき声をあげてはいたものの、ショーズの屋敷近くではそよとも吹いていていなかった。これまでにもまして真っ暗になっていた。壁伝いに行けるのはさいわいで、まだ完成していない翼（よく）の端にある塔のドアのところまで着いた。鍵を鍵穴に差し込んでまさにそれを回した時に、まったく突然に風の音も雷の音もなしに空全体が荒々しい火に照らし出され、また真っ暗になった。もとの闇の色合いへと目を戻すために、ぼくは目を手で覆わなければならなかった。そして塔の中に踏み込んでいったときには、実際ぼくはすでに半ば目が見えなくなっていた。

中はひどく暗く、ほとんど息もできないようだった。けれどぼくは摺り足手探りで前に進み、やがて手は壁に触れ、足は階段のいちばん下の段にぶつかった。手触りからすると壁はきれいに削られた石でできていた。階段も、いくぶん急で狭かったけれど、きちんとできた石工の仕事で、足の下で規則正しくがっしりとしていた。手すりについてのおじの言葉に注意しながらぼくは塔の壁際近くを進み、真っ暗闇の中で胸をどきどきさせながら手探りで進んだ。

ショーズの屋敷は、屋根裏を数に入れずに、たっぷり五階ほどの高さがあった。進んでゆくにつれて階段はいよいよすうすうして、ほんの気持ちばかり薄明るくなってゆくように思えた。そしてこの変化の原因は何だろうと考えていると、夏の稲妻の二度目の瞬きがやって来て、去っていった。ぼくが声をあげなかったとすれば、それは恐怖がぼくの喉を摑んでいたからだ。そしてぼくが下に落ちなかったとすれば、自分の力というよりは天の助けのおかげだった。閃光が壁の裂け目を通して四方八方から差し込んできて、ぼくはむき出しの足場の上を高くよじ登っているように感じたばかりでなく、この一瞬の輝きのおかげで、段の幅は均一ではなく、ぼくの片足はその瞬間、階段の吹き抜けからわずか二インチ〔二インチ＝二・五四センチ〕のところにあるのも見えたのだった。

これはたいした階段だ！　とぼくは考えた。そしてその考えとともに、ある種の、怒りに突き動かされた勇気が、ぼくの心に湧き上がった。おじがぼくをここによこしたのは、確かにたいへんな危険を、おそらく死の危険を冒させるためだった。たとえそのために首の骨を折ることになったとしても、その「おそらく」をとっぱらってやるとぼくは誓った。ぼくは四つん這いになった。そしてカタツムリのようにゆっくりと、一インチごとに前を手探りしながら、そして一つ一つの石がしっかりしているかどうか確かめながら、階段を上りつづけた。闇は、閃光に照らされたためにかえってますます暗くなったように思えた。それだけでなく、塔のてっぺんで大騒ぎするコウモリのせいで今や耳は悩まされ、心はかき乱され、そしてこの薄汚い生き物が下に向かって飛んできて、時どきぼくの顔や体のまわりで翼をばたつかせたのだ。

言っておかねばならなかったが、この塔は四角形だった。そして角ごとに踏み段は違った形の大きな石でできていて、ひと続きの階段と階段をつないでいた。さて、こうした曲がり角のひとつに近づき、いつものように前を手探りすると、ぼくの手は石の端で滑り、その先には何もないのがわかった。階段はそれより上がなかったのだ。初めての人間に闇の中でこれを上らせるのは、まっすぐ死へと送り込むのに等しかった。そして（稲光と自分の用心のおかげで無事だったけれども）ぼくが置かれたかもしれない危険と、落ちたかもしれない恐ろしい高さをちょっと考えただけで、体には汗が噴き出し、関節からは力が抜けていった。

けれどいまや自分が知りたいことがわかったので、驚くほどの怒りを心に燃やして向きを変え、登ってきた道を手探りで降りはじめた。半分ほど下ったところでとつぜん風が吹き出し、塔を揺すり、またおさまった。雨がそれに続いた。そしてぼくが地面に着く前に土砂降りになっていた。ぼくは嵐の中に頭を突き出し、台所のほうを眺めた。出る時にぼくが閉めたドアが今は開いていて、かすかな光が差していた。そしてぼくには、雨の中にじっと身動きもせずに立ち、耳を澄ましているかのような人影が見えたと思った。それから目もくらむ閃光が起こり、それでおじの姿がはっきりと、さっき立っていると思った場所に見えた。それに続いてすぐに、凄まじい雷の音が聞こえた。

さて、おじがこの轟音をぼくが落ちる音と考えたか、あるいは人殺しを非難する神の声だと考えたかはみなさんの想像に任せたい。少なくとも確かなのは、おじはある種の混乱した恐怖に捉えられ、扉を開け放しにしたまま家の中に飛び込んだということだ。ぼくはできるだけ静かにそのあとに続き、足音を聞かれないよう台所に入ると、立っておじを見つめた。

おじには部屋の角の食器戸棚を開け、大きな蒸留酒の瓶を取り出すだけの時間があって、今はぼくに背を向けてテーブルに向かって腰を下ろしていた。時おりおじはひどい震えの発作に襲われ、うめき声を上げ、瓶を唇に運び、生のままのアルコールをひと口飲み干した。

ぼくは前に踏み出し、おじが座っているすぐうしろに来るとつぜん両の手で音を立てて肩をたたいた――「わあ！」とぼくは叫んだ。

おじは羊がメーと鳴くような、何か途切れ途切れの叫び声を上げ、両手を振り上げ、死人のように床に倒れ込んだ。これには少しぎょっとした。けれどもぼくは何よりも自分の身を心配しなければならなかったので、おじを倒れたままで寝かせておくのに何のためらいもなかった。鍵は戸棚の中に吊る下がっていた。そしておじが気がついてまた悪巧みができるようになる前に武装しておこうというのがぼくの計画だった。戸棚の中には何本かの瓶があり、その一部は明らかに薬だった。大量の証書とほかの書類があり、時間があったらぼくは喜んで引っ掻き回していただろう。それからわずかばかりの生活必需品があって、これはぼくの探しているものではなかった。そこから櫃に向かった。最初の櫃は粗挽き粉でいっぱいだった。二番目は金袋と束ねられた書類だった。三番目には、数多くの他のもの（そしてその大部分は衣類）とともに、錆びた、不恰好な、高地地方の短剣が鞘なしで見つかった。そこでぼくはこれをチョッキの下に隠しておじのほうへ向いた。

おじは倒れた時のまま横になって、すっかり縮こまり、片膝を立てて片手をぶざまに伸ばしていた。顔は奇妙な青い色をしていて、息をするのをやめてしまったように見えた。死んでしまったのではないかと恐ろしくなった。そこで水を汲んできて顔に浴びせかけた。するとおじは少し意識が戻ったようで、口を動かし、まぶたをぴくぴくさせた。しまいに目を上げぼくを見ると、この世のものとも思えぬ恐怖がその目に浮かんだ。

「さあ、さあ」とぼくは言った、「起き上がりなさい」。

「お前は生きているのか?」とおじは啜り泣いた。「ああ、おい、お前は生きているのか?」。

「このとおりです。おじさんのおかげじゃありませんがね」。

おじは深い息をついて、呼吸を回復させようとしはじめた。「青いガラス瓶」とおじは言った――「戸棚の中の――青いガラス瓶」。おじの呼吸はさらにゆっくりとなった。

ぼくは戸棚に駆けていって、そして確かに、そこに青い薬瓶を見つけ、それに貼った紙には用量が書いてあったから、できるだけ急いでそれを飲ませた。

「病気なんだ」とおじは少し回復しながら言った。「わしは病気なんだ、デイビー。心臓だ」。

椅子に座らせるとぼくはおじを見た。これほど具合の悪い人を目にすると確かにいくらか憐れみを感じたけれど、それはかりでなく当然の怒りでいっぱいでもあった。そしておじの前で、説明してもらいたいことを数えたてた。なぜひと言ごとに嘘をつくのか、なぜぼくが出てゆくのを恐れるのか、おじと父とは双子ではないかとほのめかされるのを嫌がるのか――「それが本当だからですか？」とぼくは尋ねた。なぜ権利もない、とぼくが確信している金をくれたのか、そして最後に、なぜぼくを殺そうとしたのか。おじは黙って最後まで聞いていた。それから、途切れ途切れの声で、ベッドに行かせてほしいと懇願した。

「あした話してやる。きっとそうする」。

おじはすっかり弱りきっていたので、ぼくは同意するしかなかった。けれども鍵をかけて部屋に閉じ込め、鍵はポケットに入れた。それから台所に戻り、何年ものあいだ燃え上がったこともないような盛大な火を燃やし、プラドに包まると櫃の上に横になり、眠りに落ちた。

第5章　クイーンズフェリーへ行く

夜のあいだに大雨が降り、翌朝は北西からの刺すように冷たい、冬のような風が吹いて、ちぎれ雲を追い立てていた。それでも、そしてまだ日も差さず最後の星も消えていなかったのに、ぼくは小川の脇まで進み、深い渦巻きに飛び込んだ。水浴ですっかり体を火照らせて、ぼくはもういちど火のそばに腰を下ろし、石炭を継ぎ足し、真剣に自分の立場を考えはじめた。

今やおじの敵意については疑いがなかった。ぼくが命がけの綱渡りをしていることも、ぼくを破滅させるためにおじがあらゆる手段を尽くすだろうことにも、何の疑いもなかった。けれどぼくは若く、元気にあふれ、そしてたいていの田舎育ちの若者と同じで、自分のすばしこさを信じきっていた。ぼくはおじの戸口にたどり着いた時は乞食同様でまだほんの子供だった。おじは裏切り行為と暴力とでぼくを迎えた。それを打ち破り、羊の群れのようにおじを追い立てたとしたら、それは上々吉の大詰めということになるだろう。

ぼくはそこに腰を下ろし、膝を抱えて、頬笑みながら火を見つめていた。そして空想の中で、次々とおじの秘密を嗅ぎ出し、あの男の王で支配者となる自分の姿を見ていた。エッセンディーンの魔術師は、未来を見ることのできる鏡を作ったと言われている。それは燃えさかる石炭以外のものでできていたにちがいない。というのは、ぼくが腰を下ろしてじっと見つめていた姿かたちの中にはまったく、船もなければ、毛深い帽子をかぶった船員も、ぼくの馬鹿な頭に振り下ろされる大きな棍棒も、今にも降りかかってこようとしていたあのすべての試練のしるしも、かけらもなかったからだ。

やがて、うぬぼれてすっかりのぼせ上がったぼくは、上の階にのぼって虜（とりこ）を解放した。おじは礼儀正しくお早うと言った。ぼくも同じ挨拶を返し、満足しきって笑みを浮かべながらおじを見下ろした。前の日もそうだったように、ぼくたちはすぐに朝食にとりかかった。

「さて、おじさん」とぼくはあざけるような口調で言った、「ほかにぼくに言うことはもうないんですか？」。それから、おじがはっきりした返答を何もしなかったから、「もうお互いに理解し合う時だと思うんですが」と続けた。「おじさんはぼくを田舎者の若造で、お粥を混ぜるしゃもじみたいに知恵も勇気もないと勘違いしましたね。ぼくはおじさんをいい人だと、少なくともほかの人よりも悪くはないと勘違いしました。どうやら二人とも間違っていたようです。どうしてぼくを恐れたり、だましたり、殺そうとしなければならなかったのです――」。

おじは何かもごもごと冗談がどうのこうのと言い、ちょっとふざけるのが好きなんだとつぶやいた。それからぼくがにやっと笑うのを見ると口調を変え、朝食を食べしだいすべてを明らかにしようと保証した。おじの顔つきからぼくは、一生懸命になって何かこしらえ上げようとはしていても、まだ嘘をつく用意はできていないと見て取った。そしてそう言おうとした時だったと思う、ぼくたちの会話はドアを叩く音で中断させられた。

おじにそのまま座っているようにと言って、ドアを開けに行くと、戸口の段の上に、船員服を着たまだ幼い男の子がいた。その子はぼくを見るなりシーホーンパイプ〔船乗りのダンス〕のステップを踏みはじめ（それまでぼくは聞いたこともなかったし、ましてや見たこともなかった）、空中で指をぱちんと鳴らして上手に踊った。それでもその子は寒さで真っ青になっていた。半泣き半笑いのように見えるその顔には、何かひどく痛ましく、陽気な身振りとはそぐわないものがあった。

「元気かい、兄貴？」とその子は、かすれた声で言った。

ぼくは冷静に、何の用かと尋ねた。

「ああ、用事だって！」とその子は言い、歌いだした。

「季節になれば、明るい夜の、

それがおいらの楽しみさ。*」

「ねえ、もし何も用事がないのなら、申し訳ないけど帰ってくれないか」とぼくは言った。

「待ってくれよ、兄弟!」と男の子は叫んだ。「冗談がわからないのかい? それとも、おいらを鞭で打たせたいのかい? ヒーシー‐オーシーの爺さんからベルフラワーさんへの手紙を持ってきたんだ」。こう言いながら手紙を見せた。「それとね、兄貴」とその子はつけ加えた、「おいらは猛烈に腹ペコなんだ」。

「やれやれ」とぼくは言った、「家の中に入りな、ひと口食べさせてやろう、それでぼくがすきっ腹を抱えることになっても」。

こう言って家に入れてやり、ぼくの席に座らせると、男の子はがつがつと朝食の残りを食べはじめ、合い間合い間にぼくのほうに目配(めくば)せをし、いろいろとしかめっ面をして見せたのだけれど、そんなことをこの哀れな子は男らしいと考えていたのだと思う。その間におじは手紙を読み終え、考えにふけっていた。それからとつぜん、とても威勢よく椅子から立ち上がり、部屋のいちばん遠い隅までぼくを引っ張っていった。

「読んでみろ」とおじは言い、手紙をぼくの手に渡した。

これを書いている今、それはここに、ぼくの前にある――

クイーンズフェリー、ホーズ亭

拝啓——わたくしここに大綱を波間に漂わせて停泊しており、お知らせするために船室係のボーイを遣わします。もし海外へのご用命がさらにございますなら、風が湾を出るのに都合よく吹いておりますゆえ、今日が最後の機会となりましょう。貴殿の代理人ランキラー氏とのあいだに悶着がありしことを否定するつもりはございません。それにつきましては、早急に片をつけないことには貴殿にも損失が及ぶことになるでしょう。欄外書き入れのごとく貴殿宛ての手形を作成いたしました、敬具、貴公のもっとも忠順にして卑小なる下僕、

エリアス・ホーシーズン

「ほら、デイビー」とおじは、ぼくが読み終えるのを見るとすぐに続けた。「わしはこの男、ダイザート*の二本マストの商船〈カベナント（盟約*）号〉の船長、ホーシーズンと投機をおこなっているんだ。さて、もしお前とわしとがあの小僧といっしょに歩いていけば、わしはホーズ亭か、さもなければ、サインする書類があればたぶん〈カベナント号〉の上で船長に会えるだろう。そして時間を無駄にすることなどまったくなしに、わしらは弁護士のランキラーさんの事務所へ歩いていける。とにかく、ちょっと訪問するだけなんだ。いろんなことがあったあ

とだから、お前はわしのありのままの言葉も信じる気にはならないだろうが、ランキラーさんの言うことなら信じるだろう。あの人はこのあたりじゃあお歴々の半数の代理人をしている。それに年をとった立派な人だ。みんなに尊敬されている。そしてあの人は、お前の父親を知っている」。

ぼくは立ったままちょっと考えた。ぼくはどこか船に荷物を積む場所に行こうとしていて、そこは間違いなく人が多いだろうし、おじもあえて暴力をふるいはしないだろう、そして、実際、船のボーイが居るだけでもこれまで安全だった。そこに着いてしまいさえすれば、たとえおじがいま口先でそう言っているにすぎないとしても、無理やり弁護士を訪ねることもできるにちがいないと思った。そしてたぶん、心の底では、ぼくは海と船をもっと近くで見たいと思っていたのだ。ぼくが生まれてこの方ずっと内陸の丘の上で暮らしてきて、わずか二日前に初めて、湾が青い床のように横たわっていて、その表面をおもちゃほどの大きさの帆船が動いているのを見たのだということを思い出してもらいたい。あれやこれやと考え合わせて心を決めた。

「結構です、フェリーへ行きましょう」。

おじは帽子とコートを身につけ、古く錆びた短剣をバックルで留めた。それからぼくたちは火を踏み消してドアに鍵をかけ、歩いて出発した。

歩いてゆく途中、あの寒い方角、北西からの風が、ぼくたちの顔にほとんど正面から吹きつけた。六月だった。草地はヒナギクで真っ白で、木々は花でいっぱいだった。けれど、ぼくたちの紫色の爪と、ずきずき痛む手首とから判断すれば時期は冬で、白さは十二月の霜だとしてもおかしくはなかった。

エベニーザおじは掘割道の中をとぼとぼと歩き、仕事から家に戻る年老いた農夫のように右に左にとよたよたしながら進んだ。おじは道中、ひと言も口を利かなかった。だからぼくは船のボーイを話し相手にすることになった。ボーイは、名前はランサムで、九歳の時から船乗りをしているけれど、計算がわからなくなって、何歳であるかは言えなかった。吹きすさぶ風をものともせず、また、それだけでも死んでしまいそうだと思ったぼくのいさめにもかかわらず、少年は胸をはだけて入れ墨を見せた。思い出した時にはいつでもひどいののしりの言葉を吐いたけれど、それは大人というよりはむしろ、馬鹿な小学生のようだった。そしてこれまでしてきた、数多くの乱暴で悪いことを自慢した。ひそかな盗み、強請り騙り、そう、それから人殺しまでも。けれどそのすべてが、細部が真実味に欠け、話しぶりは説得力がなく途方もなく大げさなので、信じるどころか憐れみさえ覚えるのだった。

ぼくは、その二本マストの商船について（少年は史上最高の船だと宣言した）、それからホーシーズン船長について尋ねてみたけれど、その人をほめるのにも少年は同じように熱心だった。ヒーシー＝オーシーは（彼は依然として船長のことをそう呼びつづけた）、少年の説明によれば、あの世のこともこの世のことも一切頓着しない人間で、世間で言うところの、「帆をいっぱいに張って裁きの日へと突入する」ような人だった。乱暴で、恐ろしく、破廉恥で残忍だった。そしてこのすべてを、哀れなるボーイ君は、何か船乗りらしく男らしいこととして尊敬するよう自らに教え込んでいたのだ。ただひとつだけ彼は、自らの偶像の傷を認めたことだろう。「あの人は船の操縦ができないんだ」と少年は認めた。「船を操縦するのはシュアンさんなんだ。あの人は仲間内じゃあ最高の船乗りなんだぜ、飲みさえしなければ。本当なんだぜ！ええっと、これを見てみろよ」。そして靴下を折り返すと、大きな生々しい赤い傷を見せ、ぼくの血を凍りつかせた。「あの人がやったんだ――シュアンさんがやったんだ」と何か誇らしげに言った。

「そんな！」とぼくは叫んだ、「その人にこんな酷い仕打ちを受けているのか？　まさか、奴隷じゃあないんだろう、そんな扱いを受けるなんて！」。

「違うさ！」とこの哀れな愚か者は言い、すぐさま態度をがらっと変え、「だからあいつにわからせてやるんだ。これを見ろよ」と大きな鞘入りのナイフを見せ、それは盗んだのだと言った。「ああ」と少年は言う、「あの人がどうするか見せてもらおうじゃねえか。戦いを挑んでやる。やっつけてやるんだ！　ああ、あの人が初めてじゃねえんだ！」。そして少年は、哀れで、愚かで、不愉快なののしりの言葉でその誓いを強調した。

ぼくは今に至るまで、この広い世の中の誰に対しても、この馬鹿なやつに感じたほどの憐れみを覚えたことはない。そして、帆船〈カベナント号〉は（その殊勝な名前にもかかわらず）海に浮かんだ地獄同然だという思いに襲われはじめた。

「身内の人はいないのかい？」とぼくは尋ねた。

少年はどこかイングランドの港町に父親がいると言ったけれど、ぼくはそれがどこだか忘れた。「あの人も立派な人だったんだ」と少年は言った。「だけど死んだんだ」。

「いったいぜんたい、」とぼくは叫んだ、「きみは陸の上で真っ当な生活はできないのかい？」。

「ああ、だめさ！」と彼は言い、ひどくずるがしこそうな目配せと顔つきをした。「奉公に出されるんさ。おいらはずっといい手を知っているんだ、ほんとだぜ！」。

ぼくは少年に、どんな奉公が、いま携わっているもの以上に恐ろしいものでありうるかと尋ねた、そこでは風と海によってばかりでなく、雇い主である人々からの恐ろしい残酷さによってもたえず命の危険にさらされているではないか。少年は確かにそのとおりだと言った。それからこの生活を称賛しはじめ、ポケットに金を入れて陸に上がり、大人のようにその金を遣い、リンゴを買ってふんぞり返って歩き、彼が言うところの時勢に乗り遅れた少年たちを驚かせるのがどんなに楽しいかと語りはじめた。「それに、そんなに悪いことばっかりじゃねえんだぜ」

と彼は言う。「おいらよりもひどい暮らしをしているのもいる。二十ポンド級ってのだっている。ああ、やれやれ！　あんたも連中が騒ぎ立てるところを見るがいいや。まあ、あんたくらい年をとった男を見たことがあるぜ、たぶんな」――（少年にとってぼくは年寄りに見えたのだ）――「ああ、それにそいつは顎鬚も生やしていやがった――そしておいらたちが川をあとにして、やつの薬が抜けるとすぐに――まったく！　やつがどんなに泣き叫んだか、取り乱したか！　おいらは存分に笑いものにしてやったさ、まったくよ！　それから小っちぇ子供たちもいやがった。ああ、おいらに言わせても小っちぇえんだ！　ほんとにな、おいらはその子供たちを整列させておくんだ。おいらたちが小っちぇ子供たちを運ぶ時にゃあ、おいらは自分のロープの切れっ端を持っていて、それでやつらをぶっ叩くんだ」。こんな具合にべちゃくちゃと喋りまくったから、しまいにはぼくにも、少年が二十ポンド級という言葉でさしたのは、北アメリカで奴隷となるために海外に送られる哀れな犯罪者か、あるいは私的な利害か報復のためにさらわれるか、罠にかかった（という言葉が使われていた）もっと哀れな子供たちだということがよくわかった。

　ちょうどその時、ぼくたちは丘のてっぺんに着いて、フェリーと、入り江(ザ・ホープ)*とを見下ろした。フォース湾は（よく知られているように）この地点でかなり大きな川ほどに狭くなっていて、そのために北に向かう便利な渡し舟乗り場となっており、また、奥のほうはあらゆる種類の船にとって陸地に囲まれた恰好の避難所だった。この海峡の真ん中に廃墟のある小島が横たわっている。南岸には渡し舟のための遊歩桟橋*が作られていた。そして遊歩桟橋のたもとの、道路の反対側に、ヒイラギとサンザシのこぎれいな庭園を背景にしてホーズ亭*と呼ばれる建物が見えた。

　クイーンズフェリーの街はもっと西にあり、その宿屋の近辺はその時間にはずいぶんと寂しく見えた、というのは舟はちょうど乗客を乗せて北に行ってしまっていたからだ。けれども遊歩桟橋の脇には櫂で漕（こ）ぐ小舟が横たわり、水夫が何人か腰掛け板の上で眠っていた。これは、ランサムが言うには、二本マスト船のボートで、船長を待っているのだった。そして半マイルほど離れて、停泊地に一隻だけ泊まっている〈カベナント号〉そのものを少年はぼくに指差した。船上では船乗りたちが出航のためにせわしなく動いていた。帆桁は揺れながらあるべき場所に収まろうとしていた。そして風が船の方角から吹いていたので水夫たちがロープを引っ張りながら歌う歌が聞こえた。道中あんな話を聞かされたあとだから、ぼくはその船をひどい嫌悪感をこめて見つめた。そして、あの船で航海するよう運命づけられたすべての気の毒な人々を心の底から哀れんだ。

　ぼくたちは三人とも丘の端で立ち止まった。そしてぼくは道を横切っておじに話しかけた。

「おじさんに言っておいたほうがいいでしょうが、何があってもあの〈カベナント号〉には乗りませんから」。

おじは夢から覚めたように見えた。「ええ?」とおじは言った。「何だって?」。

ぼくはもういちど繰り返した。

「ああ、ああ、お前のいいようにしなければならないだろうな。だが何のためにここで突っ立っているんだ? ひどく寒いぞ。それにわしの勘違いじゃなければ、連中は〈カベナント号〉を海に出す用意をしているんだぞ」。

第6章　クイーンズフェリーで起こったこと

宿屋に着くとすぐに、ランサムは階段を登ってぼくたちを小さな部屋へと案内した。そこにはベッドがあり、盛大に焚かれた石炭の火でひどく暑苦しかった。煙突のすぐそばのテーブルで、背が高く色の黒い、落ち着いた様子の男が腰を下ろして何かを書いていた。部屋の暑さにもかかわらず、その男は厚い船員用の上着を着て、首までボタンをかけ、高い毛むくじゃらな帽子を耳が隠れるまで引っ張りおろしていた。それでもぼくは、この船長よりももっと冷静そうな人も、もっと勤勉で沈着そうな人も、法廷の判事さんにすら見たことはなかった。

彼はすぐに立ち上がり、前に進み出てその大きな手をエベニーザに差し出した。「お目にかかれて嬉しく思います、バルフォアさん」と船長は素晴らしい低い声で言った、「そして間に合うようにここに来てくださってよかった。風は追い風ですし、潮は変わりかけています。夜になる前にわれわれはメイ島*の古い石炭バケツ〔灯台〕に火がともされるのを見るでしょう」。

「ホーシーズン船長」とおじは答えた、「この部屋はやけに暑いですな」。

「わたしの習慣なんですよ、バルフォアさん。生まれつき冷え性でしてね。血が冷たいんです。毛皮もフランネルも――ええ、そうなんです、熱いラム酒も何も、いわゆる体温というものを温めてくれないのです。南の海で、言ってみれば、焦げるまで焼かれたたいていの男たちとおんなじなんですよ」。

「まあまあ、船長」とおじは答えた、「生まれつきというのはどうにもならんもんじゃ」。

けれどもたまたま船長のこの好みが、ぼくの不運に大きな役割を果したのだった。というのは、ぼくはおじを見えないところに遣るまいと心に誓っていたのだけれど、海をもっと近くで見たくてしかたがなかったのと、部屋が息苦しいのにうんざりしていたのとで、彼が「下に行ってしばらく好きなことをしておいで」と言った時に、愚かにもその言葉を真に受けてしまったのだ。

それだからぼくは、二人が酒瓶と大量の書類に向かっているのをそのままにさせて立ち去った。そして宿屋の前の通りを横切ると、浜辺へ歩いていった。その風向きでは、湖で見たことがあるのと同じくらいの、ほんのわずかな小波(さざなみ)が岸辺に打ちつけるだけだった。けれど海草はぼくには目新しかった――緑のものもあれば、茶色で長いのも、指のあいだでつぶれる小さなぶつぶつがあるのもあった。入り江をこんなにさかのぼっても海水の匂いはとても塩気を含み刺激的だった。そのうえ〈カベナント号〉は畳んだ帆を振ってひろげはじめていて、それが帆桁からいくつものかたまりになって吊る下がっていた。そして見たものすべてが活気があって、ぼくは遠い航海と外国の土地に思いをはせた。

ぼくはまたボートに乗っている水夫たちも見た——赤銅色の肌をした大きな男たちで、シャツを着ている者や上着を着ている者、首に色つきのハンカチーフを巻いている者もいて、一人は一対のピストルをそれぞれポケットに突っ込んでいたし、二、三人はこぶだらけの棍棒を持ち、全員が鞘入りの短剣を身に着けていた。ぼくはほかの仲間たちほど危険そうには見えない男に挨拶をし、二本マスト船の出航について尋ねた。その男は、引き潮になりしだい出帆すると言い、居酒屋もなければバイオリン弾きもいない港から出て行けるのは嬉しいと言った。けれどもそれを恐ろしい呪いの言葉をいっぱいまぜて言ったから、ぼくは急いで男から離れた。

これで、その一団のなかではいちばん悪くなさそうなランサムに頼るしかなくなったのだけれど、少年はすぐに宿屋から出てきて、パンチ*を一杯買ってくれと叫びながら走り寄ってきた。二人ともそんなものを飲む年ではないから買ってやらないとぼくは言った。「けれど一杯のエールなら飲んでもいいし、歓迎だ」。少年はぼくにしかめっ面をして悪態をついた。それでもエールにありつけたのは喜んだ。そしてすぐにぼくたちは宿屋の表の部屋のテーブルに向かい、旺盛な食欲で飲んだり食べたりした。

ここでぼくは、亭主はこの地方の人間なのだから味方にしておいたほうがいいかもしれないと思いついた。ぼくはその当時よくやられていたように、いっしょに一杯いかがですかと言った。けれど亭主はランサムやぼくのような貧しい客と席を同じくするには偉い人すぎて、部屋を出ようとしたから、ぼくは呼び戻して、ランキラーさんを知っているかと尋ねた。

「もちろんさ、とっても正直な人だ。それに、ああ、そうだ」と彼は言う、「あんたがエベニーザといっしょに来た人か?」と尋ねたのだけれど、それはスコットランド流に、親戚ではないんだろうという意味だった。

ぼくは、いいや、まったく違うと答えた。

「違うと思った」と彼は言った、「それでもどこかアレグザンダーさんに似ているところがある」。

エベニーザはこの地方じゃよく思われていないようだとぼくは言った。

「確かに。あれは意地悪な老人で、縄で吊るされて歯をむき出しにして唸るのを見たいと思っている人間が大勢いる。ジェニット・クラウストンやほかにもっと多くの、やつがしつこく家から追い立てた人たちだ。それでもやつもかつては立派な若者だったんだ。けどそれはアレグザンダーさんについての噂が広まる前のことだ。あの人が死んだというような」。

「で、それは何だったんです?」とぼくは尋ねた。

「ああ、まさしくやつがアレグザンダーさんを殺したってことだ。あんたは聞いたことがなかったのかい?」。

「で、何のために殺そうとしたんです?」。

「まさしく屋敷を手に入れるため以外に何がある」。

「屋敷?」とぼくは言った、「ショーズですか?」。

「ほかの場所は知らねえなあ」。

「いやあ、なんていうことだ。そうなんですか? ぼくの――アレグザンダーは長男だったんですか?」。

「そうさ」と亭主は言った。「さもなきゃ何で殺そうなんて思うものかね」。

そしてこう言うと立ち去ってしまったのだけれど、それは彼が初めからそうしたくてむずむずしていたからだった。

もちろん、ぼくはずっと前からそうだと思っていた。けれど思うのとそうだと知るのはまったく別だ。そしてぼくは自分の幸運に呆然と座り込み、エトリックの森から埃の中をとぼとぼと歩いてきてからまだ二日もたたないあの同じ貧しい若者が、今やこの世の大金持ちの一人で、家と広い土地を持ち、乗り方さえ知っていれば*明日にでも自分の馬にまたがっていることになるかもしれないとは、ほとんど信じることもできなかった。こうした楽しいことのすべてと、ほかにも多くのことが心にどっと押し寄せてきたその時、ぼくは宿屋の窓から自分の前をじっと見つめながら、自分が見ているものに何の注意も払っていなかった。ぼくが覚えているのは、ホーシーズン船長が桟橋の水夫たちのあいだに下りてゆくのが目にとまり、*何か威厳をもって彼がこの家の方に向かって喋っていることだけだった。やがて船長は、船乗りの無様さはまったくなく、男らしい態度で、あいかわらず同じ冷静でいかめしい表情を浮かべたまま、その立派で背の高い姿を堂々と運んで戻ってきた。ぼくはランサムの話が本当だなんてことがあるのだろうかと怪しみ、そして半ば信用しなかった。ランサムの話はこの男の見かけにまるでふさわしくなかったのだ。けれど実のところ、彼はぼくが思ったほど善良でもなければ、ランサムが思っているほど極悪でもなかった。というのは、実際は彼は二重人格者で、自分の船に足を踏み入れるなり善良なほうを置き去りにしてしまったからだ。

次にぼくには叔父が呼んでいるのが聞こえ、道に二人がいっしょにいるのを見つけた。ぼくに話しかけたのは船長で、しかもとても厳粛で対等な態度（若者をたいへん喜ばせるような）でだった。

「きみ」と船長は言った、「バルフォアさんはきみのことをいろいろ話してくれた。そしてわたしとしては、きみの顔つきが気に入った。できるものならここに長くいて、もっとよく知り合いになれればいいんだが。しかし、与えられたものをせいいっぱい利用しよう。きみはわたしの船に三十分ほど、潮が引きはじめるまで乗るんだ、そしてわたしと一杯飲もう」。いまやぼくは言葉では言い表せないほど船の中を見たくてたまらなくなっていた。けれど自分を危険にさらすつもりはなかったので、叔父とぼくは弁護士との約束があるのだと告げた。

「そうそう」と船長は言った、「叔父さんがそう言っていた。だがな、ボートは町の桟橋できみを降ろす、そうすればそこはランキラーの家のすぐそばだ」。そしてここで、船長は身をかがめると、ぼくの耳に囁いた。「古狐に気をつけなさい。やつは悪いことをたくらんでいる。きみから話を聞けるよう船に乗りなさい」。それから、ぼくと腕を組むと、ボートのほうに向かって歩きはじめ、声を大きくしてこう続けた。「けれどねえ、さあ、カロライナからきみに何を持ってきてやれるだろう？　バルフォアさんの身内なら誰でも要求できる。タバコかい？　それともインディアンの羽根細工かな？　野生の動物の皮？　海泡石のパイプ？　まるで猫みたいに鳴くマネシツグミ？　血のように赤いショウジョウコウカンチョウかな？——何でも好きなものを選んでそう言いなさい」。

この時にはぼくたちはもうボートの脇まで来ていて、船長はぼくの手を取って乗せてくれた。ぼくは尻込みすることなど夢にも考えてみなかった。よい友人で支持者を見つけたと思い（なんとも哀れな馬鹿者！）、船を見られることに大喜びをしていたのだ。ぼくたちがみな席に着くと、ボートは桟橋から勢いよく離れ、波の上を動きはじめた。そしてこの新しい動きに喜んだり、自分たちの低い位置や陸地の眺め、近づくにつれて大きさを増す二本マスト船に驚いたりして、ぼくは船長が言ったことをほとんど理解できず、でたらめの返答をしていたにちがいない。

船に横づけになるとすぐに（船の高さ、舷側（げんそく）を力強く叩く波、そして仕事をしている水夫たちの陽気な叫び声に、ぼくはぽかんと大口を開けていた）ホーシーズンは自分とぼくとが最初に乗り込むと宣言し、主帆桁からテークル〔起重機〕を降ろすようにと命じた。これに乗って、ぼくは勢いよく空中に吊り上げられると、甲板の上にまた降ろされたのだけれど、そこではすでに船長がぼくを待って立っていて、ふたたびぼくの腕の下に素早く腕を滑り込ませた。ぼくはしばらくそこで、まわりじゅうのものがぐらぐらするのに目が回り、おそらく少し怖く、それでもこうした目新しい光景に大喜びをして、突っ立っていた。その間に船長は、まったく見慣れないものを指差して、それらの名前と用途とを教えてくれていた。

「ですが、叔父はどこにいるのです？」と突然ぼくは言った。

「ああ」とホーシーズンはいきなり怖い顔をして言った、「それが重要な点だ」。

ぼくは失敗したと感じた。ありったけの力を振り絞ってホーシーズンを振り払うと舷牆（げんしょう）*へ向かって走った。確かに、町に向かって進むボートがあり、叔父が船尾に座っていた。ぼくは耳をつんざくような叫び声を上げた――「助けて、助けて！　人殺しだ！」――そして停泊地の両側にその声は鳴り響き、叔父は座った場所で振り返り、残酷さと恐怖とに満ちた顔を見せた。それがぼくが最後に目にしたものだった。すでに力強い手がぼくを舷側から引き剝がしていた。そして今や雷に打たれたように思えた。大きな火が閃（ひらめ）くのが見え、意識がなくなった。

第7章　ダイザートの二本マスト船〈カベナント号〉に乗って海に出る

暗闇の中で気がつくと、体がひどく痛み、手足は縛られ、聞き慣れない騒音に耳は聞こえなくなるほどだった。耳の中では水車用の大きな堰のような水音が轟いていた。それから重い水しぶきが打ちつける音、帆が風に揺れて轟く音、水夫たちの甲高い叫び声。全世界がいまや目も回るように持ち上げられ、今度は目もくらむように下方に突進する。ぼくはひどい吐き気がし、体が痛み、心はすっかり混乱していたものだから、考えの脈絡が行ったり来たりし、新しい痛みに襲われてしょっちゅうまた気を失ったりしながら、長いことかかってやっと、自分があの不吉な船の腹の中のどこかに縛られて横たわっているにちがいない、そして風は強くなり、嵐になっていたにちがいないと気がついた。自分が置かれた困難な状況がはっきり理解できると、暗い絶望と、自分自身の愚かさに対する恐ろしい後悔と、叔父に対する激しい怒りが湧き起こり、ふたたび意識が失われた。

もういちど息を吹き返すと、同じ騒音、同じ混乱した激しい動きがぼくを揺さぶり耳をふさいだ。やがて他の痛みや悲嘆に、海に慣れていない陸の人間の吐き気がつけ加わった。冒険に満ちた青年時代のあの時期に、ぼくは数多くの辛いことを経験した。けれど、二本マスト船に乗ったこの最初の数時間ほど、精神と肉体をずたずたにされ、希望の光も差さなかった時はなかった。

大砲が発射される音が聞こえ、ぼくは嵐が激しくなりすぎて、遭難信号を発しているのだと思った。解放されるのだと思うと、たとえ深い海での死によってだとしても、それは歓迎だった。けれどもそんなことではなかったのだ。そうではなくて（あとで聞かされたことによれば）、それは船長のいつもの習慣で、それをぼくはここに、最悪の人間でも親切な面を持つことがありうるというのを示すために書き留めるのだ。ぼくたちはその時どうやらダイザートから数マイル離れたところを通過していて、そこはこの二本マスト船が造られ、船長の母親である老ホーシーズン夫人が何年か前に移り住んだところだった。そして出航するのであれ帰港するのであれ、昼間その場所を通過する時にはカベナント号は必ず大砲を放ち、旗を掲げたのだ。

ぼくには時間を計るすべがなかった。ぼくが横たわる、船の内部の悪臭に満ちた大きな空洞では、昼も夜も同じだった。そして状況の悲惨さが時間を二倍にも引き延ばした。それだから、何か岩に乗り上げて船が裂けるのが聞こえるのではないかと、さもなければ船がよろめいて真っ逆さまに海の底へと沈むのが感じ取れるのではないかと待ちながら、どれほど長いこと横になっていたのか、ぼくには算定する手段がない。けれどとうとう眠りがぼくから悲しみの意識を奪い取ってしまった。

ぼくは顔を照らす手提げランプの光で目覚めさせられた。三十歳ぐらいで、緑の目をし、金髪をもつれさせた小男が立って見下ろしていた。

「さて」と男は言った、「どんな具合だ?」。

ぼくは啜り泣きで答えた。すると訪問者はぼくの脈を取り、こめかみに触れ、頭の傷を洗い、包帯を巻きはじめた。

「ああ」と男は言った、「痛い一撃だ。どうした、おい? 元気を出せ! 世の中が終わったわけじゃないぞ。幸先は悪かったが、うまく仕向けられるさ。何かものは食ったか?」。

見るのもいやだ、とぼくは答えた。すると男はすぐに小さな錫(すず)のコップに入ったブランデーの水割りをいくらかくれ、そしてふたたびぼくをひとり残して去っていった。

次に男が会いに来た時には、ぼくは闇の中で目を大きく見開き、半ば眠り半ば目覚めて横になっていて、吐き気はすっかり去っていたものの、恐ろしい目まいとふらつきがそれに取って代わっていて、それはもっと耐えがたいほどだった。そのうえ、体じゅうが痛み、ぼくを縛った細い綱はまるで火のようだった。横たわっていた穴倉の臭いは自分の一部分になってしまったように思えた。そして前に男が訪ねてからの長いあいだ、時には、まさに顔の上をパタパタ走る船の鼠の足音に、また時には、熱にうなされて寝ている時に訪れる陰鬱な想像によって、ぼくは恐怖に苛まれていた。

天井の跳ね蓋が開いて手提げランプのちらちらする光がまるで天の日の光のように差し込んできた。その光はただ、ぼくの牢獄である船の、頑丈で黒い梁を見せただけだったけれど、ぼくは喜びのあまり大声を上げそうになった。緑の目をした男が最初にはしごを降りてきて、ぼくは男がいくぶんふらついているのに気がついた。そのうしろに船長が続いた。どちらもひと言も口を利かなかった。けれど最初に来た男がぼくの傷を調べはじめ、また前のように包帯を巻いてくれ、一方でホーシーズンは奇妙で険悪な目つきでぼくの顔を見つめた。

「さあ、船長、自分でご覧なさい」と最初の男は言った。「高熱、食欲はなし、灯かりなし、食事なし。それがどういうことか自分でご覧なさい」。

「わたしは魔法使いではないのだよ、リーアクさん」と船長は言った。

「失礼ながら船長」とリーアクは言った、「あなたは肩の上に立派な頭を乗せていらっしゃるし、立派にスコットランド語も喋れて質問できる。しかしわたしはどんな言い訳も許しません。少年をこの穴倉から運び出し、船首楼*に入れてもらいたい」。

「あんたが何を望もうとも、そんなことはあんた以外の誰の知ったことでもないんだ」と船長は答えた。「だがこれからどうなるのかは教えてやれる。その小僧はここにいる。ここに置いておくんだ」。

「あなたは分け前をもらってきたかもしれないが」と相手は言った、「わたしはそうではなかった、と言う許しを腰を低くして乞い願いたいと思うね。確かに給料はもらっているが決して多すぎるわけではない、このおんぼろ船の二等航海士にしては。そしてそれを稼ぐのに最善を尽くしているかどうかはあなたがよく知っている。だがそれ以上のことをする給料はもらっていないぞ」。

「もし錫のコップに手を伸ばしさえしなければ、リーアクさん、あんたに文句を言うことは何にもないんだが」と船長は返事をした。「そして謎をかけたりするかわりに、失礼ながら、あんたは余計なことに口を挟まないほうがいい、とはっきり言わせてもらおう。わたしたちは甲板で必要とされているようだ」と彼はよりとげとげしい口調でつけ加え、片足をはしごにかけた。

けれどリーアクさんは船長の袖を摑んだ。

「あなたは人を殺すのに金を受け取っているとしても――」と彼は言いはじめた。

ホーシーズンはぱっと振り返った。

「何のことだ?」と彼は叫んだ。「何の話をしているんだ?」。

「あなたには理解できる話だと思えるんだが」とリーアクさんはじっと船長の顔を見ながら

言った。

「リーアクさん、あなたとは三度航海をした」と船長は返答した。「その間にですね、わたしのことがわかってもいいはずだった。わたしは堅苦しい人間だし、陰気な人間です。しかし今あなたが言うようなことは——やだやだ！——そんなことは邪悪な心と倫理観の欠如が言わしめるのです。もしあんたが、その若者が死ぬと言うなら——」。

「ええ、そうなります！」とリーアクさんは言った。

「いいでしょう、それで十分ではないですか？」とホーシーズンは言った。「どこでもあんたの好きなところに移しなさい！」。

そう言うとすぐに船長ははしごを上った。そしてこの不思議な会話のあいだじゅう黙って横になっていたぼくは、リーアクさんが船長の後ろ姿を振り返り、明らかに嘲りの気持ちを込めて深々とお辞儀をするのを見た。その時の衰弱した状態でも、ぼくには二つのことがわかった。この航海士は、船長がほのめかしたように、酒を飲んでいるということ、そして（酔っていようが、しらふだろうが）この航海士は貴重な味方になりそうだということだった。

五分後には綱が切られ、ぼくは男の背中に担ぎ上げられ、船首楼まで運び上げられて寝棚の何枚かの船員用毛布の上に横たえられた。そこでぼくが最初にしたのは気を失うことだった。

ふたたび日の光の中で目をあけるというのは、そして人々に囲まれているのがわかるというのは、のは、実際、ありがたいことだった。船首楼はゆったりとした場所で、まわりじゅうに寝棚が据えつけられていて、非番の者たちが腰を下ろしてタバコを吸ったり、横になって寝たりしていた。穏やかな昼間で、風は順風で、昇降口は開いていたから、昼の明るさだけでなく、時おり（船が横揺れすると）埃っぽい太陽の光線が差し込み、ぼくの目をくらませ、喜ばせた。そのうえ、身動きをするとすぐに、男たちの一人が、リーアクさんが用意しておいた何か治療効果のある飲み物を持ってきてくれ、静かに寝ていろ、そうすればすぐによくなると言った。どこも骨は折れていない、と男は説明してくれた。「頭への一発はたいしたこたあねえ。なあ、おい」と男は言った、「そいつを食らわせてやったのはおれだ！」。

ここでぼくは何日ものあいだ囚人として厳しく監禁されたまま横たわり、健康を回復したばかりでなく、仲間たちとも知り合いになった。たいていの水夫たちがそうであるように彼らは本当に荒っぽい連中だった。世の中のあらゆる優しい部分から引き離され、そろって荒い海の上で揺られ、海に劣らず残酷な船長たちとともに過ごした男たちだったのだ。なかには海賊といっしょに航海をし、話すのさえおぞましいことを見てきた者たちもいた。軍艦から脱走し、縛り首になるはずの者たちもいたけれど、それを隠そうともしていなかった。そして全員が、いちばんの友人たち相手にでも、俗に言うように「口より先に手が出る」ような者たちだった。けれどぼくはその男たちといっしょに閉じ込められて何日もしないうちに、フェリーの桟橋で、彼らが不潔な獣ででもあるかのように身を引いた時の、あの最初の判断を恥ずかしく思いはじめた。どんなたぐいの人間もまったくの悪だというわけではなく、一人ひとりが独自の欠点と美点とを持っている。そしてぼくの船員仲間たちもこの規則の例外ではなかった。確かに彼らは荒っぽかった。そして悪かったのだと思う。けれど多くの美点を持っていた。時には彼らは親切だったし、ぼくのような田舎の若者の無邪気さ以上に無邪気だったし、いくぶんかは正直さの気配もあった。

四十歳くらいの男がいて、よくぼくの寝棚の脇に何時間も腰を下ろし、奥さんや子供のことを語ってくれたものだった。この男は自分の舟をなくした漁師で、そのために遠洋航海に追い立てられてきていたのだった。そう、もう何年も前のことだけれど、その男のことを忘れたことはない。奥さんは（よくぼくに話したのだけれど「彼にとっては若かった」）むなしくも夫の帰りを待っていた。彼が奥さんのために朝に火を焚くことは二度となかったろうし、奥さんが病気の時に、子供の世話をしてやることもまたなかったろう。実際、これら哀れな仲間たちの多くは（成り行きが示すように）最後の航海に出ていたのだった――深い海と人を食う魚が彼らを迎え入れた。そして死者の悪口を言うのは恩知らずなことだ。

そのほかに、してもらって助かったことの一つは、それまで彼らが分け合っていたぼくのお金を返してくれたことだ。そして三分の一ほど足りなくはあったけれど、それを返してもらってとても嬉しく、これから向かおうとしている土地でそれが大いに役に立つと思った。船は北アメリカのカロライナに向かっていた。そしてぼくは単に追放者としてそこに向かっていたと思ってもらっては困る。この売買はその当時ですら大いに不振だった。それ以降、そして植民地の反乱と合衆国の形成に伴って、もちろんそれは終わりを迎えていたのだけれど、ぼくが若かった当時は、白人がまだ農園に奴隷として売られていて、それが邪悪な叔父が定めたぼくの運命だったのだ。

船室のボーイであるランサム（彼からこうした残虐行為について最初に聞いたのだった）は、寝泊まりし勤務をしている円室〔船尾にある船室〕から時どきやって来て、時には黙って苦痛に耐えながら傷ついた体を治療したり、シュアンさんの残酷さに憤慨したりした。そのことでぼくの胸は痛んだ。けれど男たちはこの一等航海士を大いに尊敬していて、「この有象無象のなかでただ一人の船乗りで、しらふの時にはそんなに悪い人間ではない」と言うのだった。実際、二人の航海士には奇妙な特徴があるのにぼくは気づいた。リーアクさんはしらふの時には陰気で、冷たく、厳しく、シュアンさんは酒を飲んでいなければ蠅一匹傷つけようとはしなかった。ぼくは船長について聞いてみた。けれど、酒を飲もうが飲むまいが、あの鉄の男には何の変わりもないと言われた。

ぼくは許された短い時間に、あの哀れなランサムをいくらかでも人間らしく、というよりはまあ、いくらかでも少年らしくさせようと全力を尽くした。しかし彼の心には本当の人間らしさはほとんどなかった。ランサムは船に乗るようになる前のことは何も覚えていなかった。ただ父親は時計を作っていたこと、居間にホシムクドリ〔物まねや盗みが得意〕がいて「北の国」*を歌うことができたというだけで、そのほかのことはこの苦難と虐待の年月のあいだにすべて拭い去られていたのだ。ランサムは船乗りたちの物語から聞き覚えた奇妙な考えを陸地に対して持っていた。そこでは若者は奉公と呼ばれるある種の奴隷制度に送られ、徒弟たちは頻繁に鞭や平手で打たれ、不潔な牢獄に放り込まれるというのだ。町では、二人に一人はおとり役の人間で、三軒に一軒の家は船乗りが麻薬を飲まされ殺される場所だと考えていた。彼がそんなにも怖がる陸地でぼくはどれほど親切な扱いを受けてきたか、知人と両親の双方からどれほど十分に食べさせてもらい、注意深い教育を受けたか語ることは確かにできた。そして傷つけられたすぐあとだったら、彼はひどく泣きじゃくり、逃げ出してやると誓うのだった。けれどいつもの馬鹿な考えに取りつかれている時や、（まして）円室で一杯の強い酒を飲んでいたりすれば、そんな考えを嘲笑うのだった。

少年に飲ませていたのはリーアクさんだった（天よ彼を許したまえ！）。そしてそれは、疑いもなく、好意でだったのだ。けれど、それは少年の健康を損なうもとになっただけではない。この不幸で友達のいない子供がよろめきながら歩いたり、跳ね回ったり、自分でも訳のわかっていないことを喋ったりするのを見るのはなんとも哀れ極まりないことでもあった。笑った男たちもいたけれど、全員がというわけではなかった。ひどく腹を立てて（おそらく自分たちの子供時代のことや、自分の子供のことを考えて）、そうした馬鹿なことはやめて、自分のしていることを考えろと彼に命じる者もいた。ぼくはといえば、こんな少年は見たくないと思い、そしてこの哀れな子供はいまだに夢の中に出てくる。

この間ずっと、〈カベナント号〉はたえず向かい風にあっていて、逆波に上下に揺られ、そのために昇降口はほとんどいつも閉められていて、船首楼は梁から吊るされた揺れるランタンにだけ照らされていた。水夫たちにはみんな絶え間ない労働があった。帆は一時間ごとに揚げたり絞ったりしなければならなかった。この重労働が男たちの気分に影響を与えた。日がな一日、寝棚から寝棚へと口論の怒鳴り声が聞こえた。そしてぼくは甲板に立つことを禁じられていたので、どれほど生活に飽き飽きしていったか、そしてどれほど変化が待ち遠しくてしかたがなかったかは想像してもらえるだろう。

そしてぼくを待ち受けていた変化について聞いてもらおう。けれども最初に、リーアクさんと交わした会話について話さなければならず、それでぼくはいくらか元気が出て、苦しみに耐えることができたのだ。酔っ払って好意的な時をつかまえて（というのは実際、しらふの時には見向きもしてくれなかったのだ）、秘密にすると誓わせて、ぼくの身に起こったことすべてを話したのだった。

リーアクさんは、それはまるで物語歌のようだと言い放った。そしてぼくを助けるためにできるだけのことをすると、そしてぼくは紙とペンとインクを手に入れて、キャンベルさんに一筆、それからランキラーさんにも一筆書き送るべきだと、そしてぼくが話していることが真実ならば、十中八九は（その人たちの助けを借りて）困難を切り抜けさせ、しかるべき状態に戻してやれると宣言した。

「だからそれまで」と彼は言う、「元気にしているんだ。お前さんが一人だけというわけじゃあないんだ、それはほんとだ。故郷にいれば家の戸口で自分の馬にまたがるような人間が大勢、海外でタバコ畑を耕している。何人も何人もだ！　そして人生なんてせいぜいのところが、さまざまな異文を一冊に集めた本だ。おれを見てみろ、おれは地主の息子だったし、生半可以上の医者だった、それが今じゃここにいて、ホーシーズンの部下の一人だ！」。

彼の身の上話を尋ねるのが礼儀なのじゃないかとぼくは思った。

リーアクさんは高い音で口笛を吹いた。

「そんなものはない」と彼は言った。「慰みごとが好きだったんだ、それだけだ」。そしてスキップをして船首楼から出ていった。

第8章　円室

ある晩、十一時*ごろに、リーアクさんの組の当直員（甲板に出ていた）の一人が上着を取りに降りてきた。そしてすぐに船首楼に「シュアンがとうとうやつをやっちまった」という噂が囁（ささや）かれはじめた。名前を言う必要はなかった。ぼくたちはみんな、誰のことだかわかっていたのだ。けれども、それを正しく理解したり、ましてやそれについて話すまもないうちに、昇降口がふたたびさっと開いて、ホーシーズン船長がはしごを降りてきた。船長はランタンの揺れる灯かりで鋭く寝棚を見回した。それからまっすぐぼくのところにやって来ると、驚いたことに、親切そうな口調で話しかけた。

「おい、きみに円室で働いてもらいたい。きみとランサムとが寝棚を交換するんだ、船尾に走っていけ」。

船長がまさにこう言っているときに、二人の水夫が昇降口のところに姿を見せ、腕にランサムを抱えていた。そして船はその瞬間、大きく沈み込み、ランタンは揺れ、光が直接少年の顔に当たった。その顔は蠟のように白く、無惨な笑みを浮かべたような顔つきをしていた。ぼくの血は凍りつき、殴りつけられたように息を吸い込んだ。

「船尾に走れ、お前は船尾に走っていけ！」とホーシーズンは怒鳴った。

そこでぼくは水夫たちと少年（話もしなければ身動きもしなかった）のそばをかすめてはしごを駆け上り、甲板に出た。

二本マスト船は急速に、目もくらむように向きを変え、長くうねり立つ大波を潜り抜けていた。船は右舷タック*で、左手の、前マストのアーチ状になった帆の下に残照がまだ思った以上に明るく見えた。夜のその時間にこうだとはとても驚いた。けれど本当の結論を引き出すにはぼくはあまりにも無知だった――つまり、ぼくたちはスコットランドを回って北に向かっていて、ペントランド海峡の危険な海流を避けて、今はオークニー諸島とシェトランド諸島のあいだの公海にいたのだ。ぼくとしては、長いこと暗闇の中に閉じ込められていて、向かい風については何も知らなかったから、もう大西洋の半ばか、あるいはそれよりもっと先まで行っていると思っていた。そして実際（日没の光が遅くまで残っていることに少し驚いたほかは）そんなことは気にも留めず、ロープを摑んで、波と波の合間に走って甲板を渡っていき、あやうく船外に放り出されるところをかろうじて甲板上の水夫によって救われたのだった。この水夫はいつもぼくに親切にしてくれていた。

ぼくが向かっていて、いまやそこで寝たり働いたりすることになっていた円室は、甲板の上に六フィート〔約百八十三センチ〕ほどの高さがあり、二本マスト船の大きさを考えれば相当な大きさだった。内部には固定されたテーブルとベンチがあり、寝台が二つあって、ひとつは船長用、もうひとつは二人の航海士がかわりばんこに使った。上から下まで戸棚が取りつけられていて、船長や航海士たちの所持品や船の備品の一部が仕舞い込まれていた。下には第二の収納室があり、そこには床の中央にある昇降口から入った。最上の食べ物と飲み物、それと火薬はすべてこの場所に集められていた。そして二門の真鍮の大砲を除けばすべての火器が円室のいちばんうしろの銃架にのせられていた。短剣のほとんどはまた別な場所にあった。

両側にある雨戸つきの小窓と天井の明かり取り窓が昼間はその部屋を明るくした。暗くなってからは常にランプがともっていた。ぼくが入っていった時にはそのランプが燃えていて、明るくはなかったけれど、シュアンさんがテーブルに向かって腰を下ろし、ブランデーの瓶と錫でできた小さなコップがその前にあるのくらいは見えた。シュアンさんは背が高い人で、がっしりした体つきをしていて、とても色が黒かった。そして自分の前のテーブルを感覚が麻痺した人のようにじっと見つめていた。

ぼくが入っていっても気にもとめなかった。続いて船長がやって来て、ぼくの隣の寝台にもたれかかり陰気な顔つきでこの航海士を見た時も身動きもしなかった。ぼくはひどくホーシーズンを恐れながら立っていたのだけれど、それにはそれなりの理由があった。それでも、まさにその時は船長を恐れる必要はないと何かが告げていた。そこでぼくは彼の耳に囁いた、「彼の具合はどうですか?」。船長は、知りもしなければ考えたくもないと思っている人のように首を振り、そしてその顔はとても厳しかった。

やがてリーアクさんが入ってきた。彼は船長に目配せをして、話すのと同じくらいはっきりと、ボーイは死んだと告げ、船長やぼくと同じに自分の場所を占めた。だからぼくたち三人はみな黙ってシュアンさんを見下ろしながら立っていて、シュアンさんは(シュアンさんで)ひと言も口を利かず腰を下ろし、じっとテーブルを見つめていた。

突然シュアンさんは手を伸ばして瓶を摑んだ。それに対してリーアクさんは前に進み出て、力ずくでというよりは不意をついてそれを取り上げ、これまでずっとあまりにやりすぎだった、船に裁きが下るだろう、とののしりの言葉を交えながら叫んだ。そしてそう言いながら(引き戸式の雨戸が開きっぱなしになっていたので)瓶を海に放り込んだ。

シュアンさんはすぐに立ち上がった。彼はまだぼうっとしているように見えたけれど、明らかな殺意があったし、もし船長が彼とその犠牲者とのあいだに割って入らなければ、そう、その晩二度目の殺人を犯していただろう。

「座れ！」と船長は大声で怒鳴る。「この飲んだくれの豚め、自分のやったことがわかっているのか？　お前はボーイを殺したんだぞ！」。

シュアンさんは理解したようだった。彼はまた腰を下ろし、片手を額に当てたからだ。

「あのな」と彼は言った、「あいつはおれのところに汚れたコップを持ってきやがったんだ！」。

その言葉に、船長とぼくとリーアクさんは一瞬、何かぎょっとしたような表情でお互いに顔を見合わせた。それからホーシーズンは一等航海士に歩み寄り、肩を摑んで寝台まで連れてゆき、横になって寝るようにと命じた、まるで悪い子供に話しかけるように。殺人者は少し喚いたけれど、船員用の長靴を脱ぐとそれに従った。

「ああ！」とリーアクさんは恐ろしい声で叫んだ、「あんたはずっと前にやめさせるべきだったんだ。今となっては遅すぎる」。

「リーアクさん」と船長は言った、「今夜の件はダイザートでは知られてはならない。あの子供は海に落ちたんです。そういうことなんです。そしてわたしは、まぎれもなく自腹を切って五ポンド払いましょう！」。船長はテーブルに向いた。「なんでたっぷり中身の入った瓶を捨てたんです？」と彼はつけ加えた。「何の意味もないでしょう。おい、デイビッド、わたしにもう一本持ってきてくれ。下の戸棚にある」。そしてぼくに鍵を投げてよこした。「あんたも自分のグラスが必要だね」とリーアクさんに向かってつけ加えた。「あれは見るのも忌まわしいことだった」。

　こうして二人組は腰を下ろし、いっしょに酒を酌み交わした。そうしているあいだに、寝台で横になり泣き声を漏らしていた殺人者は、片肘をついて体を起こし、二人組とぼくとを見た。

　それがぼくの新しい職務の最初の夜だった。そして次の日のうちにはその仕事にすっかり慣れていた。ぼくは食事を出さなければならなくて、船長はそれを決まった時間に、非番の航海士といっしょにテーブルについてとった。一日じゅうぼくは三人の主人の誰かに一杯の酒を持って駆け寄っていた。そして夜は、円室の最後部、そしてまさに二つのドアからの隙間風が吹き抜ける床板の上に放り投げられた毛布の上で寝た。それは固く冷たいベッドだった。そのうえ、邪魔されずに眠ることも許されなかった。というのもたえず誰かが一杯飲みに甲板からやって来て、そして新しい当直が配置される時には二人、そして時には三人全員がいっしょに、鉢に一杯の酒を作ったりしたからだ。この人たちがどうやって健康を保っていたかはわからないし、ぼくがどうやって自分の健康を保っていたのかもわからない。

　それでも、ほかの点ではそれは楽な仕事だった。食卓の支度など何もなかった。食事は挽き割りオート麦の粥か塩漬け肉で、週に二度、例外的にダフ〔ドライフルーツなどが入った固いプディング〕が出た。そしてぼくはまったく不器用で（揺れる船上でよろよろして）時どき運ぶ物を持って転んだのだけれど、リーアクさんも船長もやけに辛抱強かった。この人たちは遅ればせながら心を改めているのだと、そして、ランサムにあれほど辛く当たっていなければ、とうていぼくにこんなに良くはしてくれなかっただろうと、想像しないではいられなかった。

シュアンさんはどうかといえば、飲酒か自分の犯罪が、あるいはその二つがいっしょになって、確かに彼の心を悩ませていた。ぼくはシュアンさんが正気でいるのを見たことがあるとは言えない。ぼくがそばにいるのに慣れることは決してなかったし、しょっちゅうぼくをじっと見つめ（時には、怖がっているかのように）、給仕している時に、ぼくの手からびくっと身を引くことが何度かあった。最初からぼくは、この人は自分のやったことがはっきりわかっていないのだと確信していたし、ぼくが円室に来た二日目にその証拠を掴んだ。ぼくたちは二人きりで、彼は長いことぼくを見つめていて、それから突然、死んだように真っ青になって立ち上がり、近寄ってきたのでとても怖かった。けれどぼくにはこの人を怖がる理由はなかったのだ。

「お前さんは以前はここにいなかったよな？」と彼は尋ねた。

「いませんでした」とぼくは言った。

「ほかのボーイがいたか？」ともういちど尋ねた。そしてぼくが答えると、「ああ！　そう思っていたんだ」と言い、そして立ち去って、腰を下ろし、ブランデーをくれという以外には何も言わなかった。

奇妙なことだと思われるかもしれないけれど、確かに怖くはあっても、それでもぼくはこの人が気の毒だった。シュアンさんは結婚していて、奥さんがリース*にいた。けれど子供がいたかどうかは今では忘れてしまった。いなければいいと思う。

全体としては、こんな生活でもそれが続いているあいだはたいして辛くはなかった、とはいえ、(これから話すように)その期間は長くはなかった。ぼくはいちばん偉い人たちと同じように旨いものを食べていた。彼らのピクルス、それはたいへんなご馳走だったのだけれど、それさえも自分の分け前を与えられていた。そしてその気になれば、朝から晩まで酒を飲んでもいられたろう、シュアンさんのように。ぼくには話し相手もいて、それはよい話し相手とも言えた。リーアクさんは大学に通っていたことがあって、不機嫌でない時は友人のようにぼくに向かって話しかけ、数多くの興味深いことや、時にはためになることを話してくれた。そして船長でさえもが、たいていの時間はよそよそしかったのだけれど、時には少しくつろいで、訪問したことのある素晴らしい国々について話してくれたものだった。

哀れなランサムの影は、確かにぼくたち四人全員に重くのしかかっていて、そしてぼくとシュアンさんの心をとりわけ苦しめた。それから、ぼくには自分自身の別の問題もあった。ここでぼくは自分が軽蔑する三人の男のために下働きをやっていて、少なくともそのうちの一人は絞首台に吊るされても当然の人間だった。そしてそれが当面の問題だった。将来についてはどうかといえば、ぼくにはタバコ畑で黒人と並んで奴隷仕事をしている自分しか見えなかった。

リーアクさんは、おそらく用心から、ぼくが身の上についてそれ以上ひと言も語るのを許そうとしなかった。船長には近寄ろうとしても犬のようにはねつけられ、まったく耳を貸そうとはしてくれなかった。そして日がたつにつれてぼくの心はますます沈んでゆき、ついにはそれさえしていれば他に何も考えずにすむ、仕事を喜ぶほどになっていた。

第9章　金のベルトをしめた男

一週間以上が過ぎ去り、そのあいだに、航海に出て以来〈カベナント号〉につきまとってきた不運はますます強く目立つようになった。船がわずかしか進まない日もあった。実際に押し戻される日もあった。ついには、ぼくたちはずうっと南に打ち寄せられ、九日目を一日じゅうラス岬*とその両側の荒れ果てた岩だらけの海岸が見える場所で波に揺られ、あちらへこちらへとジグザグに走った。それにすぐ続いて航海士たちの会議がもたれ、ある決断が下されたが、ぼくにはどうも正しく理解できず、ただ結果しかわからなかった。つまり、ぼくたちは逆風を追い風にして、南へ向かっているということだ。

十日目の午後に、大うねりがあり、濃く、たっぷり湿り気を含んだ白い霧が出て、端から端まで船を見通すことができなくなった。午後のあいだじゅう、ぼくが甲板に上がると、水夫や航海士たちが舷牆ごしにじっと耳をすませているのが見えた――「砕け波を聞いているんだ」

と彼らは言った。ぼくはその言葉の意味もわからなかったけれど、危険な雰囲気が漂っているのを感じ、興奮した。

たぶん夜の十時ごろ、ぼくがリーアクさんと船長に夕食の給仕をしていると、船が大きな音を立てて何かにぶつかり、叫び声が聞こえた。ぼくの二人の主人はさっと立ち上がった。

「船が岩に乗り上げたんだ」とリーアクさんが言った。

「違いますね」と船長は言った。「ただ、ほかの船に衝突しただけだ」。

そして二人とも大急ぎで出ていった。

船長は正しかった。ぼくたちは霧の中でボートに衝突し、ボートは真ん中で二つに裂けて、一人をのぞいたすべての乗組員とともに海の底に沈んでいった。この人は（あとで聞いたところによると）客として船尾に座っていて、ほかの者たちは漕ぎ手の席に着いて船を漕いでいた。ぶつかった瞬間に船尾は空中に跳ね飛ばされ、その人は（両手が空いていたので、膝の下までくる厚いラシャ地のオーバーコートに動きを邪魔されたにもかかわらず）飛び上がってぼくたちの船の船首斜檣*を摑んだのだ。あれほど困難な状況でこうして自分の命を救うとは、その人は幸運とたいへんな身の軽さ、そして人並みはずれた力を持っていたことがわかる。そのうえ、船長が円室へ連れてきて、ぼくが初めて見た時には、この人はぼくと同じくらい冷静に見えた。

この人は背丈はやや低く、けれどもがっしりとした体つきをしていてヤギのように敏捷だった。顔だちはよく整って飾り気のない表情をしていたけれど、日に焼けてとても色黒で、そばかすがいっぱいあり、疱瘡のあばたができていた。目は異様に明るく、ある種の揺れ動く熱狂があって、それは魅力的でもあれば不安を感じさせるものでもあった。彼は厚手のコートを脱ぐとひと組の立派な、銀をはめ込んだピストルをテーブルの上に並べ、そしてぼくは大きな剣をベルトに帯びているのを見た。そのうえ、態度は優雅で、堂々と船長のために乾杯をした。全体として、ぼくはこの人のことを、ひと目見て、ここには敵というよりは友人と呼びたい人がいると思った。

船長もまた観察をしていたけれど、それは人柄というよりは衣服を見ていたのだった。そして確かに、その人は厚手のコートを脱ぐと商船の円室にいるにしてはとても立派な姿に見えた。羽根のついた帽子をかぶり、赤いチョッキと黒いビロードで出来た膝丈ズボン、銀のボタンと品のある銀モールのついた上着を身に着けていた。それは霧と、着たまま寝たためにいくらか損なわれていたけれど高価な衣服だった。

「ボートのことは心を痛めています」と船長は言う。

「海の底に沈んだ勇敢な男たちが何人かいる」とこの客は言った、「十艘のボートよりも、その人たちと、乾いた陸(おか)の上で会えたらと思う」。

「あなたの仲間だったのですか？」とホーシーズン。

「あなた方には地方にあんな仲間はいない」というのが返事だった。「あの者たちはわたしのためだったら犬のように死んでくれただろう」。

「まあ、あなた」と船長はまだその人を観察しながら言った、「この世の中には人のほうが、それを乗せるボートの数よりも多くいます」。

「それもまた真実だ」と相手は大声で言った、「それにあんたはたいへんな洞察力のある紳士のようにお見受けする」。

「わたしはフランスにいたことがあります」と船長は、その言葉が表面的な意味以上のことを含んでいるのだとわかるように言う。

「なるほど」と相手は言う、「その件については、多くの勇敢な男たちもまたそうだ」。

「確かに」と船長は言う、「そして立派な上着だ」。

「ほおっ！」と客は言う、「風向きはそうか？」。そして彼は素早くピストルを摑んだ。

「早まってはいけない」と船長は言った。「つまらないまねはやめなさい、それが必要とわかるまでは。あなたは、確かにフランス軍の制服を着てスコットランドの言葉遣いをしている。しかし近ごろでは多くの誠実な者たちもそうだし、おそらく、それだから悪いということはない」。

「そうか？」と立派な上着を着た紳士は言った。「あんたは誠実な側の人間なのか？」（つまり、ジャコバイト〔名誉革命後、追放されたジェームズ二世とその子孫を支持し復位させようとした人々〕なのか？　というのも、こうしたたぐいの内乱ではそれぞれの側が誠実という名を自分のものとしていたからだ）。

「とんでもありません」と船長は答えた、「わたしは心底固いプロテスタントで、そのことを神に感謝しています」。（これは、なんであれそれまで宗教について船長から聞いた最初の言葉だったのだけれど、あとで彼は陸にいる時はたいへん熱心に教会に通う人なのだと知った）。「しかし、それにもかかわらず」と船長は言う、「追いつめられたほかの人を見れば気の毒だとは感じられるのです」。

「そうできるのか、本当に？」とそのジャコバイトは尋ねた。「なるほど、率直に言うと、わたしは四五年と四六年のごたごた*に巻き込まれたあの誠実な紳士たちの一人なんだ。そして（さらにはっきり言えば）、誰であれ赤い上着〔政府軍の制服〕を着たお歴々の手に落ちれば、わたしにとっては厳しいことになるだろう。今わたしはフランスに向かっていた。そしてフランスの船がわたしを拾い上げるためにこのあたりを巡航していた。しかしその船は霧の中でわざとわたしたちを避けて通り過ぎたのだ――本当に、あんたもそうしてくれていればよかったのに！　そしてわたしが言えるのはせいぜいこうだ。つまり、わたしが向かっていた場所に上陸させてくれれば、十分その手間に報いられるだけのものは持っている」。

「フランスですか?」と船長は言う。「だめです。それはできません。しかしあなたの出発地——それなら話はできます」。

その時、残念なことに、船長はぼくがいつもの部屋の隅に立っているのを見て、この紳士に夕食を用意しろと言って調理室に追い払った。ぼくはまったく時間を無駄にしなかった、断言できる。そして円室に戻ってきた時に、その紳士が腰からお金入りのベルトを取り、一、二枚のギニー金貨をテーブルの上に出しているのを見た。船長はそのギニー金貨を、それからベルトを、そしてその紳士の顔を見ていた。そしてぼくは船長は興奮していると思った。

「その半分」と船長は叫んだ、「そうすればあなたの言いなりだ!」。

相手はギニー金貨をさっと取り戻してベルトに入れ、チョッキの下にまた巻いた。「打ち明けたとおり」と彼は言った、「このうち一枚たりともわたしのものではない。わたしの氏族長のものだ」——そしてここで彼は帽子に触った——「残りを安全に届けるためにその一部を惜しんだりしたらわたしはただの馬鹿な使いに過ぎなくなってしまうだろうし、自分の体をいくらかでも高く買いすぎれば自分を卑劣漢に見せてしまうだろう。海岸までで三十ギニー、あるいはリニ湾*に連れていってくれたら六十ギニー。そうしてくれるなら、取ってくれ。そうでなければ、どんなにひどいまねでもすればいい」。

「わかりました」とホーシーズンは言った。「それで、もしわたしが兵士たちにあなたを引き渡したら？」。

「あんたは愚か者の取り引きをすることになるだろう」と相手は言った。「わたしの氏族長は、いいか、スコットランドのほかのすべての誠実な人々と同じで、財産を没収されている。彼の土地は人々がジョージ王と呼ぶ者の手に握られていて、その男の役人が小作料を徴収しているか、あるいは徴収しようとしている。しかし貧しい小作人たちは、スコットランドの名誉のために、追放されている氏族長たちのことを心配していて、この金はまさしくジョージ王が手に入れようとしているその小作料の一部なのだ。さて、あんたは物事がわかる人のように思える。この金を政府の手の届くところへ持っていってみろ、そのうちのいくらがあんたのものになるかな？」。

「ごくわずかでしょうな、間違いなく」とホーシーズンは言った。それから、「もし政府の連中が知ればですがね」と表情も変えずにつけ加えた。「しかしそうしようと思えば、そのことについては口をつぐんでいられると思います」。

「ああ、しかしそこであんたの裏をかいてやるぞ！」とその紳士は叫んだ。「わたしをだませば、わたしもずるく立ち回る。もしわたしが捕らえられれば、その金がどんな金だか連中に教えてやるさ」。

「なるほど」と船長は返した、「なるようにしかなりませんな。六十ギニー、それで決まりです。約束の握手です」。

「こちらこそ」と相手は言った。

そしてすぐに船長は出て行き（かなりあわただしく、とぼくは思った）、円室にぼく一人をこの客人とともに残した。

この時期（四五年のすぐあと）、追放された数多くの紳士たちが命の危険を冒して戻ってきて、友人たちと会ったり、わずかな金を集めたりしていた。そして財産を没収された高地地方の氏族長について言えば、小作人たちがどれほど暮らしを切りつめてその人たちに金を送っていたか、そして彼らの氏族の人々がそれを集めるのに軍隊もものともせず、海を渡して運ぶのにわが海軍を相手に数々の冒険を繰り広げていたことは、よく話題にのぼっていた。こうしたことの一切を、もちろんぼくは語られるのを聞いたことがあった。そして今、命を危険にさらしてこのすべてと、さらにもうひとつのことに取り組んでいる人を目の前にしていたのだ。というのはこの人は反乱者で、小作料を秘密に運んでいるだけでなく、フランスのルイ王の軍務にも就いていたからだ。そしてこれでもまだ足りないとでもいうように、金貨のいっぱい詰まったベルトを腰に巻いていていた。ぼくの信ずるところがどうであれ、こんな人は強い興味をもって眺めないわけにはいかなかった。

「それではあなたはジャコバイトなのですね？」と、食べ物を出しながらぼくは言った。

「ああ」と彼は言い、食べはじめた。「で、きみはその浮かぬ顔から判断するとホイッグ〔ジョージ王の支持者〕なんだね？」。

「どっちつかずですね」とぼくはこの人を怒らせないために言った。というのは、実際ぼくはキャンベルさんに叩き込まれた、極めつけのホイッグだったからだ。

「それはどうでもいい」と彼は言った。「だが、いいかい、どっちつかず君」とつけ加えた、「きみのこの瓶は空っぽだ。六十ギニー払って、そのうえ一杯の酒もけちけちされたのでは情けないではないか」。

「行って鍵をもらってきます」とぼくは言い、甲板に出た。

霧はあいかわらず濃かったけれど、うねりはほとんどやんでいた。船は、どこであるかは正確にわからないまま、風上に向けて止められていて、風は（ごくわずかに吹いていたものの）本来の進路にはあまり役に立たなかった。いまだ暗礁に砕ける波に耳を澄ませている水夫たちもいた。けれど船長と二人の航海士は中部甲板で頭を寄せ合っていた。なぜだかわからないけれど、この人たちはよからぬことをたくらんでいるという気がした。そしてぼくがそっと近づきながら最初に聞いた言葉はそのことを確信させる以上のものだった。

それはリーアクさんの言葉で、とつぜん思いついたように叫んだのだった。

「やつをだまして円室から出せないか？」。

「今の場所のほうがいい」と船長は返した、「やつには狭くて剣が振るえない」。

「ふむ、それは確かだ」とリーアクは言った、「しかし相手にするには手ごわいぞ」。

「なあに！」とホーシーズン。「やつを話に引き込めるさ、そして両脇に一人ずつ立って、二本の腕を摑んで押さえ込めばいい。あるいは、それでだめなら、両方のドアから駆け寄って、剣を抜く前にねじ伏せられる」。

これを聞いてぼくは、いっしょに航海しているこの二枚舌で、強欲で、残虐な男たちに対する怖れと怒りに捉えられた。ぼくが最初に考えたのは逃げ出すことだった。次に考えたのはもっと大胆なことだった。

「船長」とぼくは言った、「あの紳士が飲み物を欲しがっていて、瓶が空です。鍵をくれませんか？」。

彼らは全員びくっとして、振り向いた。

「やあ、銃を手に入れるチャンスがあったぞ！」とリーアクが叫んだ。そしてぼくに向かって、「よく聞け、デイビッド、ピストルがどこにあるか知っているか？」と言った。

「そうそう」とホーシーズンが口を挟んできた。「デイビッドは知っている。デイビッドはいい若者だ。なあ、デイビッド坊主、あの無法な高地人は船にとって危険だし、そのうえ畏れ多くもジョージ国王陛下の憎むべき敵だぞ！」。

船に乗って以来、こんなにデイビッド、デイビッドと呼ばれたことはなかったけれど、ぼくは当たり前のことを聞いたかのように、はいと答えた。

「問題は」と船長はふたたび話しはじめた、「われわれの鉄砲は、大きいのも小さいのも、円室の、あの男の目と鼻の先にあるということだ。火薬も同じだ。さて、もしわたしが、あるいは航海士の一人が、中に入って銃を取れば、あの男は考えはじめるだろう。だが、デイビッド、お前のような若者なら気づかれずに火薬入れとピストルを一丁か二丁、かっさらってこられるだろう。もしうまくやれれば、お前に味方が必要な時にはそれを覚えておこう。そしてそれはカロライナに着いた時だ」。

ここでリーアクさんが船長にふた言三言囁いた。

「いかにもそのとおりです」と船長は言い、それからぼくに向かって「それで、いいかデイビッド、あの男はベルトにいっぱいの金貨を持っている、そして約束するが、お前にも分け前をくれてやる」。

ぼくは船長が望むとおりにすると言ったけれど、実際にはほとんど声も出なかった。船長はすぐに酒蔵の鍵をよこし、ぼくはゆっくりと円室に戻っていった。ぼくはどうすべきだろう？　連中は卑劣漢の泥棒だ。ぼくを自分の国から盗んできた。哀れなランサムを殺した。そしてぼくは新しい殺人の提灯持ちをすべきだろうか？　けれどその時、もう一方では死の恐怖がぼくの目の前にはっきりとあった。船全体の乗組員を敵に回して、一人の少年と一人の男に、たとえその二人がライオンのように勇敢であっても、何ができるだろう？

ぼくはまだ、ああでもないこうでもないと考えをめぐらして、はっきりとした結論が何も出ないうちに円室に入り、あのジャコバイトがランプの下で夕食をとっているのを見た。そしてそれを見ると、一瞬にして心は決まった。それは称賛されることでもなんでもない。自分から進んでそうしたというよりも、衝動に突き動かされるように、ぼくはまっすぐテーブルに近寄り、片手を彼の肩に置いた。

「殺されたいですか？」とぼくは言った。

彼はさっと立ち上がると、まるで言葉を話したかのように明瞭に目つきで問いかけてきた。

「ああ！」とぼくは叫んだ、「ここにいる人たちはみんな人殺しだ。この船は人殺しでいっぱいだ！　もうボーイを一人殺しているんだ。今度はあなたの番だ」。

「うん、うん」と彼は言った、「だがまだやっつけられたわけではない」。それからぼくを不思議そうに見て、「わたしの味方をしてくれるのか？」。

「します！　ぼくは盗人ではないし、ましてや人殺しじゃあない。あなたの味方をします」。

「ふむ、それなら、きみの名前は何だ？」。

「デイビッド・バルフォア」とぼくは言い、それから、こんな立派な上着を着た人は立派な人々を好むにちがいないと考えて、初めてこうつけ加えた、「ショーズの」。

彼にはぼくを疑うことなど思いもつかなかった、というのは、高地人は、良家の人間がたいへんな貧乏をしているのを見るのには慣れていたからだ。けれどこの人には自分自身の土地はなかったから、ぼくの言葉は彼のとても子供っぽい虚栄心を刺激した。

「わたしの名前はスチュワート」と彼は言い、胸を張った。「アラン・ブレック*と呼ばれている。国王の名前だけで十分だろう、簡潔にそれだけで、その後ろにつける肥溜めみたいな名前はないがね」。

まるでそれがいちばん重要なことのようにこう貶し終えると、彼はぼくたちの防御施設の点検にとりかかった。

円室はとても頑丈に作られていて、打ち寄せる波に耐えるようできていた。五つの開口部のうち、天井の明かり取りと二つのドアだけが人が通れる大きさだった。ドアは、そのうえ、引いてぴったり閉めることができた。それは頑丈な樫材でできていて、溝を滑り、必要に応じて閉めたままにも開けたままにもできる留め金がついていた。すでに閉まっているほうはこうしてしっかり固定した。ところが、ぼくが続けてもう一方のドアにそっと進み寄ると、アランはぼくを止めた。

「デイビッド」と彼は言った――「きみの所有地の名前は思い出せないからずうずうしくそ

う呼ぶんだが——その開いているドアはわたしたちの最善の防御装置だ」。

「閉めたほうがもっといいでしょう」とぼくは言う。

「そうじゃない、デイビッド。いいか、わたしにはひとつしか顔がない。しかしそのドアが開いていて、わたしの顔がそっちを向いているかぎりは敵の大半は正面にいて、そこが敵を置きたい場所なんだ」。

それから彼は武器掛けから短剣（銃のほかに何本かあった）をたいへん注意深く選び、首を振って、生まれてこの方こんなお粗末な武器は見たことがないと言いながら取ってぼくに渡した。次にぼくを、角製の火薬入れ、弾丸の入った袋、そして全部のピストルを持ってテーブルにつかせ、それに弾丸を込めるようにと命じた。

「そして、言わせてもらえば、そのほうがましな仕事だろう」と彼は言った、「きちんとした生まれの紳士にとっては、食器を洗ったり、タールで汚れた二、三人の船乗りに酒を運んだりするよりは」。

そうしてすぐに、彼は顔をドアに向けて中央に立ち、大きな剣を抜いて、それを振るわなければならない空間を確かめた。

「切っ先を使うしかないな」と彼は言い、首を振った、「残念だ。それではわたしの得意技を見せられないが、それはみんな上段の構えなんだ。ところで、きみはピストルに弾丸を込めながら、わたしの言うことよく聞いているんだ」。

ぼくは一心に耳をそばだてていると言った。胸は締めつけられるようで、口は渇き、灯かりは目に暗く見えた。すぐにもぼくたちに飛びかかってくるはずの者の数を考えると心臓がどきどきした。まわりじゅうから船に打ち寄せるのが聞こえる海のことが不思議にもしきりと思い出され、朝になる前に自分の死体がそこに放り込まれることになるのだろうと考えた。

「まず最初に」と彼は言った、「何人がわれわれの敵にまわるんだ？」。

ぼくはその人数を総計した。ぼくの心はすっかりあわてていたので、数を二回計算しなければならなかった。「十五人です」。

アランは口笛を吹いた。「ふむ、それはどうにもしようがない。それではよく聞くんだ。このドアを守るのはわたしの役割で、そこを主戦場にする。そこにはきみは手を出すな。そして気をつけろ、連中がわたしを打ち倒さないかぎり、決してこっちに向けて発砲するな。十人の敵を目の前に置いたほうが、きみみたいな味方が一人、背中でピストルをぶっ放すよりはましなんだ」。

ぼくは、実際射撃はからっきしだめだと告げた。

「そう言えるのは勇敢なことだ」と彼はぼくの率直さを大いに称賛して叫んだ。「思いきってそう言おうとはしない立派な紳士たちが大勢いるからな」。

「ですが、あなたのうしろにもドアがあって、そこからたぶん押し入ってきますよ」。

「そうだ」と彼は言った、「そしてそこがきみの受け持ちだ。弾丸を込め終わったらすぐにそのベッドによじ登ってくれ、そこからなら窓が使える。そしてもし連中がドアに向かって手を上げたら、撃つんだ。だがそれだけじゃあない。ちょっと兵隊の訓練をしてやろう、ディビッド。きみはほかに何を守らなくてはならない?」

「天窓があります」とぼくは言った。「ですが実際、スチュワートさん、その二つを見張るには両側に目がなければならないでしょう。片一方に顔が向いている時には、僕の背中は反対を向いていますから」。

「まさにそのとおりだ」とアランは言った。「しかしきみの頭には耳はついていないのか?」。

「確かに!」とぼくは叫んだ。「ガラスが破れる音は聞こえるに違いありません」。

「きみには分別のかけらくらいはあるな」とアランは突き放すように言った。

第10章　円室の包囲攻撃＊

けれどいまやぼくたちの休戦時間は終わりになった。甲板の上にいた者たちはぼくが帰るのを待って痺れを切らしたのだ。そしてアランがこう言うか言わないうちに、船長が開いたドアに顔を見せた。

「止まれ！」とアランは叫び、剣の先を船長に突きつけた。

船長は確かに立ち止まりはしたけれど、たじろぎもしなければ一歩も後ずさりすることもなかった。

「抜き身の剣ですか？」と彼は言う。「これは歓待に対しては奇妙な返礼ですね」。

「わたしが見えるか？」とアランは言う。「わたしは王の一族の出だ。王の名前を持っている。紋章はオークだ。＊この剣が見えるか？　これは、お前の足の指以上の数の首をホイッグどもから刎ね飛ばしてきた。お前の、ダニのような手下たちを背後に呼び集めろ、そして、かかってくるがいい！　合戦が早く始まればそれだけ早く、お前の体じゅうの急所にこの鋼を味わわせてやる」。

船長はアランには何も言わなかったけれど、醜い形相をしてぼくのほうを見た。「デイビッド」と船長は言った、「覚えておけよ」。そしてこの声は、激しい衝撃をもってぼくを貫いた。

次の瞬間、彼は立ち去っていた。

「さあ」とアランは言った、「しっかり守れよ、乱闘になるからな」。

アランは、連中が剣をかいくぐって突っ込んできた時の備えとして、短剣を抜いて左手で構えた。ぼくのほうは、腕いっぱいのピストルと、いくぶんかの重い気持ちを抱えて寝台によじ登り、見張らなければならない窓を開けた。眺め渡せるのは甲板のわずかな部分だったけれど、僕たちの目的には十分だった。波は静まっていたし、風は安定していて帆は音を立てなかった。だから船の中はひどく静かで、その中でつぶやき声が聞こえるのを確認した。少しすると金属が甲板にぶつかる音がして、それで連中が短剣を配っていて、そのひとつが落ちたのだとわかった。そのあとはふたたび静寂が戻った。

自分がいわゆる怖れを感じていたのかどうかはわからない。けれどぼくの心臓は小鳥の心臓のように素早く、そして小刻みに打った。そして目の前がかすんできて、それはたえずこすって払いのけても、たえずまた戻ってきた。希望については、まったく持っていなかった。けれど、ただ全世界に対する絶望の暗さと、ある種の怒りだけがあって、それがぼくに自分の命をできるだけ高く売ってやろうと強く望ませていた。祈ろうとしてみても、あいかわらず、走っている人のように心がせいて、言葉が思いつかなかったのは覚えている。そしてぼくの何よりの望みは、事を始まらせ、終わらせることだった。

事が始まったのは突然にで、突進する足音と怒号が聞こえ、それからアランの叫び声、剣を振るう音と誰かが傷ついたような叫び声があがった。ぼくは肩越しに振り返り、戸口でシュアンさんがアランと剣を合わせているのを見た。

「その人がボーイを殺したんだ！」とぼくは叫んだ。

「自分の窓に気をつけていろ！」とアランは言った。そしてぼくは持ち場に戻りながら、アランが航海士の体を剣で刺し貫くのを見た。

自分の役目につくのは　ぎりぎり間に合った。頭が窓に戻るか戻らないうちに破城槌*がわりの予備の帆桁を持った五人の水夫がそばを走り去り、ドアを押し破ろうと陣取ったからだ。ぼくは生まれてこのかた、一度もピストルを撃ったことはなかったし、猟銃もあまり頻繁に撃ったことはなかった。ましてや同じ人間に向けてなんて。けれど、今やるか、永遠にないかだったた。そして水夫たちが帆桁を揺り動かしたまさにその瞬間に、ぼくは「これをくらえ！」と叫んで彼らの真ん中に撃ち込んだ。

そのうちの一人に当たったにちがいない、というのは、その男は大声で叫んで一歩後退し、ほかの男たちは少し面食らったように立ち止まったからだ。彼らが立ち直る間もないうちに、その頭上に次の弾丸を撃ち込んだ。それから三発目を撃つと（それは二発目と同様に的を外れた）全員が帆桁を放り投げ、ほうほうの態で逃げていった。

それからぼくはもういちど甲板室を見回して調べた。部屋じゅうがぼくの発砲で煙だらけで、耳も同じように発射の轟音で裂けたかと思えた。けれどアランは前と同じように立っていた。ただ、今では彼の剣は柄に向かって血を滴らせていて、その人自身は勝利にすっかり得意になり、みごとな構えを取っていたから、向かうところ敵なしに見えた。彼のまん前の床にはシュアンさんが両手と膝をついていた。シュアンさんの口からは血が流れていて、恐ろしい、血の気をなくした顔つきで、ゆっくりと姿勢が低くなっていった。そしてちょうどぼくが見たとき何人かがうしろから彼のかかとを掴み、そのまま円室から引っ張り出した。そうしているあいだにシュアンさんは死んだにちがいないと思う。

「お前たちのホイッグが一匹だ！」とアランは叫んだ。それからぼくのほうを向くと、仕事はたっぷり果たしたかと尋ねた。

ひとりの腕を傷つけ、それは船長だと思うとぼくは言った。

「わたしは二人始末した」と彼は言った。「だめだ、まだ十分な血が流れていない。また戻ってくるぞ。見張りにつけ、デイビッド。これはまだ食前の一杯だ」。

　ぼくは自分の部署に戻り、発射した三丁のピストルに弾丸を込め直し、目と耳を両方使って見張りを続けた。

　敵は甲板上のあまり遠くないところで議論し合っていて、しかも大声を出していたから、打ち寄せる波の音があってもひと言かふた言は聞き取ることができた。

「シュアンのやつがへまをやったんだ」と誰かが言うのが聞こえた。

　そして誰かが、「おい、黙れ！　やつは報いを受けたんだ」とその男に答えた。

　そのあとは、前と同じつぶやき声になった。ただ、今度はひとりの人が、計画を述べているかのように大部分のあいだ話していて、最初に誰かが、そしてそのあと別のひとりが、指図を受けている部下のように、短い返事をしていた。それで、彼らはまた襲撃してくるにちがいないと思い、アランに知らせた。

「それこそ願ってもないことだ」と彼は言った。「嫌っという思いをさせてやらなければ、そして片をつけてしまわなければ、わたしにもきみにも寝ている暇はないぞ。だが今度は、いいか、やつらは本気で来る」。

　この時にはもうピストルの用意はできていて、耳を澄ませて待っているほかにすることはなかった。小競り合いが続いていたあいだは自分が怯えているのかどうか考える暇はなかった。

けれど今、すべてが静まり返ると、ぼくの心はほかのことは考えられなかった。鋭い剣と冷たい鋼のことがしきりに思われた。そして間もなく、ひそかな足音と、男たちの衣服が円室の壁に触れる音が聞こえはじめ、暗闇の中で配置についているのがわかると、大声で叫びだしたいほどだった。

これはすべてアランの側だった。そして戦いのぼくの受け持ちはもう終わったのだと考えはじめたその時、頭の上の屋根に誰かがそっと飛び降りる音が聞こえた。

それから号笛がひと吹きされ、それが合図だった。敵の一群が短剣を持ってドアに突撃してきた。同時に、明かり取り窓のガラスが粉々に砕かれ、男がひとりそこから飛び込み、床に着地した。男が立ち上がる前にぼくは背中にピストルを押し当てていたから、撃とうと思えば撃つこともできただろう。ところが彼の体に触れただけで(それも生きたままで)、ぼくの全身は動かなくなり、引き金を引くことも、逃げることもできなかった。

男は飛び降りた時に短剣を落としていて、ピストルを突きつけられるとぱっと振り向いて、大声で悪罵を浴びせながらぼくに摑みかかった。それでぼくは、勇気がよみがえったのか、さもなければ、恐ろしさのあまり同じ結果になって、激しい叫び声をあげ、男の体の真ん中をピストルで撃った。男はこのうえもなく恐ろしく耳障りなうめき声をあげて床に倒れた。天窓から両脚を垂らしていた二番目の男の足先が、それと同時にぼくの頭にぶつかった。それでぼくは急いで別のピストルを掴むとこの男の腿を撃ち抜き、すると男は窓から滑り落ち、仲間の体の上で、いっしょになってのたうち回った。狙いをつける間もなかったが、的を外すなんてこともありえなかった。ぼくは銃口をじかに相手に当てると発射した。

ぼくは突っ立ったまま長いこと二人を眺めていたのかもしれなかったけれど、アランが助けを呼ぶかのように叫ぶのが聞こえ、それで我に返った。

アランは長いことドアを守っていた。けれど、水夫のひとりが、アランがほかの水夫と切り結んでいるあいだに、防御を潜り抜け、体にしがみついた。アランは左手に持った短剣でその男を突き刺していたのに、男はヒルのように食いついて離れなかった。もうひとりが押し入ってきて、短剣を振り上げていた。戸口には連中の顔が群がっていた。ぼくはもうおしまいだと思って、急いで短剣を取り上げると彼らの側面から不意打ちをくらわせた。

けれどぼくが役に立つ間はなかった。組みついていた男はとうとう倒れた。アランは飛びのいて距離をとると、大声で喚きながらまるで雄牛のようにほかの者たちに襲いかかった。敵は彼の前に水のように砕け散り、引き返し、逃げ去り、あわてふためくなかでぶつかり合って倒れた。アランが両手で持った剣は水銀のように閃きながら、逃走する敵の群れの中を通り抜けた。そしてそれが閃くたびに傷つけられた人の叫び声が上がった。ぼくはあいかわらず、もうおしまいだと考えつづけていたのだけれど、その時、見よ！　敵はみな逃げ去り、アランは甲板の上で、まるで牧羊犬が羊を追いかけるように彼らを追い立てていたのだ。

けれどもアランは出てゆくとすぐにまた戻ってきて、勇敢であると同時に用心深いことも示した。そうしているあいだ、水夫たちはあいかわらず、まだアランに追いかけられているかのように、走りつづけ叫び声を上げつづけた。そしてぼくらには、連中が次から次へと船首楼に転がり込み、上部の昇降口を音を立てて閉めるのが聞こえた。

円室はまるで屠殺場のようだった。三人が中で死んでいてもう一人は敷居の上で断末魔の苦しみにあえいでいた。そしてアランとぼくとが無傷で勝ち誇っていた。

アランは腕を広げて近づいてきた。「わたしの腕の中においで!」と彼は叫んで、ぼくを抱きしめ、両方のほっぺたに熱烈なキスをした。「デイビッド、きみのことを弟のように愛しているよ。そして、ああ、すごいぞ」とうっとりしたように叫んだ、「わたしは素晴らしい戦士じゃあなかったか?」。

そう言うとすぐに彼は四人の敵に向かい、それぞれを剣で鮮やかに突き通し、次から次へとドアの外へ転がし出した。そうしながら、ある曲を思い出そうとしている人のように、一人ハミングをし、歌い、口笛を吹きつづけた。ただ彼がしようとしていたのは、新しい曲を作ることだったのだ。この間ずっと彼の顔は喜びで明るく、目は、新しいおもちゃを手に入れた五歳の子供のように輝いていた。やがて彼は剣を手にしたままテーブルの上に腰を下ろした。この間ずっと彼が作っていた曲は、少しはっきりと流れはじめていて、それから、さらにはっきりとした。そしてとつぜん彼は、素晴らしい声でゲール語*の歌を歌いはじめた。
それをここに、韻文ではないけれど（ぼくにその腕前はない）、少なくとも標準英語で訳してみた。彼はそれをあとでもしばしば歌い、この作品は人気になった。だからぼくは何度もそれを耳にし、説明してもらったのだった。

これはアランの剣の歌。
鍛冶屋が作り、
火が鍛えた。
今はアラン・ブレックの手に輝く。

彼らの目は数多く、燃えていた
ものを見るのに機敏だった
多くの部下を導いた。
この剣はただひと振り。

焦げ茶色の鹿は隊を組んで丘を越え、
その数は多く、丘はひとつ。
焦げ茶色の鹿は姿を消し、
丘は残る。

ヒースの丘から私のもとに来い、
海の島からやって来い。
ああ、遠くを見つめる鷹たちよ、
ここにお前たちの餌がある。

今となっては、ぼくらの勝利の時に彼が（歌詞も曲も）作ったこの歌は、乱闘の中ですぐそばにいたぼくにとってはそれほど公正なものとは思えない。シュアンさんとあと五人は即死するかすっかり傷ついて役に立たなくなった。けれどそのうち二人、天窓から来た二人はぼくの手によって倒れたのだった。あと四人傷ついたけれど、その数のうちのひとり（少なからぬ重要性を持ったひとり）は、ぼくからその傷を受けたのだ。つまり、全体として見れば、死んだ人についても傷ついた人についてもぼくは十分に自分の受け持ちを果たしたのだから、アランの歌詞の中にもぼくが占める地位があってもよかっただろうに。けれど詩人たちというのは（あるとても賢い人がかってぼくに話してくれたように）*、自分の韻のことを考えなければならないのだ。そして楽しい散文での会話では、アランはいつも公正以上にぼくのことを扱ってくれた。

その時は、ぼくは自分が不当に扱われていることをまったく気づかなかった。ゲール語をひと言も知らなかったし、そのうえ、待っているあいだの長い不安と、二度にわたる戦闘の、逸り、緊張した心、そして何にもまして、戦闘の中でぼくが受け持った役割のある部分に対する恐怖のために、事が終わるとすぐにぼくはほっとして座席に向かってよろめいていったからだ。胸にはあの締めつけられるような感じがあって、ほとんど息ができなかった。自分が撃った二人の男のことが悪夢のように重く心にのしかかった。そしてまったく突然に、何が起こっているのかもわからないうちに、ぼくは何か子供のようにしゃくりあげ、そして大声で泣き出した。

アランがぼくの肩をぱちんと叩き、ぼくは勇敢な若者で、ただ眠りたいだけなんだと言ってくれた。

「わたしが最初の見張りを務める」と彼は言った。「わたしのためによくやってくれたよ、デイビッド、初めから終わりまで。そして全アッピン*――いいやブレッドールベン*と引き換えにしたってきみを失いたくはないよ」。

そういうわけで、ぼくはベッドを床の上に作った。そしてアランはピストルを手に持ち、*剣を膝に置いて最初の見張りについた。壁に掛かった船長の時計で三時間。すると彼はぼくを起こし、ぼくが三時間の見張りについた。それが終わる前に、すっかり夜が明け、とても静かな朝がやって来て、穏やかにうねる海は船を揺らし、円室の床の上で血はあちらへこちらへと流れ、それから大雨が屋根を叩いた。見張っているあいだじゅう何も動くものはなかった。そして舵がばたんばたんと音を立てていることから、連中はただの一人にも舵を取らせていないことがわかった。実際（あとでわかったことでは）あまりに大勢が傷ついたり死んだりし、ほかの者たちはひどく機嫌が悪かったために、アランとぼくと同じように、リーアクさんと船長がかわるがわる見張りをしなければならず、さもなければ船が陸に乗り上げても誰も気づかなかったかもしれない。幸運にも夜はとても静かだった、というのも、雨が降りはじめると同時に風がおさまっていたからだ。それでも、船のまわりを飛び回り魚を獲っているカモメの大群の鳴き声で、この船はヘブリディーズ諸島のどこかある島か海岸のごく近くを漂っているにちがいないと判断した。そしてとうとう、円室のドアの外を見張っていた僕には右手にスカイ島*の大きな岩山、そしてもう少し船尾のほうにラム*の一風変わった島が見えた。

第11章　船長が降伏する

アランとぼくは六時ごろに朝食の席についた。床は割れたガラスで覆われ、血でひどく汚れていて、そのためにぼくは食欲がなかった。ほかのすべての点ではぼくたちはくつろげたばかりでなく愉快でもある状況にいた。船長や航海士たちを自分の船室から追い出し、船中のすべての飲み物——ワインも蒸留酒も——そしてピクルスや上等のパン*などといった、食料品のなかでも旨いものを自由にできた。こういったことが自然とぼくたちの機嫌をよくさせていた。けれど何より面白いことは、これまでスコットランドから出たなかでもいちばん酒に渇いている二人の男（シュアンさんは死んでいたので）が、今や船の前部に閉じ込められて、自分たちがいちばん嫌っているものを飲まなければならなかったことだ——冷たい水を。

「そして間違いなく」とアランは言った、「やつらからすぐに何かもっと言ってくる。男を戦いから遠ざけることはできても、決して酒瓶からは遠ざけておけないからな」。

ぼくたちはお互いによい話し相手になった。アランは、実際、情を込めて話をしてくれた。そしてテーブルからナイフを取ると、コートから銀のボタンを切り取ってぼくにくれた。「これは」とアランは言う、「父のダンカン・スチュワートからもらったものだ。今このひとつを昨晩の記念としてきみにやる。どこへ行ってもこのボタンを見せれば、アラン・ブレックの友人たちがきみのまわりに集まってくるだろう」。

彼はこれを、自分がまるでシャルルマーニュ大帝で、大軍を指揮しているかのように言ったのだ。そして実際、ぼくは彼の勇気に感服してはいたのだけれど、そのうぬぼれに対してはいつでも思わず頰笑んでしまいそうな危険があった。危険だったのだ、確かに、というのはぼくが表情を崩していたら、どんな言い争いが起こったか考えたくもなかったからだ。

食事を終えるとすぐに、アランは船長の戸棚を引っ掻き回して、とうとう洋服ブラシを見つけた。それからコートを脱ぐとスーツを点検し汚れを落としはじめたのだけれど、普通は女性でなければするとは思えないような注意を払い、手間をかけてそれをおこなった。確かに彼にはほかの服はなかった。そのうえ（彼が言うように）それはある王様のもので、だから、それにふさわしく手入れをしなければならなかったのだ。

それを考えると、ボタンが切り取られたところの糸を彼がどんなに注意深く引き抜いているかを見た時、ぼくは彼の贈り物がますます貴重なものに思えた。

まだアランが熱心に服の手入れをしていると、甲板からリーアクさんがぼくらを呼び、交渉を求めてきた。ぼくは天窓をよじ登って、ピストルを手に持ち大胆な態度で、とはいえ内心では割れたガラスにびくびくしながら、その縁に腰を下ろし、リーアクさんに叫び返して、大きな声で話すようにと言った。彼は円室の端まで来て巻いたロープの上に立ち、顎が屋根の高さになるようにした。ぼくたちはしばらく黙ってお互いを見つめた。リーアクさんは、ぼくが考えていたとおり、戦いの中では最前線にいなかったから、頬に一発食らっただけですんでいた。けれどひと晩じゅう起きて見張りに立ったり、けが人の手当てをしたりしていたので、まるで元気がなく、疲れているように見えた。

「ひどい状況だ」と彼はとうとう首を振りながら言った。

「ぼくらが選んだわけじゃあない」。

「船長が、きみの友人と話をしたがっている。窓のところで話ができるだろう」。

「船長がどんな背信行為をたくらんでいないかどうしてわかる?」とぼくは叫んだ。

「何にもたくらんじゃいないよ、デイビッド」とリーアクさんは返答した。「そんなことをしても、正直なところを言うが、水夫たちは言うことを聞かない」。

「そうなの?」とぼくは言った。

「もっと教えてやるが、水夫だけじゃあない、わたしもだ。わたしは怯えているんだ、デイビッド」。そしてリーアクさんはぼくに向かって頬笑んだ。「いいや」と彼は続けた、「わたしらが望んでいるのは船長と手を切ることなんだ」。

そこですぐにアランと相談をし、交渉は同意され、それぞれの側で誓約が交わされた。けれどリーアクさんの用事はこれで全部ではなく、彼はいまや一杯の酒を、たいそう切羽詰まって、また、以前に親切にしてやったことを思い出させながらねだったので、とうとうぼくは一ジル〔百四十二ミリリットル〕ほどのブランデーの入った金属のコップを手渡した。彼は少し飲み、残りを持って上役と（だと思う）分け合うために甲板に下りた。

少しして、船長が（合意のとおり）窓のひとつにやって来て、雨の中に片腕を吊って、険しい青白い顔をし、ひどく年寄りじみて立ったから、彼を撃ったことでぼくは心が咎めた。

アランはすぐに彼の顔にピストルを構えた。

「そんなものはしまいなさい！」と船長は言った。「わたしは約束を伝えませんでしたか？　あるいはわたしを侮辱するつもりですか？」。

「船長」とアランは言う、「あんたの約束は当てにならないと思っているんだ。昨晩あんたは、リンゴ売りの女のように値段のことをつべこべと言い、押し問答をした。それから約束をし、それを裏づけるため握手をしてよこした。それがどういう結末になったかよく知っているだろう。あんたの約束なんぞ糞食らえだ！」。

「やれやれ」と船長は言った、「悪態をついてもしかたがないでしょう」。(そして実際、この欠点を船長はまったく持っていなかったのだ)。「しかし別のことを話し合わなければならないのです」と彼は苦々しげに続けた。「あなたはわたしの船をめちゃくちゃにしてしまいました。わたしには船を動かせるだけの水夫がいません。それにわたしの一等航海士は(彼がいなくてはどうにもならないのですが)急所にぐっさりとあなたの剣を受けて、話もできずに亡くなってしまいました。人手を求めてグラスゴーの港に引き返すよりほかに道はありません。そしてそこで(失礼ながら)もっとよくあなたの相談に乗れる人が見つかるでしょう」。

「そうか?」とアランは言った。「ああ確かに、わたしは自分でその人たちと話すさ! 英語を話せる人がその町にひとりもいないというのでなければ、わたしには話して聞かせる素敵な話があるからな。一方には十五人のタールで汚れた水夫がいて、もう一方にはひとりと半人前の少年! いやはや、なんとも哀れな!」。

ホーシーズンはぱっと顔を赤くした。

「だめだ」とアランは続けた、「それじゃあいけない。あんたにはどうしても約束どおりわたしを上陸させてもらう」。

「はい」と船長は言った、「しかしわたしの一等航海士は死にました——どうしてだかはあんたがいちばんよく知っている。残ったわれわれは誰もこの海岸線を知らないのです。そしてここは船にとってたいへん危険だ」。

「選択肢をやろう」とアランは言う。「乾いた陸地にあげてくれ、アッピンかアードガウア*、モーベン*かアラシグ*、またはモーラル*、あるいは、要するにあんたの好きな場所、わたし自身の地方(くに)から三十マイル以内の場所だ。キャンベル氏族の土地を除いてだ。広い目標だぞ。それを外すようだったら、あんたは航海においても無能だ、戦いの中で無能だとわかったのと同じくらいにな。何しろな、わたしの地方(くに)の貧しい人々は、小さな漁船でどんな天気でも島から島へと渡るぞ――ああ、それについて言えば、夜でもだ」。

「漁船とでは船が違う」と船長は言った。「あれには喫水がない」。

「ふむ、それなら、あんたがそうしたければグラスゴーだ！」とアランは言う。「少なくともあんたを笑いものにしてやろう」。

「笑われることなど気にもしないさ」と船長。「しかし、そうするにはお金が掛かるのです」。

「結構ですな」とアランは言う、「わたしは風見鶏じゃあない。海岸に上陸させてくれれば三十ギニー、リニ湾に連れていってくれれば六十ギニーだ」。

「しかし、いいですか、われわれがいるのはアールドナマールハン*から数時間航海したところです」とホーシーズンは言った。「六十ギニーください、そうすればそこに連れていきます」。

「そしてわたしは自分の革靴をすり減らし、イギリス軍と出会う危険を冒してあんたを喜ばせるわけか?」とアランは叫ぶ。「だめだね、もし六十ギニー欲しいなら、ちゃんと仕事をしろ、そしてわたしを自分の地方に連れてゆくんだ」。

「それは船を危険にさらすことになります」と船長は言った、「そして同時にあなた方自身の命も」。

「のるか反るかだ」とアランは言う。

「そもそもあなたに水先案内ができるんですか?」と船長は言い、ひそかに顔をしかめた。

「まあ、それは怪しいな」とアランは言った。「わたしは船乗りというよりは（あんたも自分で見たとおり）戦士なんだ。だが、これまでしょっちゅうこの海岸で船に拾い上げられたり降ろしてもらったりしているからその地勢については何かわかるだろう」。

船長はまだ顔をしかめながら首を振った。

「この不運な航海で、これほど損失を出していなかったら、わたしの船を危険にさらすより先に、あなたがロープの端にぶらさがるのを見たいと思うのですがね。しかし、あなたのいいようにしましょう。微風が吹きしだい（少し吹いてくるでしょう、間違いなく）、船を動かしましょう。しかし、もうひとつあります。国王の船に出遭うかもしれず、わたしの責任ではないのに船を横づけにして乗り込んでくるかもしれません。この海岸線には高速警備艦が多数配備されています、誰のためかは知っているでしょう。ところで、もしそんなことが起こったら、お金を残して死ぬことになるかもしれません」。

「船長」とアランは言う、「もし軍艦の三角旗が見えたら、逃げるのはあんたの役割だ。ところで、聞くところによれば船の前部では少しブランデーが足りないようだから、交換を申し出よう。ブランデーひと瓶に対してバケツ二杯の水だ」。

これが取り決めの最後の条項で、双方の側で滞りなく履行された。そこでアランとぼくはやっと円室を洗い流し、ぼくたちが殺した人の名残を消し去ることができ、そして船長とリークさんはあの人たちなりにまた幸せになれて、それはつまり酒を飲めるということだった。

第12章　「赤狐」のことを耳にする

ぼくたちが円室をきれいにし終わる前に、北北東からの微風が吹きはじめた。それで雨は振り払われ、太陽が顔を出した。

ここで説明をしておかなければならない。読者は地図を見たほうがいいだろう。霧が降りて、アランのボートに衝突して沈めた日、ぼくたちはリトル・ミンチ海峡*を通り抜けていた。戦闘後の夜明けにはカナイ島*の東か、そこと、ロング・アイランド〔外ヘブリディーズ〕諸島*のエリシケイ島*のあいだで、風が凪いで止められていた。今、そこからリニ湾へ向かう一直線の経路はマル海峡*の狭いあいだを通って行くことだった。けれど船長は海図を持っていなかった。彼は島々のあいだのそんな奥深い場所に船を入れるのは心配だった。そして風は順風だったから、チリアー島*の西を通って、大きなマル島*の南海岸の下を北上することを選んだ。

一日じゅう、微風は同じ方位を保ち、おさまるというよりは強くなっていった。午後になろうとするころ、外ヘブリディーズ諸島を回ってうねりが押し寄せはじめた。内ヘブリディーズ諸島を迂回するぼくたちのコースは南西へ向かっていたから、最初はこのうねりを船腹で受け、ずいぶんと横に揺れた。けれど夜になって、チリアー島の端をまわってもっと東に向かうと、波は真後ろから来るようになった。

一方、その日も早いうちはまだうねりも押し寄せてこず、とても快適だった。ぼくたちは明るい日の光の中、いろいろな方角に山のように盛り上がった島のあいだを航海していた。アランとぼくはそれぞれの側のドアを開け（風がまっすぐ船尾から吹いていたので）、船長の上等のタバコをパイプに一つか二つ吸った。この時にぼくたちはお互いの身の上を話し合い、それはぼくにはより重要なことだった、というのは、ぼくが今にも上陸しようとしている、あのごたついた高地地方についていくらかの知識を得られたからだ。この当時、つまり大反乱のすぐあとでは、ヒースの茂る荒地に足を踏み入れる時には、自分が何をしているのかを知ることは必要不可欠だったのだ。

手本を示したのはぼくで、すべての災難をアランに話した。それを彼はとても親切に聞いてくれた。ただ、ぼくのあのよい友人である牧師のキャンベルさんのことに話が及んだ時、アランはかっとなって、その名前の者はみんな憎いと叫んだ。

「ええっ」とぼくは言った、「あの人はあんたが誇りをもって握手の手を差し出せる人だよ」。

「キャンベルという名の人間に差し出せるものなんて何も知らない」と彼は言う、「鉛の弾丸以外には。その名前の人間は全部、黒雷鳥のように狩り立ててやりたい。わたしが死の床に就いていたとしても、四つん這いになって部屋の窓まで行き、そやつに一発ぶっ放してやる」。

「えぇっ、アラン」とぼくは叫んだ、「キャンベルの何が気に食わないの？」。

「いいか」と彼は言う、「わたしがアッピンのスチュワートだってことはよく知っているだろう、そしてキャンベルは長いことそのわたしと同じ名前を持った者たちを蹂躙し衰退させてきたんだ。そしてわれわれの土地を奸策をもって――しかし決して剣を使わずに――奪ったんだ」と彼は大声で叫び、そう言いながらこぶしをテーブルに打ちつけた。けれどぼくはこれにはあまり注意を払わなかった、というのは、それは弱い立場に置かれた人々がいつも言うことだからだ。「まだあるぞ」と彼は続けた、「そしてみんな同じ話だ。偽りの約束、偽りの書類、大道商人にでもふさわしいようなごまかし、そして全体にわたって合法的な見せかけ、それが人々をますます怒らせるんだ」。

「あんたは自分のボタンをまるで粗末にしているから」とぼくは言った、「商売上手になれるとは思わないよ」。

「ああ」とアランは言って、ふたたび頰笑みはじめる、「わたしは浪費癖をボタンをもらったのと同じ人から受け継いだんだ。そしてその人とは、今は亡きわが父親であるダンカン・スチュワートだ、神のお恵みがありますように！　父は親戚じゅうでいちばん勇敢な人だった。そして高地地方でいちばんの剣士だった、ということは、わたしの知るかぎり世界でいちばんのということだ。それは、父こそがわたしの師だったのだから。父はブラック・ウォッチ*が最初に召集された時にその隊員だったんだ。そして紳士である他の兵と同じく、行進する時には代わって鉄砲を担ぐ従僕を従えていた。さて、王はどうやら高地地方の剣術を見たがっていたらしい。そして父とあと三人が選ばれて、王に最高の剣技を見せてやるためにロンドンの町に送られた。四人は王宮に迎え入れられ、ジョージ王、カーリン王妃*、屠殺者カンバーランド*、そしてわたしが覚えていないその他もっと多くの人々の前で、二時間ぶっ続けで剣の技すべてを披露した。四人が終えると、王は（下司の簒奪者だったが）丁寧に話しかけ、それぞれに三ギニー手渡した。さて、四人が王宮を出る時、門番の詰め所の脇を通らなければならなかった。そこで父ははっと思いついたんだな、何しろ父が最初にその門を通った高地の兵である紳士だったんだから、貧しい門番に自分たちの高い地位をきちんと知らせるべきだと。そこで王の三ギニーを門番の手に渡したんだ、まるでそれがいつもの習慣だとでもいうかのように。父のうしろにいたほかの者たちも同じことをした。そしてその四人は自分たちの骨折りに対して一銭の得もしないで、通りに立ったというわけだ。最初に王の門番に心づけを払ったのは誰だとか彼だとか言う者もいるが、本当のところはダンカン・スチュワートで、それをわたしは剣ででもピストルででも喜んで証明するぞ。そしてそれがわたしの父親というわけだ、その魂に安らかな眠りを！」。

「どうやらお父さんはあんたに財産を残すような人じゃあなかったんだね」とぼくは言った。

「ああ、それは確かだ」とアランは言った。「父はわたしに身を包むズボンと、それからほかにはごくわずかなものしか残さなかった。それがわたしが軍隊に入った理由で、わたしという人間に、いちばんいい時期につけられた汚点で、もしわたしが赤服連中〔イングランド軍〕と出遭ったら、今でもそれは痛いことになるだろう」。

「なんと」とぼくは叫んだ、「イングランド軍にいたの？」。

「そうだ」とアランは言った。「しかしプレストン・パンズ*で正しい側に脱走したんだ——それがいくらかの慰めだ」。

ぼくはほとんどこの意見に同意できなかった。武器を取っている最中に脱走するなんて、名誉に対する許しがたい罪だ。けれど、ぼくはとても若かったにしても、自分の考えを言うほど馬鹿ではなかった。「いやいや、罰は死だよ」。

「そう」とアランは言った、「連中がわたしを捕まえたら、処刑前の懺悔は短く、引き回しは長くということになる！　しかしフランス国王の将校任命辞令をポケットに持っているから、それが何か保護してくれるだろう」。

「とても疑わしいなあ」とぼくは言った。

「自分でも怪しいと思っている」とアランはそっけなく言った。

「まったく、何ていうことなんです」と僕は叫んだ、「あんたは札つきの反逆者で、脱走兵でフランス王の部下だとは――どうしてこの国に戻ってくる気になるんです？　それは神の意思に立ち向かうことだ」。

「ちぇっ」とアランは言う、「わたしは四六年以来毎年戻ってきている！」。

「それで、戻ってくる理由は？」とぼくは叫んだ。

「うむ、あのな、わたしは友人や故郷が恋しくてしょうがないんだ」と彼は言った。「フランスは素敵な場所だ、間違いなく。しかしわたしはヒースと鹿とが恋しくてしかたがない。それに、精を出さなければならない仕事もいささかあってな。時おりわたしはフランス国王に仕える若者を何人か見つけ出す。新兵募集というやつだ。そして、それはいつもいくらかの金になる。しかし事の核心はわたしの氏族長アードシールの仕事だ」。

「あんたの氏族長はアッピンと呼ばれているのだと思った」とぼくは言った。

「そうだ、しかしアードシールは氏族の重鎮〔アッピンの支族長〕なんだ」と彼は言ったけれど、それではぼくはまったくすっきりしなかった。「いいか、デイビッド、生涯を通じてとても偉大だった人、そして王の血縁で王と同じ名前を持っている人が、いまや誇りを打ち砕かれ、貧しい庶民のようにフランスの町に住んでいる。その号笛の下に四百人の兵力を有していた人が、わたしはこの目で見たことがあるんだ、市場でバターを買い、ケール*の葉に包んで家に持って帰るのを。これは彼の家族であり氏族であるわれわれの苦痛であるばかりか名折れでもある。ほかに子供たちもいて、アッピンの子であり希望でもあるその子供たちが、あの遠い国で文字と剣の持ち方を学ばなければならない。今ではアッピンの小作人はジョージ王に小作料を払わなければならない。しかしその心は堅固で、彼らは自分たちの氏族長に忠実だ。そして愛情やら、ささやかな強制やらで、それとたぶんちょっと脅してやれば、あの貧しい人々は別の小作料をアードシールのために掻き集める。いいか、デイビッド、わたしがそれを運ぶ役なんだ」。そして彼は胴のまわりのベルトを叩いてギニー金貨を鳴らした。

「その人たちは両方に払うの？」とぼくは叫んだ。

「ああ、デイビッド、両方にだ」と彼は言った。

「なんと！　二つの小作料？」とぼくは繰り返した。

「ああ、デイビッド」と彼は言った。「わたしは向こうの船長には違う話をしたが、これが本当のことなんだ。そして驚くほど強制しないでもすむ。しかしそれがわがよき同族にして父親の友人グレンズのジェイムズの手並みだ。つまりアードシールの腹違いの兄弟であるジェイムズ・スチュワートの。彼が小作料を取り立て、管理しているんだ」。

これがジェイムズ・スチュワートの名前を聞いた最初だったのだけれど、のちに絞首刑になる時、この名前はとても有名になった。けれどもその時はぼくはほとんど注意を払わなかった、というのは、この貧しい高地人たちの金ばなれのよさにぼくの思いはすっかり占められていたからだ。

「それは気高いことだ。ぼくはホイッグ、あるいはそれ同然だけれど、それは気高いことだ」。

「そうか」とアランは言った。「きみはホイッグだが、しかし紳士だ。だからそう言うんだな。さて、もしきみが呪われたキャンベル一族の一人だったなら、それを聞いて歯ぎしりをするだろう。もしきみが赤狐なら」。……そしてこの名前を言うと、彼の口は閉ざされ、話すのをやめた。ぼくは今までに多くの恐ろしい顔を見てきたけれど、アランが赤狐と言った時の顔ほど恐ろしいのは見たことがない。

「それで、赤狐って誰なの?」とぼくは、ひるみながらもまだ好奇心を覚えて尋ねた。

「誰かだって?」とアランは叫んだ。「よし、それじゃあ教えてやろう。氏族の者たちがカロデン*で敗れ、大義が屈し、馬の足が球節の上まで北方の最良の血にまみれて進んだ時、アードシールは山の中の哀れな鹿のように逃げなければならなかった——彼と奥方、そして子供たちは。わたしたちが彼を船に乗せるには苦労したものだ。そして彼がまだヒースの中に横たわっているあいだに、その生死を突き止められなかったイングランドのごろつきどもは彼の権利に襲いかかった。やつらは彼の権限を剝ぎ取った。土地を剝ぎ取った。三十世紀のあいだ剣を握ってきた氏族の者たちの手から武器を奪い取った。そう、そして彼らの背中から衣服までも——だから今ではタータン柄のプラドを身に着けるのは罪で、足のまわりにキルト〔男子が着用するスカート〕を着ければ投獄されかねない。ひとつだけやつらには滅ぼすことができなかったものがある。それは氏族の者が氏族長に対して抱いている愛だ。この金貨はその証拠だ。そして今、そこへ一人の男が入り込んでくる、キャンベルのひとり、グレニュアの赤毛のコリン——」。

「それがあんたが赤狐と呼ぶ人なの？」とぼくは言った。

「わたしにやつのふさふさの尻尾を取ってきてくれるか*？」とアランは猛々しく叫ぶ。「ああ、そいつだ。やつが介入してきてジョージ王から書類を手に入れ、アッピンの土地の、王の管理人とやらになる。最初のうちは下手に出て、シーマスとなれなれしくする——わたしの氏族長の代理人、グレンズのジェイムズのことだ。しかしやがて、今きみに聞かせたことがやつの耳に入ってきた。アッピンの貧しい平民たち、つまり農夫や小作人、家畜飼い（バウマン）*たちがいかに自分のプラドを絞って第二の小作料を工面しているか、そしてそれをアードシールとその哀れな子供たちのために海外に送っているかということだ。それを話した時、きみは何と言ったっけ？」。

「気高いと言っただけだよ、アラン」。

「ほとんど並みのホイッグと変わらないきみがな！」とアランは叫んだ。「しかしコリン・ロイときたら、キャンベルの黒い血が彼の中で荒々しく駆けめぐったんだ。やつはワインテーブルに向かって座り、歯ぎしりをしていた。なんと！　スチュワートと名のつく者がパンをかじっていて、それを阻止できないだと？　ああ！　赤狐め、銃の筒先にお前を捉えられさえすれば、神よ憐れみをだ！」（そして怒りを飲み込むためにここで話を切った）。「さて、デイビッド、こいつは何をする？　こいつはすべての農地を貸し出すと宣言する。そしてやつはその黒い心の中で考える、「スチュワートだのマッコルだのマクロブだの（これはみんなわたしの氏族の名前なんだよ、デイビッド）よりも高い値をつけるほかの小作人たちをすぐに手に入れられるさ。そうすれば、アードシールはフランスの道端で帽子を抱え込んで銭をめぐんでもらわなければならなくなるだろう」」。

「なるほど」とぼくは言った、「それでどうなったの？」。

アランは長いこと消えたままにしておいたパイプを置いて、両の手を膝に当てた。

「そう」と彼は言った、「きみには見当もつかんよ！（二つの小作料を、ひとつは剝き出しの力によってジョージ王に、もうひとつは自然な親切心からアードシードに払っている）このスチュワートやマッコルやマクロブたちは、この広いスコットランドじゅうのどのキャンベルよりも高い代金をやつに払おうと申し出たんだ。しかもやつは別の小作人たちを探し求めてはるばる使いを出したんだぞ――遠くクライド川*の両岸からエジンバラの広場の十字標まで――連中を探し求め、おだてて、来るよう乞い願った、飢えるべきスチュワートと、それで満足するキャンベルの赤毛の犬がいる場所に！」。

「ねえ、アラン」とぼくは言った、「それは不思議な話だねえ、そして素晴らしい話でもある。ぼくはホイッグかもしれないけれど、その男がしてやられたのは嬉しいよ」。

「やつがしてやられた？」とアランはオウム返しに言った。「それはきみがキャンベルについてあまり知らず、ましてや赤狐については知らないからだ。奴がしてやられた？　いいや、やつの血が丘の斜面に流されるまではそうはなるまい！　しかしわたしが少しばかり狩りをする時間と暇を見つけられるような日が来たら、デイビッドよ、わたしの復讐からやつを隠すに足るヒースはスコットランドのどこにも育たないぞ！」。

「ねえアラン」とぼくは言った、「そんなにいっぱい怒りの言葉を言い募るなんて、あんたは賢明でもなければキリスト教徒らしくもないよ。そんなことをしてもあんたが赤狐と呼ぶ男は痛くもかゆくもないし、あんたにだっていいことは何もない。あんたの話を簡単にすっかり話してよ。その男は次に何をしたの？」。

「それはいい意見だ、デイビッド」とアランは言った。「実際のところ、そんなことをしてもやつには痛くもかゆくもない。それだけに余計つまらん！　それにそのキリスト教徒らしさについてを除けば（この点に関してはわたしの意見はまったく別だし、さもなければキリスト教徒なんかにゃなりたくはないな）、わたしはきみと大いに同意見だ」。

「この点だろうがあの点だろうが、キリスト教が復讐を禁じていることは周知の事実でしょう」。

「ああ」と彼は言った、「キャンベルのひとりが君にそう教えたというのはよくわかる！　連中とその同類にとっては都合のいい世の中だろうな、ヒースの茂みに若者と銃なんてものがなければ！　しかし、これは話がそれたな。問題はやつがやったことだ」。

「うん」とぼくは言った、「それを話してよ」。

「いいか、デイビッド」と彼は言った、「やつは公正な手段では義理堅い民を追い出すことができなかったので、不正な手段を使ってそうしようと誓った。アードシールは飢え死にしなければならない。それがやつの狙いだった。亡命中のアードシールを食べさせている人々は金では手を引こうとしなかった——何としても。だからやつはそうした人々を追い出そうとした。そこで書類を取り寄せ、弁護士だの軍隊だのを呼び寄せて後ろ盾とした。その地方の心優しい人々はみんな荷物をまとめて放浪の旅をしなければならなくなった。すべての父親の息子が、父親の家から出て、そして生まれ育ち、幼いころに遊んだ場所を出て。そして誰がそれを引き継ぐことになるのか？　足をむき出しにした乞食どもだ！　ジョージ王は小作料が欲しくても取ることができなくなるし、もっと少ない小作料で我慢しなければならないが、バターをもっと薄く塗れるんだ。赤毛のコリンが何を気にする？　アードシールを痛めつけられるなら願いはかなうんだ。わたしの氏族長の食卓から食べ物を奪い取れるなら、そして子供たちの手からささやかなおもちゃを取り上げられるなら、歌を歌いながらグレニュアの家に帰るんだ」。

「ひとこと言わせて」とぼくは言った。「確かにもっと安い小作料しか取らないとしたら、間違いなく政府が手出ししているんだよ。このキャンベルのせいじゃあないよね――それは彼の受けた命令なんだ。そしてもしあんたが明日このコリンを殺したとしても、それであんたの何がよくなるというの？　別の土地管理人が、拍車をかけられるかぎりの速さでもって彼の代わりをするだろ」。

「きみは戦いの中では優れた若者だが、いやはや！　ホイッグの血が流れているんだな」。

アランは優しい話し方をしてくれたのだけれど、この嘲りの下にはたいへんな怒りが隠されていたので、話題を変えるのが賢明だと思った。高地地方は軍隊に覆われ、包囲攻撃を受けている町のように警備されているのに、彼のような立場の人間がどうして捕まりもせずに出入りできるのか驚いている、とぼくは言った。

「考えるよりは簡単なんだよ」と彼は言った。「裸の丘の斜面はみんなひとつの道のようなものさ。ある場所に歩哨がいれば、別の場所を通っていけばいい。そうなるとヒースはとても助けになる。それにどこにも友人たちの家だの、友人たちの牛小屋や干草の山だのがある。それに軍隊で覆われた地方といったって、それはせいぜい、ある種の決まり文句にすぎないのさ。それひとりの兵隊は自分の靴の裏以上の土地を覆うことはできない。わたしは向こう岸の土手に見張りのいる川で釣りをして、みごとな鱒をしとめたことがある。それに、別の見張りから六フィートとはなれていないヒースの茂みの中に座って、その男が吹く口笛でほんとに素晴らしい曲を覚えたこともある。これがそうさ」と言って、ぼくにそのメロディを口笛で吹いてくれた。

「そのうえ」とアランは続けた、「いまは四六年ほど悪くはない。高地地方はやつらの言葉で言えば平定されたんだ。そう驚くことでもないさ、カンタイア*からラス岬まで〔つまりスコットランドの南の端から北の端まで〕一丁の銃も、ひと振りの剣も残されていないんだから。だが用心深い人々が藁葺き屋根の中に何を隠してきたことか！　しかしわたしが知りたいのは、デイビッド、ただどれだけ長くか、ということなのだ。そんなに長いことはないときみは考えるだろう、アードシールのような人々が亡命し、赤狐のような連中が座ってワインをがぶ飲みし、故国にいる貧しい人々を圧迫しているのだから。しかし、人々が何に耐えるか、そして何に耐えないかを決定するのは微妙なことなんだ。さもなければなぜ赤毛のコリンがアッピンの、わたしの貧しい地方の至るところを馬で乗り回しているのに、やつに銃弾を撃ち込む勇敢な若者がひとりもいないのか？」。

こう言うとアランは考え込みはじめ、そして長いあいだとても悲しそうに黙っていた。

ぼくの友人について言わなければならないほかのことをつけ加えたいと思う。彼はあらゆるたぐいの音楽に、しかしとりわけバグパイプの音楽に熟達していた。自分が生まれ育った言葉では、かなり尊敬されている詩人だった。フランス語と英語でさまざまな本を読んでいた。射撃の名手で、釣りがうまく、彼独特の剣ばかりでなく小太刀を使っても優れた剣士だった。欠点について言えば、顔にあらわれていて、いまやぼくはそれを全部知っていた。けれど、いちばん悪い、腹を立て喧嘩を売る子供っぽい癖からは、ぼくの場合は除外されていて、それは円室での戦闘に対する敬意からだった。とはいえ、ぼく自身の功績からなのか、ぼくが彼自身のもっと大きな武勇の目撃者だったからなのかはわからない。というのは、彼はほかの人の勇気は大いに好んだけれど、アラン・ブレックの勇気を何よりも称賛していたからだ。

第13章　船を失う

もう夜も遅くなって、この季節ではこれ以上暗くならなくなったころ（つまり、まだかなり明るかった）、ホーシーズンが円室の戸口にひょいと顔をのぞかせた。

「さあ、出てきて水先案内ができるかどうか見てくれ」。

「これも何かの策略か？」とアランは尋ねた。

「だまそうとしているように見えるか？」と船長は叫んだ、「そんなことを考えている暇はない──わたしの船が危険なんだ！」。

船長の顔の心配そうな表情から、そして何より、自分の船について話すかん高い口調から、ぼくたち二人のどちらにも、彼がひどくまじめなのはよくわかった。だからアランとぼくは、裏切り行為をたいして心配もせずに甲板に踏み出した。

空は晴れ渡っていた。風は強く、そして刺すように冷たかった。昼の光がまだずいぶん残っていた。そして、ほとんど満月に近い月が明るく輝いていた。船はマル島の南西の角を回るために、できるかぎり船首を風上に向けて走*っていた。その丘陵地帯（なかでも頂上にひと刷毛の霞を漂わせたベン・モア〔マル島で一番高い山〕）が船首左舷いっぱいに横たわっていた。航海するにはぜんぜんいい場所ではなかったけれど、〈カベナント号〉は縦に揺れ、船体を軋ませながら、そして西からのうねりに追われて、たいへんな速度で海を切り裂いていた。

　全体として見れば、その夜は波を乗りこなすのにそれほど悪い晩ではなかった。そしてぼくが、船長にこれほども重くのしかかっているものは何なのだろうと考えはじめたその時、船はとつぜん高いうねりのてっぺんに上がり、彼が指差して、見ろと叫んだ。風下側の船首の向こうに、月に照らされた海から噴水のようなものが上がったかと思うと、すぐそのあとに低い轟きが聞こえた。

「あれを何と呼ぶんです?」と船長は暗い声で尋ねた。

「波が岩礁にぶつかって砕けているんだ」とアランは言った。「これでそのありかがわかったわけだ。これ以上いいことがあるか?」。

「ああ」とホーシーズンは言った、「もしあれがたったひとつきりならね」。

　そして確かに、彼がこう言うとすぐに、ずっと南に第二の噴水が上がった。

「そら!」とホーシーズンは言った。「自分で見ただろう。もしこの岩礁のことを知っていたら、もし海図があったら、あるいはシュアンが生きていたら、六十ギニーどころか、六百ギニーでだって、こんな岩礁地帯で船を危険にさらしたりはしなかった！　だがあんた、わたしたちの水先案内をするはずだったのに、ひと言もないのか？」。

「考えているんだが」とアランは言った、「これはいわゆるトラン・ロックス*になるんだろう」。

「あんなのがたくさんあるのか？」と船長は言う。

「正直なところ、わたしは水先案内じゃあない」とアランは言った、「しかしあんなのが十マイルも続くというのは頭にこびりついている」。

リーアクさんと船長は顔を見合わせた。

「通り抜ける道はあるんだろう？」と船長は言った。

「もちろん」とアランは言った。「だがどこだ？　しかし、もうひとつ思い出したが、陸地に近いほうが危険が少ないんだ」。

「そうですか？」とホーシーズンは言った。「そうなれば船を風上に向けて方向転換しなければならない、リーアクさん。船をマルの端近くまで持ってゆけるだけ持ってゆかねばなりません。そうしてからも、陸地で風をさえぎり、あの岩礁地帯を風下に置かねばなりません。さあ、わたしたちはもうはまり込んでいるのです、帆をいっぱいに張って強行帆走したほうがよろしい」。

こう言うと船長は舵手に命令を出し、リーアクを前檣楼*へと送った。甲板上には航海士と船長を含めて五人の男しかいなかった。これらはみんな、その仕事に耐えうる（あるいは少なくとも耐えうるし、いとわない）者たちだった。そしてこのうち二人は傷ついていた。*それだから、ぼくが言うように、高いところに上がる役目がリーアクさんにかかってきたわけで、彼はそこに座ると見張り番を務め、自分が見たものをすべて甲板に向かって叫んで知らせた。

「南側の海がごちゃついている」と彼は叫んだ。それから、しばらくして、「陸地に近いほうが確かに障害物が少なそうだ」。

「結構でしょう」とホーシーズンはアランに言った、「あなたの言うようにしてみましょう。しかしわたしには目の見えないバイオリン弾き*に頼ったほうがましなように思えます。あなたが正しいことを神に祈ってください」。

「わたしが正しいと神に祈れ！」とアランはぼくに言った。「だが、どこで聞いたのだっけ？まあ、まあ、なるようになるさ」。

島の角に近づくにつれ、岩礁がまさに進路上のあちこちに現れはじめた。そしてリーアクさんは時どきぼくたちに向かって進路を変えろと上から叫んだ。時おりは、実際、すんでのところだった。ひとつの岩礁が船の風上舷のすぐ近くにあり、波がそれに砕けた時、細かな水しぶきが甲板に降りかかり、雨のようにぼくたちを濡らしたからだ。

夜の明るさでこうした危険が昼と同じようにはっきりと見え、それでおそらく、より不安をかき立てられたのだろう。その明るさのために舵手の傍らにいる船長の顔も見えたけれど、彼は時には一方の足で、時にはもう一方の足で立ち、そして時たま手に息を吹きかけながら、あいかわらず鋼のように冷静に耳を澄まし目を見張っていた。船長もリーアクさんも戦闘では見栄えがしなかったけれど、自分自身の仕事では二人は勇敢だとわかり、そしてアランがすっかり血の気を失っていただけに余計に、感心させられた。

「おお、デイビッド」とアランは言う、「こんな死に方は気に入らんぞ」。

「なんだって、アラン！」とぼくは叫んだ、「怖がってるんじゃないよね？」。

「ああ、怖くはないが」とアランは唇を湿らせながら言った、「しかしきみだって認めなければならないだろう、これは冷たい最期だ」。

この時まで、岩礁を避けるために、時にはこちらに、時にはあちらにと急に向きを変えながらも、あいかわらずせいいっぱい風上に向き、陸地に沿って進んでいたぼくたちは、アイオナ島*を回ってマル島に近づきはじめていた。島の尻尾のように伸びた部分の潮はとても流れが強く、船の向きを急に変えさせた。二人の乗組員が舵に充てられ、ホーシーズン自身も時どき手を貸した。三人の屈強な男が舵柄に体重をかけ、それでも舵柄が（生き物のように）それに抵抗し、彼らを押し返すのは見るも不思議な光景だった。しばらくのあいだ海に障害物がなかったからよかったものの、そうでなければ、これはより大きな危険だったろう。リーアクさんのほうは、帆柱の上から、前方に開けた海が見えると知らせていた。

「あなたは正しかった」とホーシーズンはアランに言った。「あなたが船を救ってくれた。清算をする時にはそのことを心に留めておきましょう」。そしてぼくは船長が本気でそう言っただけでなく、そのとおりにしただろうと信じている。船長の愛情の中で〈カベナント号〉はとても高い位置を占めていたのだ。

けれどもこれはただの推測にすぎない、というのは、事態は彼の予想とは違ってしまったからだ。

「船を一ポイント〔三六〇度を三二分した角度〕離せ」とリーアクさんが大声で叫んだ、「風上に岩礁！」。

そしてまさにそれと同時に、潮の流れが船を捉え、帆から風をそらせた。船は独楽のように向きを変え、次の瞬間すごい勢いで岩礁にぶつかって、ぼくたちはみんな甲板に腹這いに投げ出され、リーアクさんはもう少しでマストの上の持ち場から振り落とされるところだった。

ぼくはすぐに立ち上がった。ぼくたちが衝突した岩礁はマル島の南西の端の下すぐ近くで、エレイド*と呼ばれる小島の沖合いにあり、島は船の左舷に低く暗く横たわっていた。時にはうねりが砕けてぼくらの頭上を越えた。時にはそれは哀れな船を岩礁の上で大きな音を立ててただ軋らせ、ぼくたちには船が激しく叩きつけられ、バラバラになる音が聞こえた。そして帆が立てる騒々しい音や、風の叫び声、月光の中に飛ぶ飛沫、そして危機感などでぼくの頭は少し混乱してしまったのだと思う。自分が見たものをほとんど理解できなかったのだ。

やがてぼくはリーアクさんと水夫たちがボートのまわりで忙しく動いているのに気がついた。そしてあいかわらずぼんやりしたまま、それを手伝いに走った。その仕事に手を出すとすぐに、ぼくの心はまたはっきりした。それはたやすい仕事ではなかった。ボートは船の中央に横たわり、邪魔な船具がいっぱいに積まれていて、砕け散る重い波のために、たえず仕事を中断し、何かにしっかり摑まっていなければならなかったからだ。けれどぼくたちは働けるあいだは馬のように働いた。

そうこうするあいだ、動けるようなけが人は前部昇降口をよじ登って出てきて手伝いはじめた。その一方で、自分たちの寝棚でなすすべもなく横たわっていたほかの者たちは叫び声を上げ助けを求めてぼくを苦しめた。

船長は何の役目も果たしていなかった。感覚が麻痺してしまったように見えた。彼は横静索*を摑んで突っ立ち、船が岩に叩きつけられるたびにひとり言を言ったり大きな唸り声を上げたりした。船は船長にとっては妻や子のようなものだったのだ。彼は来る日も来る日も哀れなランサムが虐待されるのを傍観していた。しかし船のことになると、いっしょに苦しんでいるように見えた。

ボートにとりかかっているあいだじゅう覚えていることはほかにひとつしかない。岸辺を見やりながらアランに何という地方かと尋ねたことだ。最悪の場所だとアランは答えた。そこはキャンベルの土地だったのだ。

ぼくたちはけが人のひとりに言いつけて、波を見張り、警報を叫ぶようにさせていた。さて、ボートをほとんど水面に降ろせるようにしたその時、この男がけたたましい大声で叫んだ。「後生だから、摑まれ！」。この声の調子で、なにかただ事ではないとわかった。そしてまさにそのとおり、すごい大波がすぐあとに来て、船をまっすぐ上に持ち上げたかと思うと横倒しにした。叫び声が遅すぎたのか、摑む力が弱すぎたのかわからない。けれどとつぜん船が傾いたために、ぼくは舷牆の上を越えて海に放り出された。

ぼくは沈んでゆき、いやというほど水を飲んだ。それから浮かび上がり、月がきらめくのを見、それからまた沈んだ。三度目に沈んだら終わりだと言われている。そうだとするなら、ぼくは他の人々のように出来ていないにちがいない。自分が何度沈み何度また浮かび上がってきたか書きたくもないからだ。そのあいだじゅうぼくは次から次へと波に投げつけられ、叩きつけられて息が詰まり、完全に飲み込まれた。この出来事でぼくの心はすっかり混乱していたので、哀れだとも怖いとも思わなかった。

やがてぼくは何か円材、帆柱か帆桁にしがみついているのがわかり、それはいくぶんの助けとなった。それから急に、ぼくがいたのは静かな海になり、正気に返りはじめた。摑まっていたのは予備の帆桁で、ぼくは船からどれほど遠くまで流されていたのかがわかって驚いた。実際、船に向かって大声で叫んではみたものの、すでに叫び声が届かないのは明らかだった。船はまだばらばらにはなっていなかったけれど、ボートを下ろしたのかどうかは、遠くに離れすぎていたし、海面すれすれの低いところにいたのでわからなかった。

船に向かって大声で叫んでいるあいだに、船とぼくとのあいだの水の広がりをよく見ると、大きな波はなかったけれど、そこいらじゅうが白く沸き立っていて、月の光の中で波紋やあぶくでいっぱいの水面があった。時にはその水の広がり全体が生きた蛇の尻尾のように片一方に揺れ、また時には、一瞬間その全部が消えうせ、ふたたび湧き上がった。それがいったい何なのか見当もつかず、そのために一時(いっとき)、恐怖が募った。けれど、今ではそれがルースト、つまり潮の急な流れだったにちがいないとわかっている。それがぼくをあんなにも速く運び、あんなにも手ひどく転げ回らせ、そしてついには遊び飽きたかのように、ぼくと予備の帆桁を陸近くに放り投げたのだ。

いまやぼくは、まったく動かず海に横たわっていて、人は溺れるだけでなく寒さでも死ぬことがあるのだと感じはじめていた。エレイドの海岸はすぐ近くだった。月明かりに照らされて、点在するヒースと、岩の中の雲母のきらめきが見えた。

「おい」とぼくはひとり思った、「あそこまで行けないようじゃおかしいぞ！」。

ぼくたちの家の近くではエッセン川は小さかったから、泳ぎはからきしだめだった。けれど、両手で帆桁を摑み、両足で蹴ると、すぐに動いているのがわかりはじめた。辛い仕事で、そのうえどうしようもなく遅かったけれど、足を蹴り、水しぶきを上げて一時間ほどもすると、低い丘に囲まれた砂地の湾の、両端を結んだ線よりだいぶ内側に入っていた。

*

海はここではまったく静かだった。どんな波音も聞こえなかった。月は雲もなく輝いていた。こんな荒涼として寂しい場所はこれまで見たこともない、と心の中で思った。けれどそこは乾いた土地だった。そしてついにすっかり浅くなって、帆桁を離して二本の足で岸に向かって歩いてゆけるようになった時、疲れ果てたと感じたのか、ありがたいと思ったのか、どちらかわからない。少なくともその時のぼくはこの両方だった。その晩より前にはこれほど疲れきったことはなかったし、そして確かに今日までしばしば神に感謝はしてきたけれど、その時ほど感謝する理由があったことはない。

第14章　小島*

陸地を踏むと同時にぼくの冒険のいちばん不幸な部分が始まった。時刻は午前零時三十分で、風は陸地にさえぎられてはいたけれど、寒い晩だった。あえて腰を下ろそうとはしないで（凍えてしまうだろうと考えたので）、果てしなく疲れきりながらも、靴を脱ぎ、胸を叩きながら、裸足で砂の上を行ったり来たりした。人の声も牛の鳴き声も聞こえなかった。そろそろ一番鶏が目を覚ます時間だったのに、鶏一羽鳴かなかった。ただ遠く外のほうで波が砕けていて、それがぼくや友人がさらされている危険を思い出させた。朝もそんな早い時間に海辺を、しかも荒地のように寂しい場所を歩くと、ぼくは何か強い恐れを感じた。

夜が明けはじめるとすぐに、靴をはいて丘に登った――こんなに苦労して這い登ったことはなかった――初めから終わりまで、花崗岩の塊のあいだを転びながら、あるいはひとつの岩からもうひとつの岩へと飛び移りながら。頂上に着いた時、夜明けが来た。船の形跡はなく、どうやら岩礁から持ち上げられて沈んでしまったにちがいなかった。ボートもどこにも見えなかった。海の上にはひとつの帆もなかった。そして地上に見えるもののなかには家も人もなかった。

同じ船に乗り合わせた人たちがどうなったかは怖くて考えられず、これほど何もない光景をそれ以上長いこと見ているのも怖かった。濡れた衣服や疲れ、そして空腹で痛み出したお腹など、そんなことを抜きにしても、ぼくを悩ますものはいっぱいあった。それだから、体を温められ、ぼくが失ってしまったものについて何か教えてもらえるような家が見つからないかと期待して南の岸に沿って東に歩き出した。最悪でも太陽がすぐに上がって衣服を乾かしてくれるだろうと思った。

少しすると入り江か瀬戸に行く手をさえぎられ、それはかなり陸地の奥深くまで続いているように思えた。向こうに渡る手段がなかったので、どうしても向きを変えてその端を迂回しなければならなかった。あいかわらずひどく辛い歩行だった。実際、エレイドだけでなくマル島の隣接する部分（人々はロスと呼んでいた）[*]の全体が花崗岩の寄せ集めにすぎず、あいだにヒースが点在するだけだった。最初、入り江は予想したとおり狭くなっていった。ところが驚いたことに、やがてまた広がりはじめた。これには途方に暮れてしまったけれど、本当のところはあいかわらずわからなかった。そしてとうとう高台に出ると一瞬にして、ぼくは小さく荒れ果てた島に打ち上げられ、四方を海で切り離されているとわかった。

太陽が出てぼくを乾かしてくれるどころか、雨になり、濃い霧が出た。状況は嘆かわしいものだった。

ぼくは雨の中に立ち尽くし、震えながら、どうしようかと考えていると、この瀬戸はおそらく歩いて渡れるのではないかと思いついた。いちばん狭い場所に戻って、水の中に入った。けれども岸から三ヤード〔一ヤードは約九十一センチ〕も行かないうちに頭の上までどっぷりとはまり込んでしまった。そして仮にも、これ以上ぼくの身の上話を聞いてもらえるのは、自分が慎重だったからではなく神の恵みのおかげである。前よりも濡れるということはなかった（それはほとんど不可能だった）けれど、この災難でますます寒くなった。そしてまたひとつ希望を失って、ますます不幸になった。

その時、とつぜん帆桁のことが思い浮かんだ。ルーストを抜けてぼくを運んでくれたものが、この小さく静かな瀬戸を安全に渡るのにきっと役立ってくれるだろう。そう考えてぼくは挫けることなく島のてっぺんを横切り、それを運んで戻ってこようと出かけた。歩いているあいだじゅううんざりするような道のりで、もし希望につなぎとめられていなかったら地面に身を投げ出して、あきらめてしまっていただろう。塩水のためか、それとも熱が出ていたのか、ひどく喉が渇き、途中で立ち止まって沼地から泥炭くさい水を飲んだ。

やっと湾に着いた時は半死半生の状態だった。そしてひと目見ると、帆桁は置き去りにした時よりいくらか遠くにあるように思えた。三度目の海に入っていった。砂は滑らかでしっかりとしていて、ゆるい勾配でだんだんと深くなっていった。だから、水がほとんど首まで来て小波(さざなみ)が顔に跳ねかかるまで歩いてゆくことができた。けれどその深さで足はぼくを見捨て、ぼくにはどうしてもそれ以上遠くまで思い切って進んでゆくことができなかった。帆桁はといえば二十フィートほど前にとても静かに上下に揺れているのが見えた。

こうして最後に希望を失うまでぼくは挫けずによく頑張ってきた。けれどもここで、陸に上がると、砂の上に倒れ伏し、ぼくは泣いた。

その島で過ごした時間を思うと、今でもひどく恐ろしいので、軽く通り過ぎなければならない。これまで読んだ難破した人々についての本の中では、人々はポケットを道具でいっぱいにしているか、物が詰まった櫃がいっしょに渚に打ち上げられたりしていた。まるでわざわざそうしたかのように。ぼくの場合はひどく違っていた。ポケットの中にはお金とアランの銀のボタンしか入っていなかった。そして内陸育ちだったから、手段と同じく知識も欠いていた。

確かに貝が食用になるのは知っていた。そして島の岩のあいだにとてもたくさんのカサ貝〔巻貝の一種〕を見つけたのだけれど、最初は素早さが必要だと知らなくて、それを岩から剥がすことができなかった。その他、ぼくらがバキーと呼ぶ小さな貝が何種類かあった。ペリウィンクル〔タマキビ貝〕というのが英語の名前だと思う。この二つがぼくの食べ物のすべてとなり、見つけしだい冷たいまま生で食べた。とても空腹だったので最初はそれが旨く思えたのだった。

おそらくそれらは季節はずれだったのだろう。あるいはたぶんぼくの島の周囲では海に何かおかしなことがあったのだろう。少なくとも最初の食事をとるとすぐに、めまいと吐き気に襲われ、ほとんど死んだも同然となって横たわっていた。同じ食べ物を二度目に試してみた時は（実際ほかには食べ物は何もなかったのだ）もっとましで、力がよみがえった。けれどこの島にいるあいだじゅう、食べた時にどうなるかは予想もつかなかった。時にはすべてがまったく問題なかったし、時には悲惨な吐き気に襲われた。そして、どの貝に当たったのかまったく見分けることができなかったのだ。

一日じゅう絶え間なく雨は続いた。島はびしょびしょに濡れた。乾いた場所はどこにも見つからなかった。そしてその晩、屋根のようになった二つの大きな石の間に横たわった時には、足は湿地の中にあった。

次の日、ぼくはあらゆる方向に島を横断した。どこにもほかよりもましな場所はなかった。すべてが荒涼とし岩だらけだった。その島に住んでいるのは猟の対象となる鳥だけで、それを殺す手段がぼくにはなく、それとカモメが遠くの岩に驚くほどの数でいた。けれどこの島をロスの本土から切り離している水路、ないしは瀬戸は、北の湾に向かって広くなっていて、その湾がまたアイオナ海峡に向かって開いていた。その近くをぼくは家として選んだ。とはいっても、こんな場所でまさに家などという言葉を思い出していたら、ぼくは泣き崩れていただろう。

ここを選んだのにはちゃんと理由があった。島のこの部分には豚小屋のような掘っ立て小屋があり、漁師たちが仕事でここに来た時、眠るのに使っていた。けれど、芝土で覆った屋根はすっかり落ち込んでいて、だからこの小屋はぼくには何の役にも立たず、岩ほどにも雨風を防いでくれなかった。もっと重要だったのは、食料としていた貝がそこで豊富に育っていたことだった。潮が引くと一度に大量に獲れた。そしてこれは疑いもなく便利だった。けれど、もっと深い理由があった。ぼくは島での恐ろしい孤独にまったく慣れることはなく、（まるで狩り立てられた人のように）誰か人間が来るのが見えるのではないかという怖れと希望のはざまで、たえず四方八方を見回していたのだ。今や湾の上の丘を少し登ったところから、アイオナ島の大きな古い教会と人々の家の屋根を見ることができた。その一方で、ロスの低い土地の上空には、まるで窪地の中にある家から上がるかのように、朝に晩に、煙が立ち昇るのが見えた。

濡れて寒い時、そして寂しさで半ば正気を失いかけた時、ぼくはよくこの煙を見た。そして心が燃え上がるまで、炉辺と話し相手のことを考えた。アイオナの屋根も同じことだった。とにかく、目にした人家や快適な暮らしの光景は、ぼく自身の苦難を鋭く感じさせはしたものの、それが希望を生かしつづけ、生の貝を食べるのを助け（それはすぐにうんざりするものになっていた)、そして、まわりには死んだように動かない岩や、鳥や、雨や、冷たい海だけしかなく、まったく孤独だった時にいつも感じた恐怖感からぼくを救ってくれた。

確かにそれが希望をつないでくれたのだ。そして実際、自分の国の海岸で、しかも教会の塔や人家の煙が見えるところで、取り残されて死ぬなんてありえないと思えたのだ。けれど二日目が過ぎ去った。そして明るいあいだはずっと、瀬戸を通る船やロスを通りかかる人を目を光らせて見張っていたけれど、助けは一向に近づかなかった。雨は降りつづけていた。そしてこれまでになくびしょ濡れになり、喉はひりひりと痛み、そしておそらく、ほんのわずかな慰めに、隣人であるアイオナの人々にお休みを言って、ぼくは眠りについた。

チャールズ二世*は、ほかのどこよりもイングランドの気候の下で、人は年に最も多くの日を屋外で暮らすことができるとのたまわった。これはいかにも、背後には宮殿があり、乾いた着替えを備えた国王が言いそうなことだ。それでもこの国王はウスターから逃げる時*、惨めな島の上にいるぼくより幸運だったにちがいない。夏の盛りだったのに二十四時間以上雨が降り続き、三日目の午後まで晴れ上がらなかった。

この日はいろいろなことが起こった。午前中にぼくはアカシカ、みごとに広がった角を持った牡の鹿が、雨の中、島のてっぺんに立っているのを見た。けれどこの鹿はぼくが岩の下から立ち上がるのを見るが早いか反対側へ駆け下りていった。この鹿は瀬戸を泳ぎ渡ったのにちがいないと思った。とはいえ、いったいなぜ生き物がエレイドに渡ってくるのかは想像もできなかった。

その少しあと、カサ貝を求めて飛び回っていると、ギニー金貨が目の前の岩に落ちて、キラッと光って海の中に跳ね返っていったのに驚かされた。水夫たちがお金を返してくれた時、三分の一ほどの金額を差し引いただけでなく、父親の革財布も返してくれなかったのだ。だからその日から、ぼくは金貨をボタンといっしょにバラのままポケットに入れて持ち運んでいた。今、ポケットに穴が開いているにちがいないとわかり、大急ぎでその場所を手で押さえた。けれどこれは馬が盗まれてから厩の扉に鍵をかけるようなものだった。クイーンズフェリーの岸を離れる時、五十ポンド近く持っていた。それが今、ギニー金貨が二枚とシリング銀貨が一枚しかなかった。

確かにぼくはすぐあとで三枚目のギニー金貨が、芝土の上で輝いているのを拾い上げた。これで、ひとつの土地の正当な相続人で、今や荒涼とした高地地方の果ての果てにある島の上で飢えている若者の財産は三ポンドと四シリングになった。

この事態はさらにぼくの気力を挫いた。そして実際、この三日目の朝にぼくが置かれた窮状は本当に哀れなものだった。衣服はぼろぼろになりはじめていた。とりわけ長靴下はまったく擦り切れてきて、ぼくの二本のすねは裸になった。両手はたえず水に浸していたためにすっかりふやけてしまった。喉はとてもひりひりし、力はすっかり弱り、食べなくてはならない忌まわしい代物に心はひどく嫌悪感を催し、それを見ただけでほとんど吐き気がしてきた。

でも、最悪のことはまだこれから来るのだった。

エレイドの北西にかなり高い岩があって、(そこには平坦な頂があり海峡を見渡せたから)しばしばそこに行くのを習慣にしていた。寝る時以外はひとところにとどまっていることはなく、それは惨めさのために安らぎが得られなかったからだ。実際、たえず目的もなく雨の中を行ったり来たりしてすっかり疲れきってしまっていた。

けれど、太陽が出てくるとすぐに、ぼくはその岩のてっぺんに横たわって体を乾かした。太陽が与えてくれる慰めは口では言い表せないものだ。絶望しかけていた救出のことを希望をもって考えさせてくれた。ぼくは海とロスを新たな興味をもって見つめなおした。ぼくがいる岩の南に島の一部が突き出していて、開けた海を隠していたので、一艘のボートがその側からぼくのすぐ近くにやって来ても、ぜんぜん気がつかなかったろう。

さて、茶色の帆を張り二人の漁師が乗った小さな漁船が突然、アイオナに向かってその角を、飛ぶように曲がってきた。ぼくは叫び声を上げ、岩の上でひざまずき、両手を挙げて彼らに祈った。彼らは声が聞こえる近さにいたのだ――ぼくには二人の髪の色までわかった。そして彼らは間違いなくぼくを認めたのだ。ゲール語で叫び、笑ったからだ。けれど小舟は決して脇へそれることはなく、まさにぼくの目の前をアイオナに向かって飛ぶように走りつづけた。

　こんな意地悪は信じられず、岸辺に沿って岩から岩へと走り、哀れな声で彼らに呼びかけた。声が届かなくなってからも、まだ叫び、手を振りつづけた。そして完全に行ってしまうと、ぼくは心臓が破裂してしまったかと思った。この苦難の全期間を通じてぼくは二度しか泣かなかった。一度目は帆桁に手が届かなかった時で、そしてこれが二度目、あの漁師たちがまったく耳を貸さなかった時だ。けれど今度は、ぼくはまるで駄々っ子のように泣き喚き、爪で芝土を引き裂き、地面に顔をこすりつけた。願って人が殺せるものなら、あの二人の漁師は決して次の日の朝を見ることはなかっただろうし、ぼくはおそらくこの島で死んでいたことだろう。

　少し怒りがおさまると、また食べなければならなかったのだけれど、この食べ物に対してほとんど抑えきれないような嫌悪感を催した。確かに断食をしたほうがましだったのだ、また貝に当たったのだから。ぼくはとんでもなく痛い思いをした。喉はひどく痛み、つばも飲み込めなかった。強い震えの発作が来て歯をカタカタ鳴らした。そして英語でもスコットランド語でも言い表せないようなあの恐ろしい病気の感覚。死んでしまうだろうと考えて、神と和解し、叔父やあの漁師たちさえも含めてすべての人々を許した。そして最悪に備えて心を決めると清澄さが訪れた。乾いた夜が訪れたのがわかった。衣服もずいぶん乾いていた。確かに、島に上陸して以来、ぼくはこれまでになかったほどよい状況にいたのだ。だからぼくはとうとう、感謝の気持ちをもって眠りについた。

次の日（それはこのひどい生活の四日目だった）ぼくは体の力がひどく弱っているのに気づいた。けれど太陽は照り、空気は旨く、貝の中から何とか食べられたものは体に合って勇気をよみがえらせた。

岩に戻ると（そこは食べ終わったらいつも最初に行く場所だった）すぐに小舟が一艘、海峡をやって来るのが見えて、船首をぼくのほうに向けていると思った。

ぼくは、ひどく希望でいっぱいにもなればまた同時にひどく恐ろしくもなりはじめた。というのは、あの男たちが自分たちの冷酷さを考え直して、ぼくの助けとなるために戻ってきているのだと思ったからだ。けれど、昨日のような失望がもう一度やって来たら、耐え切れるものではない。それだからぼくは海に背中を向け、何百も数えるまでふたたび見なかった。小舟はあいかわらず島に向かっていた。次はたっぷりと千までゆっくり数え、ぼくの心臓はひどくどきどきし、苦しくなるほどだった。それから、疑問の余地はまったくなくなった。小舟はまっすぐにエレイドに向かっている！

ぼくはもうこれ以上自分を引き止めておくことができず、海辺に向かって走り、岩から岩へと伝って、できるかぎり遠くまで進んだ。溺れなかったのが不思議だった。とうとうそれ以上先に行けなくなった時、足は震え、口はすっかり渇いていて、叫べるようになるまで海水で湿らせなければならなかったからだ。

　このあいだずっと、小舟は進みつづけていた。そして今やそれは昨日と同じ小舟、同じ二人の男だということがわかった。それは髪の色でわかり、ひとりは明るい黄色、もうひとりは黒だった。けれど今日はその二人とともに第三の男がいて、その人は二人よりも偉い人のように見えた。

　楽に話ができるような距離に近づくとすぐに、彼らは帆を降ろし、静かに止まった。ぼくが懇願しても、彼らはそれ以上近寄らず、そしてなによりもぎょっとしたことに、新しく来た人は、話しながらぼくのほうを見てヒッヒッヒッと笑ったのだ。

　それからこの人はボートの中に立ち上がり、早口で喋り、多くの手振りで長いことぼくに向かって話しかけた。ぼくはゲール語はわからないと言った。これを聞くとその人はとても腹を立て、それでぼくは、この人は英語を喋っているつもりなのだと思いはじめた。よく聞くと、何度か「にゃんても」という言葉が聞こえた。けれどほかはすべてゲール語と、なんだかわけのわからない言葉だった。

「何でも」とぼくは言って、一語はわかったことを彼に知らせた。

「そうだ、そうだ、そうだ、そうだ」と彼は言い、「わしは英語を話すと言ったろう」とでも言うかのようにほかの男たちを見やり、前にもまして熱心にゲール語でふたたび話しはじめた。

この時ぼくはもう一語、「潮」というのを聞き取った。そして希望が閃いた。彼がずっとロスの本土のほうに向かって手を振っていたのを思い出したのだ。

「潮が引いたらと言っているんですか?」とぼくは叫び、最後まで言い終えることができなかった。

「そうだ、そうだ」と彼が言ったのだ、「潮だ」。

これを聞くとぼくはボートに背を向け(するとぼくへ助言をくれた人はもう一度ヒッヒッヒッと笑った)、来た道をまた石から石へと飛び跳ねながら戻り、これまでにないほど夢中になって、島を横切って走りはじめた。約三十分で水路の岸辺に着いた。そして確かに、それは細い水の流れにまで縮んでいて、それを突っ切ると、水は膝の上までなく、叫び声をあげながらぼくは本島に上陸した。

海で育った少年だったらエレイドで一日たりとも過ごすことはなかっただろう。それはいわゆる潮汐島と呼ばれるもので、小潮の時をのぞけば、二十四時間ごとに二回、靴を濡らさずに、あるいはせいぜい水の中を歩いて、来たり立ち去ったりできるのだ。ぼくでさえ、湾の中に潮が出たり入ったりするのを目の前にして、よく貝が獲れるように引き潮を待ち構えてさえいたのだから——ぼくでさえ(いやまったく)、運命に怒りまくるかわりに落ち着いてよく考えてみれば、この秘密をすぐに推測できて、自由になれたにちがいなかった。漁師たちがぼくのことを理解できなかったのも驚くことではない。驚くのはむしろ、そもそも彼らがぼくの哀れな思い違いを推察してわざわざ戻ってきてくれたことのほうだ。ぼくは百時間近くこの島で寒さと飢えに苦しんでいた。この漁師たちがいなければ、ぼくはまったくの愚かさのためにこの島で骨になっていたかもしれなかったのだ。そしてたとえそうならなかったとしても、この愚かさは、過去の苦しみばかりでなく、現在のひどい状況をもたらしたのだ。ぼくは今、乞食のような身なりをし、ほとんど歩くこともできず、ひりひりする喉がひどく痛んだのだから。

ぼくはこれまで意地の悪い人々や愚か者たちを見てきた、両方ともたいへん数多く。そういう人たちはどちらもしまいには報いを受けるとぼくは信じている。けれど、愚か者たちのほうが先なのだ。

第15章　銀のボタンを持った若者——マル島を通り抜けて

今ぼくが上陸したマル島のロスは、あとにしてきた島と同じく岩だらけで道もなく、一面が湿地とイバラの茂みと大きな石だらけだった。この地方をよく知る人々にとっては道があったのかもしれない。けれどぼくとしては、自分の鼻よりもよい道案内はなく、ベン・モア以外の目印もなかった。

ぼくは、小島からしばしば見ていた煙にできるだけよく狙いを定めた。そしてひどく疲れきっていたし、道は困難だったけれど、夕方の五時か六時ごろ、小さな窪地の底にある家に行き当たった。それは低く長い家で、芝土で屋根を葺いて、モルタルを塗っていない石で作られていた。家の前の土手に，年をとった紳士が陽だまりで腰を下ろしてパイプを吹かしていた。

喋れるわずかな英語を使ってその人は、いっしょに船に乗っていた人たちが無事に上陸し、次の日にまさにこの家で食事をさせてもらったのだと聞かせてくれた。

「そのなかに」とぼくは尋ねた、「紳士らしい服装をした人がいましたか？」。老紳士は、全員が粗い布地で作った厚手のコートを着ていたと言った。しかし確かに、最初に一人でやって来た者は膝丈ズボンを身に着け長靴下をはいていたのに対し、ほかの者たちは水夫のズボンをはいていた。

「ああ、その人は羽根つきの帽子をかぶっていなかったでしょうか？」。

いいや、ぼくと同じで帽子はかぶっていなかったと老紳士は言った。

はじめぼくは、アランは帽子をなくしたのかもしれないと思った。それから、雨のことが思い出され、帽子がいたまないよう厚手のコートの下に入れておいたというほうがありそうだと判断した。それでぼくは、ひとつにはぼくの友人が無事だったことで、ひとつには衣類に関して彼が見栄をはったと考えて、思わずにっこりとした。

それから老紳士はおでこを叩いて、あんたは銀のボタンを持った若者にちがいないと叫んだ。

「ええ、そうです！」とぼくは少しばかり驚いて言った。

「ふむ、それなら、あんたに伝言がある、あんたは友人を追って、トロセイ*経由で彼の地方（くに）まで行かなければならんということだ」。

それから老紳士は、ぼくがどうしていたのかと尋ね、ぼくは自分のことを話した。南の地方の人間だったらきっと笑ったことだろう。けれどこの老紳士（その物腰からそう呼ぶのだ、というのは衣服は背中からずり落ちそうになっていたのだから）はそのあいだじゅう厳粛に、同情しながら話を聞いてくれた。ぼくが話し終えると彼は手をとり、小屋（それ以上のものではなかった）の中に導き入れ、奥さんの前でぼくを紹介してくれた、まるで彼女が女王でぼくが公爵ででもあるかのように。

この親切な女の人はオート麦のパンと冷たい雷鳥の肉をぼくの前に置いてくれ、肩を軽く叩いて終始ニコニコと頬笑みかけてくれた。というのは英語がまったくだめだったからだ。そして老紳士は（それに負けじと）この地方の蒸留酒から強いパンチを作ってくれた。食べているあいだじゅう、そしてそのあとでパンチを飲んでいる時、ぼくはほとんど自分の幸運が信じられなかった。そしてこの家は、泥炭の煙でいっぱいで、水切り器のように穴だらけだったけれど、宮殿のように見えた。

パンチのおかげでぼくは大汗をかいてぐっすり眠り込んでしまった。この親切な人たちはぼくを寝かせておいてくれた。そして翌朝も昼近く、旅立つ前にぼくの喉はすでに楽になり、ご馳走とよい知らせのおかげで、元気はすっかり回復していた。老紳士は、ぼくが無理やり押しつけようとしたのにお金をまったく受け取ろうとせず、古い縁なし帽子をかぶるようにとくれた。正直に白状するけれど、家が見えなくなるとすぐにぼくは、彼からのこの贈り物を道端の泉でとても注意深く洗ったのだった。

ぼくはひそかに胸の中で思った。「もしこれが野蛮な高地人であるなら、ぼくと同じ地方の人たちももっと野蛮になればいい」。

遅く出発しただけではなく、半分くらいの時間は道に迷っていたにちがいない。確かに、多くの人々に会って、その人たちは猫も飼えないような小さく惨めな畑を掘り返したり、ロバほどの大きさの小さな牛の群れを集めたりしていた。反乱以来、高地の服装は法律で禁じられ、低地の衣服を強制されており、人々はそれをとても嫌って、さまざまな衣服を着ているのは奇妙な光景だった。ある者は、ただ垂れ下がったマントか厚手のコートがなければ裸で、ズボンをまるで無用の荷物のように背中に背負っていた。ある者は老婆のキルト〔quilt〕のように小さな色とりどりの縞模様を縫い合わせてまがい物のタータンを作っていた。またある者たちはフィラベッグ〔男たちが穿くスカート（キルト kilt）〕をまだ穿いてはいたけれど、足のあいだを数針縫って、それをオランダ人のズボンのように変形させていた。こうした間に合わせはすべてだめだとされ罰せられた。氏族の精神を打ち砕こうと、法律が厳しく適用されていたからだ。けれど、あの辺鄙な、海に囲まれた島ではとやかく言う人はほとんどなく、告げ口をする人はもっと少なかった。

この人たちはとても困窮しているように見えた。いまや略奪は鎮圧され、氏族長たちはもはや、いつでも来る者をもてなすこともやめてしまったから、それは疑いもなく当然のことだった。そして道には（ぼくが通ったようなうねりながら続く田舎の脇道でさえ）乞食が大勢いた。ここでもまた、ぼくがいた地方との違いが目についた。ぼくたち低地人の乞食は——特許を得て托鉢する修道士でさえもが——腰をかがめてお辞儀をしたり、へつらったりするところがあり、もし彼らにブラック銅貨*を与えてお釣りを要求すれば、とても礼儀正しくボードゥル銅貨を返してきたものだった。けれどこれら高地地方の乞食たちは威張っていて、ただ（彼らの説明では）嗅ぎ煙草を買うだけのために施しを求め、お釣りをよこそうとはしなかった。

確かに、これはぼくにとって重要なことではなく、ただ道中、面白いと思っただけなのだ。もっとずっと問題だったのは、ごく少数の人しか英語を話さないことで、そしてその少数の人たちが（乞食仲間のひとりでなければ）決して、進んでそれをぼくのために役立ててくれようとはしなかったことだ。トロセイが目的地だということを知っていたから、彼らに向かってその名前を繰り返し、指をさした。けれど返事としてただ単純に指差すかわりに、彼らは長々とゲール語を話し、ぼくは自分が馬鹿者であるかのように感じさせられるのだった。それだから正しい道を行くのと道をそれるのとが半々くらいだったとしても、少しも不思議ではない。

とうとう、夜の八時ごろになって、そしてすでにひどく疲れて、ぼくは一軒家にたどり着き、そこで中に入れてくれと頼み、断られ、しまいに、こんな貧しい地方では金の力がものを言うと思いついて、ギニー金貨を一枚、指でつまんで掲げて見せた。するとすぐに、それまで英語が喋れないふりをして、ぼくを手振りで戸口から追い払おうとしていたその家の男が、とつぜん必要なだけの明瞭さで英語を話しはじめ、五シリングでその晩泊めてくれ、翌日トロセイまで案内することを承知した。

その晩は、お金を奪われるのではないかと心配で、よく眠れなかった。けれどそんな心配は無用だったのだろう。ぼくを泊めてくれた人は強盗などではなく、ただ惨めなほど貧しく、とてもずるかっただけなのだから。貧しいのはこの人だけではなかった。次の朝、ぼくたちは、金を持っていると彼が言う人の家まで五マイル歩いてギニー金貨を一枚両替してもらわなければならなかった。この人はおそらくマル島にしては金持ちだったのだ。南部ではまずそうは考えられなかっただろう。銀貨で二十シリング掻き集めるのに、持ち金が全部必要で、家じゅうをひっくり返し、隣の家から借りてまでできたのだから。そして、これほどの額の金を「仕舞い込ませて」おいたら差し支えが出ると言い張って、残りの一シリングは自分のものとした。それでも彼はとても礼儀正しく言葉遣いも洗練されていて、ぼくたち二人に家族といっしょに食事をさせ、立派な陶器の鉢にパンチを作ってくれ、ぼくのぐうたらな道案内はそれを飲みながらすっかりいい機嫌になってしまい、出発するのを拒否した。

ぼくは腹が立ってきて、ぼくたちの取り決めと五シリングを支払うのに立ち会った金持ちの男（ヘクター・マクリーンという名だった）に何とかしてくれと訴えた。けれどマクリーンは自分の分のパンチを飲んでいて、紳士なら誰も、鉢に酒ができたらテーブルから離れるべきでないとまじめに宣言した。それだからそこに座って、ジャコバイトたちの乾杯とゲール語の歌を、全員が酔っ払って、よろよろと千鳥足でベッドや納屋に行って休むまで聞いているしかなかった。

次の日（旅の四日目）、ぼくたちは五時前に起きた。けれどぐうたらな道案内はすぐさま酒を飲みだし、その家をあとにさせるのに三時間かかり、それも（あとで話すように）結果は、ただもっと失望しただけだった。

マクリーンさんの家の前のヒースの茂った谷を下るあいだは万事がうまくいった。ただ道案内がたえずうしろを振り返っていて、理由を尋ねるとニヤリと笑うだけだった。けれど、丘の尾根を越えて、家の窓が見えなくなるとすぐに、彼はトロセイは目の前で、あの丘の頂上（それを指差した）がいちばんの目印だと言った。

「そんなのはどうでもいい」とぼくは言った、「あんたがいっしょに行くのだから」。

この恥知らずのいかさま師は、英語は喋れないとゲール語で言った。

「おいおい、あんた、あんたが英語が喋れたり、喋れなかったりするのはよく知っているんだ。どうしたら喋れるようになるんだ？　もっと金が欲しいのか？」。

「あと五シリング」と彼は言った、「そうすれば彼女自身〔＝自分〕があんたをそこに連れていこう」。

ぼくは少し考えて、二シリング出すと言い、彼は飛びつくようにそれに同意し、すぐにそれを手にしたいと求めた――「縁起がいいように」、と彼は言ったけれど、それはむしろぼくの災難のためだったように思う。

この二シリングでは二マイルも男を進ませることはできなかった。その距離が終わると、彼は道端に座り込み、休憩をしようとしている人のように、頑丈な靴を脱いだ。

ぼくはいまやひどく興奮していた。「おい！　もう英語が話せないのか？」。

男は恥知らずにも「ああ」と言った。

これを聞いてカンカンになったぼくは殴ってやろうと手を振り上げた。男はぼろ服からナイフを抜き出し、うしろに下がってしゃがんだ姿勢を取ると、まるで山猫のようにニヤリと笑った。それを見てぼくは、怒り以外のすべてを忘れて突っ込んでゆき、左手でナイフを脇にのけると右手で口を殴りつけた。ぼくは頑丈な若者で、とても怒っていて、彼はほんの小男にすぎなかった。だから男はぼくの前にどさっと倒れ伏した。幸運にもナイフは倒れる時に男の手の届かないところに飛んでいた。

ぼくはナイフと男の靴の両方を拾い上げ、別れの挨拶を告げると、男を裸足で武器もないままで残して歩きはじめた。歩きながらひとり含み笑いをし、これでこのごろつきとすっぱり手を切れたと思ったのにはいろいろな理由があった。第一に、男にはもうこれ以上ぼくのお金を取ることができないとわかったから。次に、革靴はこの地方ではほんの数ペンスの価値しかないので。そして最後に、ナイフは、実際は短剣で、彼が持ち歩くのは法に触れたからだ。

三十分ほど歩くと、杖で前を探りながらもとても速く動いている、でかくて、ぼろを着た男に追いついた。その男はまったく目が見えず、公会問答*の教師だと言ったので、ぼくは気を楽にしてもよかったはずである。けれど彼の顔が気に入らなかった。それは暗く、危険で、秘密めいているようだった。そして、いっしょに並んで歩いているとすぐに、コートのポケットの蓋の下から金属でできたピストルの握りが突き出ているのが見えた。そんなものを持ち運ぶのは初犯で英貨十五ポンドの罰金を意味し、再犯だったら植民地送りだった。そのうえ、宗教の教師がなぜ武装して歩かなければならないのかも、目の見えない男がピストルで何ができるのかも、まったくわからなかった。

ぼくは道案内の男について彼に話した。自分のやったことが誇らしく、この時だけは虚栄心が慎重さに勝ってしまったのだ。五シリングのことを言うと男はとても大きな声を上げて笑ったので、あと二シリングのことは言うまいと決心し、そしてぼくが顔を赤らめたのが彼に見えないのは嬉しかった。

「多すぎましたか?」とぼくは、少し口ごもりながら言った。

「多すぎる！」と彼は叫んだ。「なに、わしだったら、ブランデー一杯でトロセイまで案内してゆくぞ。そのうえ、わし（いささか学識のある者だ）の道連れになるという大きな楽しみまでおまけにつけてな」。

どうしたら目の見えない人が道案内になれるのかわからないとぼくは言った。けれど彼は、それを大声で笑い、自分の杖は鷲の目の代わりにだってなれると言った。

「少なくともマルの島ではな」と彼は言う、「そこならすべての石とヒースの藪が頭の中に入っておる。いいか、見てろ」と言い、まるで確認するかのように右と左を叩き、「この下には小川が流れておる。その源にはちょっとした小さな丘があって、そのてっぺんには石が立っておる。その丘の麓のすぐ近くにはトロセイへの道が走っておる。そしてその道は、ここでは家畜の群れがぞろぞろ通るからはっきりと踏み固められておるが、やがて草に覆われてヒースのあいだを通っているのが見えるじゃろう」。

彼があらゆる点で正しいということを認めないわけにはいかず、その驚きを告げた。

「はっ！」と彼は言う、「なんでもないことじゃよ。今じゃあお前さんは信じるだろうかのう、条例が出される前で、この地方に武器があったころには、わしは銃が撃てたということを？ああ、できたともさ！」と彼は叫び、それから、横目を使いながら、「もしお前さんがここにピストルなんてものを持っていて試せるなら、どうするか見せてやれるんだが」。

ぼくはそんなものは持っていないと言い、男から距離を置いた。このとき彼のピストルがポケットからまったくはっきりと突き出していて、太陽がその握りの金属にきらきらと光っているのがぼくには見えたとこの男にわかっていたら。けれどぼくにとっては幸運なことに、男は何も知らず、すべてが覆われ、秘密になっていると考えていて、知らないままに嘘をつきつづけた。

それから彼は巧妙にぼくに質問を始め、どこからやって来たか、金持ちなのか、五シリング銀貨（その時スポラン〔キルトの前につける皮袋〕の中に持っていると断言した）を両替してくれるかなどと尋ね、そのあいだじゅうぼくのほうににじり寄りつづけ、ぼくは男を避けつづけた。ぼくたちは今やトロセイの方向に丘を横切る、家畜が通ってできた緑の道のようなものの上にいて、リール〔軽快な舞踏〕の踊り手のようにたえず立つ位置を変えていた。明らかにぼくのほうが優位に立っていたから自信に満ちて、そして実際、この目隠し鬼のゲームを楽しんだのだ。ところがこの公会問答の教師はだんだん腹を立ててゆき、しまいにはゲール語で悪態をつき、杖でぼくの足をめがけて殴りかかった。

それからぼくは男に、ぼくのポケットの中にも確かにピストルがあり、もしあんたが真南に丘を横切ってゆかなければ、頭を撃ち飛ばすことだってしてやるぞと言った。

男は突然とても礼儀正しくなった。そしてしばらくぼくを宥めようとして、結局無駄に終わったあと、ふたたびゲール語でぼくを呪って、立ち去っていった。ぼくは男が湿地とイバラのあいだを、杖で叩きながら大股で歩いて、ついには丘の端を回り、次の窪地に姿を消すまで見守っていた。それからぼくもまたトロセイに向けて進んでいった。あの学識のある男といっしょに旅をするよりもひとりでいられることをずっと喜んで。これは不運な日だった。そしてぼくが相次いで逃れることができた二人の男は高地地方で会った最悪の二人だった。

マル海峡に面し本土のモーベン地方を見渡すトロセイには、宿屋があり、とても身分の高い家族らしいマクリーン一族の者が亭主をしていた。というのは、高地地方では宿屋を経営するというのは、おそらく歓待という性質があるものとして、あるいはこの商売は暇で酔っ払いながらできるからなのか、ぼくたちのあいだでよりもずっと、上流階級にふさわしいと考えられていた。彼はよい英語を話し、ぼくにいくぶん学識があると見て取ると、最初にフランス語でぼくを試し、簡単に勝ちをおさめると、次はラテン語で試し、これはどちらのほうが良くできたのかぼくにはわからなかった。この楽しい競争のおかげで、ぼくたちはすぐに親しくなった。そしてテーブルについて、いっしょにパンチを飲み（あるいはもっと正確に言えば、テーブルについて彼が飲むのを見守っていた）、ついには彼はすっかり酔っ払って、ぼくの肩の上で泣いた。

ぼくは、まるで偶然であるかのようにしてアランのボタンを見せて、彼を試してみた。けれどそれを見たことも聞いたこともないのは明らかだった。実際、彼はアードシールの一家とその友人たちに何か遺恨があって、そして酔っ払う前にとてもうまいラテン語で風刺詩を詠んでくれたのだけれど、それはたいへん意地悪な意味で、かの一族のひとりをあてこすった哀歌風に仕立ててあった。

公会問答の教師について話すと、彼は首を振り、追っ払えて幸運だったと言った。「あれはとても危険な男だ。ダンカン・マッキーという名前で、数ヤード離れたところから、耳で聞いて銃を撃つことができ、しばしば追いはぎで、そして一度は殺人で訴えられたことがある」。

「この話の面白いところは」とぼくは言う、「あの男が自分を公会問答の教師だと言ったことなんです」。

「それは当然じゃないかね？　そのとおりなんだから。デュワートのマクリーンが、盲目だというので、やつにその名を与えたんだ。しかしおそらく、残念なことだった、というのは、やつはいつでもあっちへこっちへと回り歩いて、若い者が信仰を唱えるのを聞いてやる。そして疑いもなくあの下劣なやつにはそれが誘惑の魔の手となるんだ」。

とうとう、もうこれ以上飲めなくなると、亭主は寝床に案内してくれ、そしてぼくは意気軒昂として横になった。あの大きく、曲がりくねった形のマルの島の大部分を、エレイドからトロセイまで直線距離にして五十マイル、そして（あちこちとさまよい歩いたことを考えると）

ずっと百マイルに近い距離を、四日間で旅してほとんど疲れていないのだ。実際ぼくは、こんなに長く歩いたあとで、最初と比べて、精神的にも体の健康という点においても、はるかに元気になっていた。

第16章　銀のボタンを持った若者——モーベンを横切って

トロセイから本土のキンロハラインン*までは定期的に渡し舟があった。海峡の両岸はともに強力な氏族マクリーンの土地で、ぼくといっしょに渡し舟に乗った人々のほとんどはその氏族だった。一方、船長はニール・ロイ・マクロブと呼ばれていた。そして、マクロブはアランの氏族の名前のひとつで、アラン自身がぼくをこの渡し場に来させたのだから、ぼくはニール・ロイと個人的に話がしたくてしかたがなかった。

混み合ったボートの中ではもちろんこれは不可能で、海を渡るにはたいへん時間がかかった。風はなく、ボートの装備はお粗末だったから、片舷に二本、もう片方に一本のオールしか漕げなかった。けれど男たちは元気よく漕ぎはじめ、乗客たちは交代に彼らを助け、乗り合わせた全員がゲール語の舟歌で拍子を取った。歌や海の空気や、かかわった人々すべての気立てのよさや元気さ、そしてうららかな陽気やらで、この航海は見ていてとても心地よいものだった。

けれど、ひとつ憂鬱な部分があった。アライン湖*が海峡につながる口に大きな遠洋航海用の船が停泊しているのが見えた。最初それは、フランスとの交通を遮断するために夏も冬もこの海岸線沿いに配備された国王の軍艦だと思った。少し近づいてゆくとそれが商船だということがはっきりとわかった。そしてなおいっそう当惑したことには、甲板だけでなく、海岸もまた黒山の人だかりで、小舟がたえずそのあいだを往復していた。さらに近づくと、大きな嘆き声が耳に届きはじめ、それは船上の人と海辺の人が、胸に突き刺さるほどに、互いに泣き声をあげて嘆き悲しんでいたのだった。

それでこれはアメリカの植民地に向かう移民船だということがわかった。

ぼくたちは渡し舟を横づけにし、すると国外に追われる者たちが舷牆越しに身を乗り出し、泣きながら渡し舟の乗客に手を伸ばしたのは、そのなかに何人か親しい友人がいたからだ。これがいったいどれほど続いたのかはわからない、というのは、彼らは時間の感覚を忘れてしまっていたように見えたからだ。けれど、とうとうこの船の船長が、泣き声と混乱の真っ只中で、ほとんど取り乱しながら（それもあまり驚くことではない）船縁にやって来ると、立ち去ってくれるようぼくたちに頼んだ。

それを受けてすぐにニールは舟の向きを変えた。そしてぼくらの舟の第一の歌い手が急にもの悲しい調べを歌い出し、その曲はすぐに移民たちによっても、岸辺の友人たちによっても歌われ、そのために四方八方から、まるで死にゆく者に対する哀悼の歌のように響き渡った。渡し舟の中の男や女たちの頬を、熱心にオールを漕ぎながらでも、涙が伝うのが見えた。この状況と歌の調べ（それは「ロッヒャバーよ去らば*」という曲だった）はぼくにとってさえとても感動的だった。

キンロハラインに着くとぼくはニール・ロイを浜辺の隅に呼んで、アッピンの人じゃありませんかと言った。

「だとしたらどうなんだ？」と彼は言った。

「探している人がいるんです」とぼくは言った。「そしてあなただったらその人の消息をご存知じゃないかと思いついたんです。アラン・ブレック・スチュワートという名前です」。そしてとても愚かなことに、ボタンを見せるかわりに一シリング手渡そうとしたのだ。

これに彼はあとずさりをした。「ひどい侮辱だ。これはまったく紳士が紳士に対してとる態度じゃあない。お前さんが尋ねている人はフランスにいる。しかしたとえ彼がおれのスポランの中にいたとしたって、そしてお前さんの胴がシリング銀貨でいっぱいだとしたって、彼の体の髪の毛一本傷つけようとはおれは思わん」。

ぼくはやり方を間違ったとわかったから、詫びを言って時間を無駄にするかわりに、手のひらの窪みに入れたボタンを見せた。

「ああそうか、ああそうか」とニールは言った。「どうやらお前さんは切り出し方を間違えたようだな、いずれにせよ！　だがお前さんが銀のボタンを持った若者なら、わかった、無事に通してやるよう言われている。だが率直に言わせてもらえば、絶対に口に出してはいけない名前があって、それはアラン・ブレックだ。それから絶対にやってはならないことがあって、それは薄汚い金を高地の紳士に差し出すことだ」。

弁明するのは容易ではなかった。ぼくは彼が紳士だと主張するとは夢にも思わなかったとは（それが真実だったのだけれど）、とても言えなかったからだ。ニールのほうはぼくとの話し合いを引き延ばそうとはまったく思っていず、ただ言いつけを果たし、用をすましてしまいたかったただけだった。そして急いでぼくに経路を教えた。それは、その晩はキンロハラインで宿屋に泊まること、翌日はアードガウアまでモーベンを横切り、夜はクレイモア*のジョンという人に、ぼくが行くかもしれないと言ってあるから、彼の家に泊まること。三日目はひとつの入り江をコラン*で、もうひとつをバラフーリッシュ*で渡してもらい、それからアッピンのデュラー*のオーハーン*にあるグレンズのジェイムズの家への道を尋ねること。聞いたとおり、何か所も舟で渡らなければならなかった。このあたりではすべて海が山深くまで入り込んでいて、その根元を取り巻いている。そのためにこの地方は守るには堅固、旅するには困難で、ただ果てしなく続く荒地と恐ろしい眺望とばかりでいっぱいだった。

ほかにもいくつかニールから助言をもらった。途中誰とも話すな、ホイッグやキャンベルや「赤い兵士たち」を避けるためだ。誰であれ「赤い兵士」を見たら道を離れて藪の中に横になれ、「なぜなら、やつらと出くわしたら、ろくなことはないからだ」。そして要するに、泥棒か、あるいはおそらくニールがぼくのことをそうだと考えているように、ジャコバイトの密使らしく振る舞え。

キンロハラインの宿屋はまるで豚小屋のようにこのうえもなく貧相で汚い場所で、煙と蚤やシラミ、そして黙りこくった高地人でいっぱいだった。ぼくは宿に不満だっただけでなく、ニールをうまく扱えなかったことで自分に対しても不満で、そしてこれ以上惨めにはなりようがないと思った。ところが大間違いだった、というのがすぐにわかった。この宿屋に来て三十分もたたないうちに(泥炭の煙で目が痛むのをやわらげるために、たいていの時間は戸口に立っていた)雷雨が近づいてきて、宿屋の建っている小さな丘の泉があふれ、家の一方の端は川になってしまった。この当時、スコットランドではどこでも一般公衆をもてなす場所はとてもひどかったのだ。それにしても、炉辺から寝るためにベッドまで行く時、靴の上まで水に浸かって歩かなければならなかったのには胸のうちで驚いた。

次の日の旅を始めてまもなく、ぼくは小柄で恰幅がよく、まじめくさった男に追いついた。彼は足先を外に向けて歩き、本に読みふけったり、指で読みかけの場所がわかるようにしたりしていて、服装は見苦しくなく、明らかに何か聖職者風の装いだった。

この人もまた公会問答の教師で、けれどマル島の盲目の男とは別の修道会に属しているのだと思った。実際、〈エジンバラ・キリスト教知識普及協会〉によって、高地地方でも未開の場所に伝道するために派遣された人のひとりだった。名前はヘンダーランドといった。彼は南の地方のなまりで話したのだけれど、その響きにぼくは焦がれはじめていたのだ。そしてただの同郷人だということのほかに、ぼくたちにはもっと特別な興味深いつながりがあることがわかった。というのは、ぼくのよい友人であるエッセンディーンの牧師は暇な時間に数多くの賛美歌や宗教の本をゲール語に訳していて、ヘンダーランドはそれを仕事で使い、たいへん敬意を払っていた。実際、出会った時に彼が持ち運び、読んでいたのもそうした本の一冊だった。

行く道がキンガーロッホ*までいっしょだったので二人はすぐに道連れとなった。道中、彼は出会ったりすれ違ったりしたすべての旅人や働く人と立ち止まって話をした。そしてもちろんぼくには何を話しているのかわからなかったけれど、この地方ではヘンダーランドさんはとても好かれているにちがいないと判断した。というのはその人々の多くが嗅ぎ煙草入れを取り出し、ひとつまみの嗅ぎ煙草を分けてくれたからだ。

ぼくは賢明であると判断したかぎりで自分の置かれた状況を話した。つまり、アランのことは何も語らずに。そして目的地はバラフーリッシュで、友人に会いに行くのだと言った。なぜなら、オーハーン、あるいはデュラーでさえも、あまりにも場所を特定しすぎていて、ぼくのあとをたどる手がかりを与えてしまいかねないと思ったからだ。

彼のほうは、自分の仕事や相手にしている人々、隠れ司祭やジャコバイト、武装解除条例*、衣服、それにその時その場所の、その他さまざまな珍しいものについてたくさん話をしてくれた。彼は穏健な人に思えた。いくつかの点で議会を非難し、それはとりわけ、高地の衣服を着ている人に対して、武器を持っている人に対するよりも、もっと厳しく条例を作っていたからだ。

この穏健さがあったから、ぼくは赤狐とアッピンの小作人について尋ねてみようと思いついた。その地方を旅している者の口から出るには自然だと思ったような質問だった。

彼は、それはひどいものだと言った。「不思議なんですよね、小作人はどこで金を見つけられるんですかね、彼らの生活ときたら赤貧そのものなのだから。(あんたは嗅ぎ煙草なんてものを持っていないだろうね、ええ、バルフォアさん? ない。そんなものはないほうがいいんだ)。けれどどこの小作人たちは疑いもなく(わたしが言ったように)そう追いやられているところがあるんです。デュラーのジェイムズ・スチュワート(これがグレンズのジェイムズと呼ばれている)はアードシールの異母兄弟で氏族の有力者だ。そして大いに尊敬されていて、しゃかりきになって突き進んでいる。それから、アラン・ブレックと呼ばれる者がいて――」。

「ああ!」とぼくは叫んだ、「その人はどうなんです?」。

「吹きたいところに吹く風がどうかですって？」とヘンダーランドは言った。「いたかと思えば立ち去る。今日はここにいて明日はもういない。天晴れな山猫ですよ。わたしたち二人を向こうのハリエニシダの茂みから怖い顔をして睨みつけていたとしても、ちっとも不思議じゃあない！　あんたは嗅ぎ煙草なんていうものを持っていないだろうね、ええ？」

ぼくは持っていないと答え、前にもそう尋ねられたと言った。

「いかにもありそうなことです」と彼は言い、ため息をついた。「だがあんたがそれを持っていないなんておかしいと思えるんだが。いずれにしろ、さっき言いかけたように、このアラン・ブレックというのは大胆で無鉄砲なやつで、ジェイムズの右腕だということはよく知られています。捕まったら最後、命はないから、何にもためらうことはない。そしてもし小作人が渋るようなことがあれば、そいつは腹に短剣をくらうことになるだろうね」。

「何もかも哀れな話ですねえ、ヘンダーランドさん。どっちを向いても怖いばかりなら、もうこれ以上は聞きたいとは思いません」。

「いいや」とヘンダーランドさんは言った、「しかし愛もまたあるんだ、それからあんたやわたしのような者に恥ずかしいと思わせる我を捨てた心。それには何か素晴らしいことがある。おそらくキリスト教徒的ではないが人間として素晴らしいことが。アラン・ブレックでさえもが、わたしが聞いたところでは、尊敬されるべき若者です。わたしらの地方のなかにだって嘘つきのずるいやつらが大勢いて、世間の目にはよく映っているんだが、おそらくなあ、バルフォアさん、あの心得違いをして人の血を流す者よりもはるかに悪いやつらなんです。そうそう、われわれはそれを教訓にできるかもしれない。——あんたはおそらくわたしが高地地方に長いこといすぎたと思うでしょうな?」と彼はつけ加え、ぼくに頬笑んだ。

ぼくはまったくそうは思わない、高地人たちのあいだにも称賛すべきことはたくさん見てきた、そしてそれを言うなら、キャンベルさん自身も高地人なのだと答えた。

「ああ」と彼は言った、「確かにそうだ。あれは立派な家柄だ」。

「それで国王の役人についてはどうなのですか?」とぼくは尋ねた。

「コリン・キャンベルか?」とヘンダーランドは言う。「頭を蜂の巣に突っ込んでいる!」。

「小作人を力で追い出そうとしているって聞いたんですけど?」とぼくは言った。

「そうです」とヘンダーランドは言う、「しかし仕事ははかどっていないという話だ。第一にグレンズのジェイムズがエジンバラまで馬に乗ってゆき、誰か弁護士をつかまえた(スチュワートのひとりだ、間違いなく——連中はみんな寄り集まっているんだ、尖塔のコウモリみたいに)、そして訴訟手続きを差し止めさせた。するとまたコリン・キャンベルが出てきて財務裁判所の判事連中の前で勝ちを収めた。そしていまや、最初の小作人たちがあした引越しするそうです。ジェイムズのまさに窓の下であるデュラーから始まることになっているんですが、わたしの意見では賢明とは思えないな」。

「その人たちは戦うと思います?」とぼくは尋ねた。

「そうですね」とヘンダーランドは言う、「武器を取り上げられているからな――あるいはそういうことになっているはずだ――というのはまだたくさんの冷たい鋼が静かな場所にしまわれているからです。それにコリン・キャンベルは軍隊を来させる。だがそれでも、もしわたしが奥方だったら、彼にまた家に帰ってきてもらうまでは喜べないだろうね。奇妙な連中だよ、アッピンのスチュワートたちときたら」。

その人々が近隣の人たちよりも悪いのかと尋ねた。

「いいやそんなことはない。それがいちばん悪い点でね。というのは、もしコリン・ロイがアッピンで仕事を片づけられたとしても、隣の地方でもまた一から始めなければならず、そこはマモールと呼ばれているが、キャメロンたちの地方のひとつなんです。彼はその両方で国王の土地管理人を務めていて、その両方から小作人たちを追い出さなければならない。そして実際、バルフォアさん、(率直に言って)彼はどの道、死ぬ運命にあるとわたしは信じているんだがね」。

このようにその日の大部分をぼくたちは話しつづけ、歩きつづけた。そしてとうとう、ヘンダーランドさんは、道連れになれた喜びと、キャンベルさん(「彼を失礼ながら、わが約束されたキリスト教会のかの甘美なる歌人(うたびと)と呼びたい」)の友人と会えた満足を表明したあと、ぼくに旅程を縮めて、その晩をキンガーロッホのちょっと先にある彼の家に泊まらないかと提案した。実を言えば、ぼくは大喜びしたのだ。というのは、クレイモアのジョンに会いたいとはあまり思っていなかったし、最初は道案内、そして次は紳士である渡し舟の船長という二重の災難のせいで、高地の見知らぬ人にはいささか怖れをなしていたからだ。それだから、ぼくたちは握手をしてそうすることに決め、午後に、リニ湾の岸辺に一軒ぽつんと建っている小さな家へとやって来た。太陽はもうこちら側にあるアードガウアの荒涼とした山々からは姿を消していたけれど、向こう側のアッピンの山々はまだ照らしていた。湾は湖のように静かで、ただカモメたちだけがその両岸を鳴きながら飛び回っていた。そしてその場所全体が荘厳で異世界のように見えた。

ヘンダーランドさんは住居の戸口に着くとすぐに、とても驚いたことに(今では高地人たちの礼儀正しさに慣れていたから)、とつぜん無作法にもぼくの脇を駆け抜けると部屋に突進し、壺と小さな角製のスプーンを急いで取り上げ、あまりにも大量に嗅ぎ煙草を鼻に注ぎ込みはじめた。すると盛大なくしゃみの発作に襲われ、とても愚かそうな頬笑みを浮かべてぼくのほうを振り向いた。

「誓いを立てたんです」と彼は言う。「これを持ち歩かないと、自分に誓ったんです。間違いなくたいへんに不便です。ですが、スコットランドの盟約*のためばかりでなく、キリスト教のほかのさまざまな問題のために殉じた人たちのことを考えれば、気になんかしていたら恥ずかしいと思う」。

食事を終えるとすぐに（そしてお粥と乳清とがこの親切な人の最善の食べ物だった）、彼は厳しい顔をして、キャンベルさんに対して果たさなければならない義務があり、それは神に対するぼくの心のありようを調べることだと言った。嗅ぎ煙草の一件以来、ぼくはヘンダーランドさんに対しては笑ってしまいがちだった。けれど、彼が話しはじめていくらもしないうちに、ぼくの目には涙が浮かんできた。人が決して倦むべきではないものが二つあって、それは善良さと謙虚さとである。この辛い世の中で、冷たく驕り高ぶった人たちのあいだにはそれは決して多くはない。けれどヘンダーランドさんが語ったのはまさにそういう言葉だった。そして自分の冒険と、俗な言い方をすればお茶の子さいさいでそれを切り抜けてきたことで思い上がっていたぼくを、彼はすぐに質朴で貧しい老人の傍らにひざまずかせ、しかもそこにいることを誇らしくも嬉しくも思わせてくれた。

寝床に着く前に彼は、道中の助けになるようにと、この家の芝土の壁の中にしまっておいた乏しい蓄えのなかから六ペンスを差し出した。このあまりの親切心にぼくはどうしていいかわからなかった。けれどとうとう、あまりに熱心に言うものだから、思うとおりにさせたほうが礼儀にかなっていると考え、そうして彼をぼくよりも貧しいままにさせておいてしまった。

第17章 「赤狐」の死

　次の日、ヘンダーランドさんはぼくのために、自分のボートを持っていて、その日の午後、リニ湾を渡り、アッピンに釣りに行くという人を見つけてくれた。ぼくを連れていってくれるよう説得してくれたのは、その人が彼の信者のひとりだったからだ。こうして、ぼくは一日じゅう長い旅をせずにすみ、そうでなければ乗らなければならなかった二つの渡し舟の代金を節約できた。

　出発する前に昼近くになっていた。雲のある暗い日で、ところどころ、小さな地面を日が照らしていた。ここでは海はとても深く、静かでほとんど波はなかった。それだから、唇につけなければ、それが本当に塩水だとは信じられなかった。両側の山は高くごつごつとして荒れ果てていて、雲の陰ではとても暗く、陰鬱で、ただ細い流れに日が当たるところでは、一面が銀色のレースに飾られていた。このアッピンは、アランがそうしていたほどの関心を人々が払うのは難しい地方のように思えた。

ひとつだけ言っておくことがあった。ぼくたちが出発した少しあとで、小さな緋色のかたまりが北に向かって動くのを日が照らした。それは兵隊たちの上着の赤とそっくりだった。それからまた時どき、太陽が明るい鋼に当たったようなきらめきと閃光が見えた。

あれはいったい何だろうとボートの漕ぎ手に尋ねてみた。すると漕ぎ手は、あれは、その地方の貧しい小作人を抑えつけるためにフォート・ウィリアムからアッピンに向かう赤い兵士たちだろうと思うと答えた。なんと、これはぼくにとっては悲しい光景だった。それがアランのことを思うからであろうか、あるいは胸のうちで何かを予感させるものがあったからだろうか、これまでジョージ国王の軍隊はたった二度しか見ていなかったのに、ぼくは彼らに好意を覚えなかった。

とうとうリーブン湖*の入り口にある陸地の突端にとても近づいたので、降ろしてくれるよう頼んだ。ボートの漕ぎ手(正直な人で公会問答の教師との約束を心に留めていた)は、喜んでぼくをバラフーリッシュまで運んでくれたろう。けれど、そうしたら秘密の目的地には遠くなってしまうので、ぼくは降ろしてくれと言い張って、とうとうアランの故郷であるアッピンのレターモア*(あるいはレターボア。両方の言い方がされている)にある林の陰に上陸させてもらった。

これは湾の上に突き出た山の、急で岩の多い斜面に生えたカバの林だった。そこには多くの空き地やシダの茂った窪地があった。道というか馬の踏み跡というかがその真ん中を南北に走っていて、その脇の湧き水のあるところでぼくは腰を下ろし、ヘンダーランドさんのオート麦パンをいくらか食べ、自分の置かれた状況について考えた。

ここでぼくは、ちくちくと刺す小虫ばかりでなく、それよりもはるかに自分の心の中の疑問に悩まされた。ぼくは何をすべきか、なぜアランのような無法者で人を殺しかねないような人間と合流しなくてはならないのか、もっと良識のある人間のように、ひとりで道をたどり、自分の費用でまっすぐ南の地方に歩いて帰るべきではないのか、そしてキャンベルさんや、あるいはヘンダーランドさんでさえもが、ぼくの愚行とおこがましさとを知ったらどう考えるだろうか。こうしたことが以前にもまして強く心に思われはじめた疑問だった。

そうやって座りながら考えていると、人声と馬の足音が林を通ってぼくのほうにやって来るのが聞こえた。そしてすぐに、道の曲がり角に四人の旅人が姿を現すのが見えた。道はここでひどく荒れて狭かったから、四人は一人ずつ馬の手綱を引いてやって来た。最初は大きな赤毛の紳士で、横柄な赤ら顔をしていて、帽子を手にして自分を扇いでいたのは暑さで息が切れていたからだ。二番目はきちんとした黒い衣服と白い鬘(かつら)から、間違いなく弁護士だと思った。三人目は召使いで衣装の一部にタータンをまとい、それで主人は高地の家族で、無法者か、さもなければ政府にとても気に入られている人だということがわかった。タータンを身に着けることは条例に違反していたからだ。こういうことにもっとよく通じていたら、このタータンはアーガイル（つまりキャンベル）を表す色だということがわかったろう。この召使いは、かなり大きな旅行かばんを馬に結びつけ、網に入れたレモン（パンチを作るための）を鞍頭からぶら下げていた。それはこの地方の贅沢な旅行者たちにはよくある習慣だった。

殿(しんがり)を務める四番目については、似たような者を以前に見たことがあり、すぐに州司法官*の役人だとわかった。

この人たちがやって来るのを見るとすぐにぼくは、（はっきりとした理由もなく）自分の冒険をやり通そうと決心した。そして最初の人がそばに来ると、シダの茂みから立ち上がり、オーハーンへの道を尋ねた。

男は立ち止まり、思うに、少し奇妙な面持ちでぼくを見た。それから弁護士に振り返った。「マンゴ、これを二羽のカササギよりももっと大きな警告だと考える者が大勢いるだろう〔カササギは凶兆〕。わしは今、君も知っている仕事でデュラーへ行く途中だ。そしてここにシダの茂みから飛び出してオーハーンへ行く途中かと聞く若者がいる」。

「グレニュア」と相手は言う、「これは冗談ではすまないぞ」。

この二人がいまや近づいてぼくをじっと見つめていて、二人の従者は少し離れたうしろに止まっていた。

「それでお前はオーハーンで何を探しているんだ？」とグレニュアのコリン・ロイ・キャンベルは言った。彼のことを人は「赤狐」と呼んでいた。僕が止めたのはその男だったのだ。

「そこに住んでいる人を」とぼくは言った。

「グレンズのジェイムズ」とグレニュアは思いをめぐらしながら言う。それから弁護士に向かって「やつは身内を集めていると思うか？」。

「いずれにしろ」と弁護士は言う、「わたしたちは今いるところで待っていたほうがいいでしょう、そして兵士たちを集めましょう」。

「ぼくのことを心配しているのなら」とぼくは言った、「彼の身内でもなければあなたの身内でもありません、ただジョージ国王の正直な臣下で、誰に対して借りがあるわけでも、誰を恐れているわけでもありません」。

「ふむ、立派な答えだ」と土地管理人は答える。「だが、失礼ながら尋ねさせてもらえば、その正直な者が故郷をこんなにも離れて何をしているのだ？　そしてなぜアードシールの兄弟を探しに来るんだ？　言っておくが、わしはここで権力を持っているのだぞ。わしはここらの土地のいくつかで国王の土地管理人であり、そしてうしろには十二分遣隊の兵士が控えている」。

「この地方で小耳に挟んだのですけれど」とぼくは少しじれて言った、「あなたはひと筋縄ではいかない人だそうですね」。

彼はまるで疑っているかのように、まだぼくを見つづけていた。

「ふむ」と彼はとうとう言った、「お前の舌は大胆だな。だがわしは率直さは嫌いではない。もしお前がジェイムズ・スチュワートの家の戸口への道を、今日以外のどの日に尋ねたとしても、正しく教えてやり、神のご加護をと言っただろう。だが今日は——ええ、マンゴ？」。そしてふたたび振り向いて弁護士を見た。

けれど彼が振り返ったちょうどその時、丘の高いところから銃声が聞こえた。そしてまさしくその音と同時にグレニュアは道に倒れた。

「ああ、やられた！」と彼は何度か繰り返して叫んだ。

弁護士は急いで彼を抱き起こし、腕に抱え、召使いはそばで両手をしっかり握りしめてじっと見つめていた。そしていまや傷ついた男は怯えた目でひとりひとりを見つめ、彼の声には胸にこたえるような変化があった。

「気をつけろ」と彼は言う、「わしはだめだ」。

彼はまるで傷を探すかのように衣服を広げようとしたものの、指はボタンの上で滑った。そうしながら大きなため息をつき、頭は肩の上でぐらぐらし、そして息を引き取った。

弁護士はひと言も喋らなかったけれど、顔はペンのように尖(とが)り、死人のように真っ白だった。

召使いは急に大声で泣き喚きはじめた、まるで子供のように。そしてぼくはぼくで、何かぞっとしながら突っ立ったまま彼らを見つめていた。州司法官の役人は最初の銃声で駆け戻り、兵士たちを急がせようとしていた。

とうとう弁護士は、死んだ男を道の上の自分の血溜まりに横たえると、何かよろよろと立ち上がった。

彼の動きでぼくは正気に戻ったのだと思う。というのは彼がそうするや否やぼくは「人殺しだ！　人殺しだ！」と叫びながら丘を這い登りはじめたのだから。

ほんの短い時間しかたっていなかったから、最初の急斜面を登りきり、開けた山の一部分が見えたとき殺人者はそれほど遠くないところを逃げていた。それは大きな男で金属のボタンのついた黒いコートを着、長い鳥撃ち銃を持っていた。

「ここだ！」とぼくは叫んだ。「見えるぞ！」。

それに対して殺人者はチラッと素早く肩越しに振り返り、走りはじめた。次の瞬間、彼はカバの林の縁に消えた。そしてふたたび、上の側に姿を現し、サルのように登るのが見えたのは、そこがまたたいへんな急坂だったからだ。それから彼は山の肩の向こうに隠れ、それきり姿が見えなくなった。

このあいだじゅう、ぼくはぼくで走っていて、もうずいぶん高く登っていたのだけれど、そこで、止まれと叫びかけられた。

ぼくは上の林のはずれにいて、それだから今、立ち止まって振り返ると、目の下に丘の開けた部分がすべて見えた。

弁護士と州司法官の役人が道のすぐ上のほうに立っていて、戻ってくるようにと叫び、手を振っていた。彼らの左手では銃を手に持った赤服の兵士たちがひとりずつ下の林から何とか抜け出そうとしはじめていた。

「なぜ戻らなければならないのさ?」とぼくは叫んだ。「あんたたちが来ればいい!」。

「あの若造を捕まえたら十ポンドだ!」と弁護士は叫んだ。「あいつは共犯だ。話をして引き止めるためにここで待ち構えていたんだ」。

この言葉で(彼が叫んでいたのはぼくに向かってではなく兵士たちに向かってだったのだけれど、とてもはっきりと聞き取ることができた)まったく新しい恐怖に心臓が口から飛び出しそうになった。実際、命の危険に立ち向かうことと、命と人格とを危機にさらすこととはぜんぜん別物なのだ。そのうえ、事はまったくの青天の霹靂だったからぼくはすっかり驚いてしまい、どうすることもできなかった。

兵士たちは散開しはじめ、走る者もいたし、銃を取り上げぼくに狙いをつける者もいた。そしてぼくはじっと突っ立っていた。

「ここへ、木立のあいだに来い」とすぐ近くで声が言った。

実際、自分でも何をしているのかわからなかったけれど、それに従った。そしてそうしながら、銃がズドンと鳴り、弾丸がカバの木の間でピューと唸り声を上げるのが聞こえた。

木立の隠れ場所の中に、ぼくはアラン・ブレックが釣竿を持って立っているのを見つけた。彼はぼくに挨拶をしなかった。実際、礼儀作法にかまっているような時ではなかったのだ。ただ「来い！」とだけ言い、山腹に沿ってバラフーリッシュのほうに走りはじめた。そしてぼくは、羊のようにあとに従った。

時にはぼくたちはカバの木のあいだを走った。時には山腹にある低いこぶの背後で立ち止まった。時にはヒースの茂みのあいだを四つん這いで進んだ。死にそうな速さだった。心臓はあばら骨に当たって破裂しそうだった。そして考える暇もなければ、息が切れてものを言うこともできなかった。ただアランが時どきせいいっぱい背伸びをしてうしろを振り返るのを驚きながら見ていたのだけを覚えている。そしてそうするたびに、遠くから兵士たちの大きなどよめきと叫び声が聞こえてきた。

十五分後、アランは立ち止まり、ヒースの茂みの中にばったりと音を立てて伏せ、ぼくのほうを向いた。

「いいか」と彼は言った、「真剣に聞け。わたしがするとおりにするんだ、命がけで」。

そして同じ速さで、けれど今度ははるかに用心して、ぼくたちは山腹を横切り、やって来たのと同じ道を、ただおそらくもっと高いところを通って、たどり返した。そして最初に彼を見つけたレターモアの上の林の中でとうとうアランは身を地面に投げ出し、顔はシダの茂みに突っ込み、犬のようにあえぎながら横になった。

ぼくは脇腹がひどく痛み、頭はとてつもなくくらくらし、暑さと渇きとで舌をすっかり口から垂らして、彼の傍らにまるで死人のように横たわった。

第18章　レターモアの林の中でぼくはアランと話をする

意識を回復したのはアランが先だった。彼は立ち上がり、林の端まで行って、ちょっと外をのぞき、それから引き返してきて腰を下ろした。

「まあ」と彼は言った、「猛烈なひとっ走りだったな、デイビッド」。

ぼくは何も言わず、顔さえ上げなかった。人殺しがおこなわれ、大柄で、血色のよい陽気な紳士が、一瞬のうちに命を失うのを目撃したのだ。その光景の哀れさはまだ心のうちでひりひりしてはいたけれど、それは心配のほんの一部でしかなかった。そこにはアランが憎んでいた男に対してなされた殺人があった。ここには林の中にこそこそと隠れ、軍隊から逃げているアランがいる。そして発砲したのが彼の手だったか、ただ命令したのが彼の頭だったかはほとんど問題にならない。ぼくの考えでは、この荒れ果てた地方での唯一の友人が第一級の殺人を犯したのだ。彼が恐ろしかった。彼の顔を見ることができなかった。たったひとりで冷たい島の雨の中に横たわっているほうが、あの暖かな林の中で殺人者の脇に横たわっているよりもましだと思った。

「まだへたばっているのか？」と彼はもういちど尋ねた。

「いいや」とぼくは、あいかわらずシダの茂みに顔を突っ込んだまま答えた。「いいや、ぼくはもう疲れてはいないし、話すこともできる。あんたとぼくは別れなければならない。ぼくはあんたがとても好きだ、アラン。だけどあんたのやり口はぼくのとは違うし、神の道でもない。そしてつまるところは、ただぼくたちは別れなくてはいけないということだ」。

「わたしはきみと別れがたいね、デイビッド、何かそうする理由がないかぎりは」とアランはとても厳粛に言った。「もしわたしの名声にかかわることを何か知っているというなら、少なくとも、昔のよしみで、それをわたしに聞かせてくれてもいいだろう。そしてもしわたしとのつき合いを嫌っているだけなら、わたしが侮辱されているのかどうか判断するのは当然のことだ」。

「アラン」とぼくは言った、「それはどういう意味なの？　あんたは道の上であのキャンベルの人間が血にまみれて横たわっているのを知っているだろう」。

彼はしばらく黙っていた。それからこう言う、「きみは男と善き人々についての話を聞いたことがあるかい？」――善き人々とは妖精のことだった。

「いいや」とぼくは言った、「それに聞きたくもない」。

「それでも、バルフォアさん、お許し願って話して聞かせよう」とアランは言う。「その男はだな、海の中の岩に打ち上げられて、そこはどうやら善き人々がアイルランドに行く途中に立ち寄っては休む場所だったようだ。その岩の名前はスケリーボー*と呼ばれていて、わたしたちが難破した場所から遠く離れてはいないところにある。さて、どうやら男は死ぬ前に小さな子供とひと目会えないだろうかと、ひどく悲しんで泣いていたらしい。そこでとうとう善き人々の王が男を憐れんで、善き人をひとり飛んでいかせ、子供を袋に入れて連れ戻り、男が横になって寝ている傍らにそれを置いた。それだから男が目を覚ました時、傍らに袋があり何か動くものが中に入っていた。さて、どうやら男は、そう、最悪の事態を考えるような紳士のひとりだったようだ。そしてより安全を考えて、あける前に袋を隅から隅まで短剣で突き刺したから、中にいたのは死んだ子供だった。わたしは考えているのだが、バルフォアさん、きみとその男はとてもよく似ているんじゃないか」。

「あんたはこれにまったく関わっていないと言うの」と叫んでぼくは体を起こした。

「第一に言っておきたい、ショーズのバルフォアさん、友人対友人として」とアランは言った、「もしわたしが一人の紳士を殺そうとするなら、わが氏族に面倒をもたらす故郷でやったりはしない。それに、剣も銃もなしに、長い釣竿を背負って出かけたりはしない」。

「ふむ」とぼくは言った、「それもそうだ！」。

「さて」と彼は、短剣を取り出してその上に何か作法に則って手を置いて続けた、「この聖なる剣にかけて、これについては知ってもいなければ荷担もしていないし、手を下してもいなければ計画に加わってもいない」。

「それはよかった！」とぼくは叫び、手を差し出した。

アランはそれに気づかなかったようだ。

「それにキャンベルの人間のまわりにはいっぱい騒ぎがあるんだ！」と彼は言った。「珍しいことでも何でもないさ」。

「少なくとも、あんたがぼくを責めるのは不当だよ、だってあんたは商船の中でぼくに何を教えてくれたかよく知っていたんだから。けれど誘惑と行為とは別物だよ、そしてそれは本当によかった。ぼくらはみんな誘惑されるかもしれない。けれど冷酷にも人の命を奪うなんて、アラン！」。そしてしばらくはそれ以上何も言えなかった。「それであんたは誰がやったか知っているの？」とぼくはつけ加えた。「あの黒いコートを着た男を知っているの？」。

「コートについてははっきりした記憶が何もないんだ」とアランは狡猾に言った。「だがわたしの頭にこびりついているのは、青かったということだ」。

「青でも黒でも、あんたはあの男を知っているの？」とぼくは言った。

「まさに良心にかけてあの男だとは断言できないんだ」とアランは言う。「確かにわたしのすぐそばを通っていったのだが、なぜだかちょうど靴の紐を結んでいたんだ」。

「あの男を知らないと誓えるの、アラン?」とぼくは叫んだ、半分は腹を立てて、半分は彼の言い抜けに笑い出しそうになって。

「それもだめだ」と彼は言う、「わたしの記憶力は忘れることにかけてはピカ一なんだよ、デイビッド」。

「それでも、はっきりわかったことがひとつある」とぼくは言った。「そしてそれは、あんたは自分とぼくの身とをわざとさらして兵隊たちを引きつけたんだ」。

「それはありそうなことだな」とアランは言った。「紳士なら誰でもそうするだろう。きみもわたしもあの件に関しては潔白だったんだから」。

「それなら余計、ぼくたちは間違って疑いをかけられたのだから、嫌疑が晴れるじゃないか」とぼくは叫んだ。「無実の者は罪ある者よりも当然にもまさっているのだから」。

「なあ、デイビッド」と彼は言った、「無実の者は確かに法廷で無罪放免されるチャンスがある。だが、銃弾を放った若者にとって、いちばんいい場所はヒースの茂る荒地だと思うんだ。どんなささやかな困難にも手を染めたことのない者たちは、そうしたことがある者たちの立場をよく心に留めておくべきなんだ。そしてそれが善きキリスト教精神というものだ。というのは、もしその反対ならば、そしてほんのかすかに見えた若者がわたしたちの立場にあって、（そうなっていた可能性もあったわけだが）わたしたちが彼の立場にあったら、彼が兵隊を引きつけてくれればとてもありがたかっただろう」。

これを聞いてぼくはアランを見放した。けれどこのあいだじゅう彼はたいへん無邪気に見え、自分が言ったことを疑いもなく本気で信じていたし、自分の義務であるとみなしたことのためには進んで身を犠牲にする覚悟があったから、ぼくの口はふさがれた。ヘンダーランドさんの言葉がよみがえってきた。つまり、ぼくたちはこうした野蛮な高地人から教訓を得られるのかもしれないという言葉が。そう、ぼくはここで自分の教訓を得ていた。アランの道徳はすべてさかさまだった。けれどそうだとしても、そのために命をささげる用意があったのだ。

「アラン」とぼくは言った、「それがぼくの思っているキリスト教徒らしさだとは言わないけれど、それはそれでいいさ。そしてさあ、もう一度ぼくはあんたに手を差し出すよ」。

するとすぐにアランは両手を差し出し、間違いなくぼくは魔法をかけたんだ、ぼくのすることなら何でも許せるのだから、と言った。それから彼はとてもまじめになり、無駄にする時間はない、二人ともこの地方を逃れなければならない、と言った。アランは、脱走兵で、そしていまやアッピンじゅうが家捜しするように探し回られることだろうし、誰もが自分の身の証しを立てなければならないだろうから。そしてぼくは、確かに殺人事件に巻き込まれたのだから。

「ああ！」とぼくは、彼にささやかな教訓を与えようと思って言う、「ぼくはこの国の正義を恐れてはいないよ」。

「まるでここがきみの地方（くに）のようだな！」と彼は言った。「さもなければ、きみはここ、スチュワートの地方で裁かれようとしているようだな！」。

「みんなスコットランドだ！」とぼくは言った。

「おい、時どききみには驚かされるぞ」とアランは言った。「殺されたのはキャンベルの一人だ。さて、それはインバララ〔インバラリ〕*、つまりキャンベルたちの本拠地で裁かれる。十五人のキャンベルが陪審員席にいて、いちばん大物のキャンベル（そしてそれは公爵だ）が裁判長席に偉そうに座っている。正義だって、デイビッド？　全世界にかけて言うが、その正義とはグレニュアがさっき道端で見つけたのと同じ正義だ」。

正直に言ってこれには少しぎょっとしたけれど、もしアランの予言がどれほど真実に近いか知っていたら、もっとぞっとしていただろう。実際、誇張されていたのはたった一点だけで、陪審員席には十一人のキャンベルしかいなかったということだ。とはいえ、ほかの四人は同様に公爵に従属しているのだから、そう見えるほど問題とはならない。それでもぼくは、あんたはアーガイルの公爵に対して公正ではない、と叫んだ、彼は（ホイッグだとしても）それでも賢明で誠実な貴族なのだ。

「ほう！」とアランは言った、「あの男はホイッグだ、間違いない。だがやつが自分の氏族にとって良い氏族長だということを、わたしは否定しないだろう。そして、撃たれたキャンベルがいて、誰も縛り首にならず、しかも自分たちの氏族長が高等裁判所長官だとしたら、氏族の者たちはどう考えるだろう？　しかし、わたしはしばしば気がついていたのだが、きみたち低地地方の人間は何が善で何が悪なのかについて、はっきりした考えをまったく持っていないな」。

これにはぼくはとうとう声を上げて笑ってしまった。すると驚いたことに、アランも加わってぼくと同じように楽しそうに笑ったのだ。

「いや、いや」とアランは言った、「われわれは高地にいるんだ、デイビッド。だからわたしが走れと言ったら言うことを聞いて走るんだ。確かにヒースの茂みの中をこそこそ逃げ回り、飢えるのは辛いことだが、赤服の監獄で手かせ足かせをはめられて横たわっているのはもっと辛いぞ」。

どこへ逃げたらいいのだろう、とぼくは聞いてみた。そして「低地へ」と彼が言うので、少しだけ、いっしょに行ってもいいかなという気になった。実際、ぼくは戻って叔父をやっつけてやりたくてたまらなくなっていた。そのうえアランが、この件については正義など何の関係もないと保証したので、残念ながら彼が正しいのかもしれないと思いはじめてもいた。すべての死に方のうち、絞首台で死ぬのはいちばん嫌だった。そしてその不気味な装置の姿が驚くほどの鮮明さでもって頭に浮かび（ぼくはそれを行商人が売り歩く物語歌（バラッド）の刷り物の上の欄に印刷されているのをいちど見たことがあったから）、裁判に訴えたいという気持ちを消し去った。

「思いきってやってみるよ、アラン」とぼくは言った。「いっしょに行くよ」。

「だがいいか」とアランは言った、「それは決してたやすいことではないぞ。着の身着のまま、辛い思いをして横にならなければならないし、何度も空腹に耐えなければならない。赤雷鳥の寝床で寝ることになるし、追われる鹿のような生活で、眠る時には武器に手をかけて眠るんだ。ああ、そうだ、逃げ切るまでに、何度もくたびれた足を引きずることになるんだ！　出発に際してそう言っておく、というのは、それはわたしがよく知っている生活だからだ。しかし、ほかにどんな成算があるかと問うならば、わたしの答えは、ない、だ。わたしといっしょに荒野を行くか、縛り首になるかだ」。

「ずいぶんと簡単に言ってくれるじゃないか」とぼくは言い、そして握手を交わした。

「さて、それでは赤服連中をもう一度覗いてみようか」とアランは言い、林の北東の端にぼくを連れていった。

木立のあいだから外を眺めると、大きな山腹がひどく急に入り江の水に向かって落ち込んでいるのが見えた。そこは荒れ果てた部分で、一面に切り立った岩とヒースの茂みがあり、ひょろひょろとしたカバの木がわずかばかり生えていた。そして遠く離れて向こうのバラフーリッシュ側に、ちっぽけな赤服の兵隊たちが丘や窪地をひょこひょこ登ったり下ったりして、一分ごとに遠ざかっていった。もはや呼び交わす声も聞こえなかった、というのは、思うに、残っている息にはほかの使い道があったからだろう。けれど兵隊たちはあいかわらず着実に道をたどりつづけていて、疑いもなくぼくたちがすぐ前にいると信じていた。

アランは一人ほくそ笑みながら彼らを見ていた。

「よし、連中はあの仕事を最後まで終える前にすっかり疲れきってしまうぞ！　それだから、きみとわたしは、デイビッド、腰を下ろして食べ物を食べ、少し長めの休憩を取り、わたしの瓶から、一杯やろう。それからオーハーンへ、わたしの親戚であるグレンズのジェイムズの家に向かって出発だ、そこで衣服と、武器と、わたしたちを連れていってくれる金とを手に入れなければならない。それから、デイビッド、「出発、幸運を！」と叫んで、ヒースの茂みのあいだで運試しだ」。

そこでぼくたちはまた腰を下ろして食べたり飲んだりしたのだけれど、その場所からは、これからぼくが友人とともにさまようことを運命づけられたのと同じ、広大で荒れ果てて家もない山々に、太陽が沈むのが見えた。ぼくたちはそれぞれ自分がしてきた冒険を、一部分はそうして腰を下ろしながら、一部分はあとでオーハーンへと向かう道すがら、語り合った。そこでアランの冒険を、興味深かったり、必要だったりするものにかぎってここに書き留めておこうと思う。

どうやら彼は波が引くとすぐに舷牆に走ったらしい。急な潮の流れの中でのた打ち回っているぼくが見え、見失い、また見えた。そして最後に、帆桁にしがみついているのがちらりと見えた。これで、しまいにはぼくがたぶん陸地に着くだろうという希望がわいて、ぼくを（何の因果か）あの縁起の悪いアッピン地方へと連れてくることになった手がかりと伝言とを残す気になったのだ。

その一方、まだ商船の上にいた者たちはボートを海に降ろしておえて、一人か二人はすでにそれに乗り込んでいたところに第二の、最初のよりも大きな波が来て、商船を座礁していた位置から持ち上げ、そして船は、岩礁の出っ張りか何かにぶつかってそれに引っかからなかったら、間違いなく海の底に沈んでいただろう。最初にぶつかった時、船は前方を向いていたから、それまで船尾はいちばん低かった。ところがいまや船尾が空中に放り上げられ、舳先は海中に突っ込んでいた。それと同時に、水が前部の昇降口に水車堰からの放水のように流れ込みはじめた。

そのあとのことを語るだけでも、アランの顔は色を失った。まだ二人の男が身動きもできず寝棚に横たわっていたからだ。そしてその場所で、水がどっと流れ込んでくるのを見、船が沈没したのだと考えて大声で叫び出し、しかもそれはひどく悲惨な叫び声だったので、甲板にいた者たちは誰もがみな次から次へとボートに転がり込みオールに取りついた。彼らが二百ヤードも離れないうちに、第三の大波が来た。それで商船は完全に岩礁の上まで持ち上がった。船の帆は一瞬いっぱいに張り、彼らを追いかけて走っているように見えたが、しかしそのあいだじゅうずっと沈みつつあったのだ。やがて船は深く、深く引き込まれていった、まるで手が引きずり込むように。そして海はダイザートの〈カベナント号〉の上で閉じた。

陸に向かって漕いでゆくあいだ、彼らはあの叫び声の恐ろしさに呆然としてひと言も喋らなかったが、渚に立つとすぐにホーシーズンは、まるで瞑想から覚めたように我に返り、アランを捕まえるよう命じた。水夫たちはその仕事に気が向かず、実際しり込みをした。けれどホーシーズンは悪鬼のようだった。そして、アランはひとりきりだ、大金を持っている、船を失い仲間たちを溺れさせたのはやつのせいだ、ここで一か八かやってみればいっぺんに復讐と大金を手に入れることができる、と叫んだ。七人対一人だった。そのあたりの岸辺にはアランが背中を守れる岩はまったくなかった。水夫たちは散開し背後に回りはじめた。

「その時だ」とアランは言った、「赤毛の小さな男――あいつが何と呼ばれていたか名前が思い出せないんだ」。

「リーアク」とぼくは言った。

「そうだ、リーアク！　さて、そいつがわたしのために棍棒を手に取ってくれ、男たちに、最後の審判が怖くないのかと尋ね、「くそ、おれはこの高地人の背中に自分の背中を合わせるぞ」と言ったんだ。赤毛の小男は完全な悪党の小男というわけじゃあなかったんだな。やつにはいくらかの親切心がある」。

「そうだね」とぼくは言った、「ぼくにもあの人なりに親切にしてくれたよ」。

「そしてアランにもだった」と彼は言った。「誓って言うが、あの人なり、というのはとても親切だということだ！　だがいいか、デイビッド、船を失ったことと、あの哀れな若者たちの叫び声が彼には腹に据えかねたんだ。それが原因なんだろうとわたしは考えている」。

「うん、そうなんだろうと思う」とぼくは言う。「だって最初はほかのみんなと同じにやる気満々だったのだから。けれどホーシーズンはそれをどう受け取ったの？」。

「悪く受け取っただろうと思えてならないんだ」とアランは言う。「だが小男がわたしに逃げろと叫んで、実際わたしはそれは良い意見だと思い、逃げたんだ。最後に見た時、彼らは浜辺でひとかたまりになって、あまり仲良くはしていなかったな」。

「それはどういうこと？」とぼくは言った。

「ふむ、こぶしが使われていたな」とアランは言った。「そしてひとりの男がズボンのようにずり下がってゆくのが見えた。だが待っていないほうがいいと思ったんだ。だって、マル島の向こうの端にはキャンベルたちの地帯があって、それはわたしのような紳士にとっては好ましい連中ではないからな。もしそれがなければ、わたしは待って、自分できみを探していたさ、あの小男に手を貸していたのはいうまでもなく」。（アランがどれほどリーアクさんの身長にこだわっていたかを思うと可笑しかった、というのは、実際には一方がもう一方に比べてずっと小さいわけではなかったからだ）。「だから」と彼は続けて言う、「わたしはせいいっぱい急いで、そして誰かと出くわすたびに、座礁した船があるぞと怒鳴ってやった。なんとまあ、連中は誰も立ち止まってわたしにかまったりしなかったんだ！　やつらがぞろぞろ列を作って海辺に向かうのを見せてやりたかったよ！　そして連中が着いた時にはたっぷり走るのを楽しんだわけで、それはキャンベルたちには実にお似合いだった。わたしは、船がそのまま沈んで、ばらばらにならなかったのはあの氏族に対する天罰だったのじゃないかと考えている。だが、きみにはとても不運だったな、その件は。もし何か残骸が打ち上げられていたら、連中は残らず探し回ってすぐにきみを見つけただろうからな」。

第19章　恐怖の館

歩いている途中で夜になり、午後には散り散りになっていた雲が集まり、厚くなっていたので、この季節にしてはとても暗くなった。ぼくたちがたどっていた道は、ごつごつした山腹を通っていた。そしてアランは確信ありげに前進したのだけれど、ぼくには彼がどうやって道をたどっているのか、まったくわからなかった。

とうとう、十時半ごろ、ぼくたちは丘のてっぺんに着き、下のほうに灯かりが見えた。どうやら家のドアが開きっぱなしになっていて、炉の火と蠟燭の灯かりがそこから漏れているらしかった。そして家と敷地のまわりじゅうで、五、六人の人々がそれぞれ火のついた薪を持って忙しそうに動き回っていた。

「ジェイムズは正気を失ってしまったにちがいない。もしこれがきみとわたしでなく兵隊たちだったら、ひどく困ったことになっていたぞ。だがたぶん、道には見張り番を立てていて、わたしたちがやって来た道はぜったい兵隊なんかには見つけられないというのがわかっているのだろう」。

ここで彼は口笛を三回、特別な方法で吹いた。最初の音で、動いている松明がすべて、まるで持っている者たちがびくっとしたかのように停止し、三度目の音で前と同じようにせわしない動きが始まったのを見るのは、不思議な光景だった。

こうして人々を安心させてから、ぼくたちは丘を下り、囲いの出入り口で（というのは、この場所は裕福な農場のようだったからだ）背が高くハンサムな五十を越えた人に出迎えられ、彼はアランに向かってゲール語で叫んだ。

「ジェイムズ・スチュワート」とアランは言った、「スコットランド語で話してもらいたい、というのは、ここにわたしといっしょに若い紳士がいて、ゲール語はからきしだめだからだ。これがその若者だ」と、彼は腕をぼくの腕に通しながらつけ加えた、「低地の若い紳士で、自分の故郷に土地も持っているが、名前は無視したほうが彼のためにはいいだろうと思う」。

グレンズのジェイムズは一瞬ぼくのほうを向き、礼儀正しく挨拶をし、次の瞬間には、アランのほうを向いていた。

「ひどい災難となったもんだ」と彼は叫んだ。「この地方に面倒をもたらすだろう」。そして彼は手をもみ絞った。

「ふうん！」とアランは言った。「苦しいこともあれば、楽しいこともありますよ、あんた。コリン・ロイは死んだんだから、それには感謝しなくては！」。

「ああ」とジェイムズは言った、「誓って言うが、やつが生き返れば良いと思うよ！　事前に自慢してほらを吹くのはいいが、今は実際におこなわれてしまったんだ、アラン。そして誰がその責めを負わなければならない？　災難が起こったのはアッピンだ――いいか、アラン。アッピンが償いをしなくてはならないんだ。そしてわたしは家族持ちだ」。

こういう会話が交わされているあいだ、ぼくはあたりの召使いたちを見回していた。ある者たちは、はしごに乗って家や農場の建物の藁屋根を掘り返し、そこから銃や剣やさまざまな戦争用の道具を持ち出していた。それを運び去っている者たちもいた。そしてどこか丘の斜面のもっと下のほうから聞こえる、つるはしが地面を打つ音から、それを埋めているのだと思った。彼らはみなとても忙しそうにしていたのに、仕事ぶりには何の秩序もなかった。男たちは同じ銃を取り合ったり、火のついた松明を持ってお互いにぶつかり合ったりしていた。そしてジェイムズはアランと話しながらたえず振り向いて、命令を叫ぶのだけれど、それはどうもまったく理解されていないようだった。松明に照らされた顔は、大慌てでパニックを起こした人たちの顔のように見えた。そして誰もはっきり口に出しては言わないものの、話し声には不安と怒りの響きがあった。

そうこうしていると、一人の娘が何か荷物か包みを持って家から出てきた。そして、それを見ただけでアランの本能がいかに目覚めたかを考えると、今に至るまでぼくは何度もニヤニヤしてきたものだ。

「あの娘が持っているのは何だ?」と彼は尋ねた。

「わたしたちはただ家を整理しているだけなんだ、アラン」とジェイムズは、怯えて、そしていくぶんへつらうように言った。「連中は蠟燭を持ってアッピンを探し回るだろうから、われわれはすべてをきちんとしておかなければならないんだ。われわれは、ご覧のとおり、銃や剣をいくらか泥炭のあいだに隠している。そしてこれもだ、たぶん、きみ自身のフランスの衣装だろう。それは埋めなくちゃならんな」。

「わたしのフランスの衣装を埋めるだと!」とアランは叫んだ。「絶対にだめだ!」そして包みを摑むと、着替えるために納屋に入ってゆき、ぼくをそのあいだ親戚に託していった。

ジェイムズは、それに応じてぼくを台所へ連れてゆき、いっしょに食卓について、最初はとても快く受け入れてくれ、頰笑みながら話しかけてくれた。けれどすぐに、あの憂鬱が戻ってきた。しかめっ面をして指を嚙みながら腰を下ろしていた。僕のことは時どき思い出すだけで、そうした時には、ほんのひと言かふた言、言葉をかけ、弱々しく頰笑んでくれ、そしてまた自分ひとりの恐怖へと戻ってゆくのだった。彼の妻は火の傍らに座り、手に顔を埋めて泣いていた。長男は床にしゃがみこみ、大量の書類に目を通し、時おり、一枚に火をつけ、完全に燃やし尽くした。そのあいだじゅう赤い顔をした女中は、恐怖に駆られて大慌てで部屋じゅうを引っ掻き回して探し歩き、そうしながらしくしく泣いていた。そして折に触れて、男たちの一人が庭から顔を突っ込み、指示を求めて叫んだ。

とうとうジェイムズはもうそれ以上座っていられなくなり、歩き回るというような無作法なまねをする許しを請うた。「まったく面白みもない話し相手でしょうが」と彼は言う、「この恐ろしい災難と、それがまったく罪もない人たちにもたらしそうなごたごたについてしか考えられないのです」。

少しあとで、彼は取っておくべきだと考えた書類を息子が燃やしているのを見た。これに彼は急に癇癪を起こしたものだから、見ているのは辛かった。彼は若者を繰り返し殴ったのである。

「お前は気が触れたか?」と彼は叫んだ。「父親を縛り首にさせたいのか?」。そしてぼくの存在も忘れて息子に向かってひとしきりゲール語で泣いたり喚いたりし、若者のほうは何も答えなかった。ただ妻だけが、縛り首と言うのを聞いて、エプロンで顔を覆うと以前にもまして大きな声で啜り泣きはじめた。

これはまったく、ぼくのようなよそ者にとっては聞くのも見るのも哀れな有様だった。だからアランが、立派なフランスの衣装を着込んで、元気よく戻ってきた時、ぼくは本当に嬉しかった。とはいえその服は（確かに）すっかり形が崩れてよれよれで、とうてい立派なというにはふさわしくなかったのだけれど。それから今度はぼくが、もう一人の息子に連れ出され、長いこと必要だった着替えと、鹿革でできた高地の靴を与えられ、その靴は最初はどうも慣れなかったけれど、少し履いているととてもよく足になじんだ。

ぼくが戻ってきた時には、アランは話を終えていたにちがいない。ぼくがアランとともに逃げなくてはならないとわかって、みんながぼくたちの装備のことで忙しくしていたからだ。彼らはぼくたちのそれぞれに剣とピストルとを与えてくれたけれど、剣は扱えないとぼくは白状した。そしてそのほかに、いくらかの弾薬、挽き割りオート麦の袋、鉄鍋、本物のフランス製ブランデーの瓶で、ぼくたちは荒野へ向かう用意ができた。お金は実際、不足していた。ぼくには約二ギニー残っていた。アランのベルトはほかの者によって送り出されていたので、この誠実な使者は全財産としてたった十七ペンスしか持っていなかった。そしてジェイムズはどうかといえば、エジンバラへの旅と、小作人のための法的費用でひどくお金を使ってしまっていて、三シリング五ペンスと半ペニーしか掻き集められず、そのほとんどが銅貨だった。

「それでは足りない」とアランは言った。

「きみはどこか近くで安全な場所を見つけるんだ」とジェイムズは言った、「そしてわたしに伝言をよこせ。いいか、きみはこの件からきっぱりとつながりを断つ必要がある、アラン。今は一ギニーや二ギニーのためにとどまっている時ではない。連中はきっときみの噂を聞きつけるし、きみを探す、そしてわたしの考えではきっと今日の災難の罪をなすりつける。もしそんなことがきみに降りかかったら、近親であり、この国にいるあいだは匿っていたわたしにも降りかかる。そしてもしわたしに降りかかったら――」と彼は言葉を切り、蒼白な顔をして指を嚙んだ。「もしわたしが縛り首になったら、われわれの身内にとっては辛いことになる」と彼は言った。

「アッピンにとって悪い日になるな」とアランは言う。

「言い表しようもない日だ」とジェイムズは言った。「ああ、いやもう、いやもう、いやもう――いやもう、アラン! きみとわたしは馬鹿みたいに話をしているな!」と彼は叫び、手を壁に打ちつけたから、その音は家じゅうに反響した。

「ふむ、それもまた確かだ」とアランは言った。「そして低地から来たここにいるわたしの友人は(ぼくに向かってうなずいて見せた)その件に関して、良いことを言ってくれていたんだ、わたしに聞く気さえあったらな」。

「だが、おい」とジェイムズは、前の様子に戻って言った、「もし連中がわたしを捕まえれば、アラン、その時こそきみに金が必要となる。というのは、わたしがこれまで言ってきたこと、そしてきみがこれまで言ってきたことがあるから、わたしたち二人にとって事態は険悪だ。わかっているか？　最後まで聞け、そうすればきみにも、わたしが自分できみに対して紙〔手配書〕を出さなければならなくなるのがわかるだろう。わたしはきみに対して賞金を懸けなければならなくなるだろう。ああ、そうなる！　こんな親しい間柄では痛ましい話だ。しかしこの恐ろしい災難の咎を受ければ、わたしは自分で何とかするしかなくなるだろう、おい。わかるか？」。

彼はアランの上着の胸を摑んで嘆願するような熱心さで話した。

「ああ」とアランは言った、「わかる」。

「そしてきみはこの地方を去らなくてはならないだろう、アラン——ああ、そしてスコットランドから——きみと、低地から来たきみの友人もだ。わたしは低地から来たきみの友人にも紙を出さなくてはならないだろう。わかるな、アラン——わかると言え！」。

アランは少し顔を紅潮させたように思えた。「彼をここに連れてきたわたしにはひどく辛いところだな、ジェイムズ」と彼は言って、頭をのけぞらせた。「それじゃあまるでわたしを裏切り者にするようなものだ！」。

「いいか、アラン、おい！」とジェイムズは叫んだ。「事態を正面から見るんだ！　彼はいずれにしろ紙を出される。マンゴ・キャンベルが間違いなく彼に紙を出す。わたしも紙を出したとしてそれがどうだというんだ？　それにな、アラン、わたしには家族がいるんだ」。それから、双方に少し沈黙があったあと、「そしてアラン、キャンベルたちが陪審員になるぞ」と彼は言った。

「ひとつあってな」とアランは考え込むようにしながら言った、「誰も彼の名前を知らない」。

「知らせはしないさ、アラン！　それは保証する」とジェイムズは叫んだ、まるで本当にぼくの名前を知っていて、何らかの有利さを捨て去ろうとでもしているかのように。「だが、どんな服装をしているかとか、どんな風貌か、年齢かとかそういったことは？　これくらいはしかたないぞ」。

「あんたのお父上の息子にはあきれるよ」とアランは厳しく言い放った。「あんたはあの若者をおまけつきで売るつもりか？　彼の衣服を替えさせて、それから裏切るつもりか？」

「いや、いや、アラン」とジェイムズは言った。「いや、いや。彼が脱いだ衣服――彼が着ているのをマンゴが見た衣服だ」。けれどぼくは、彼がすっかりしょげ返ったように見えた気がした。実際、彼はどんな藁でも掴もうとしていて、このあいだじゅう、おそらく、裁判官席と陪審員席に座った先祖代々の敵の顔が、絞首台を背景にして見えていたのだろう。

「さあ、ところで」とアランはぼくのほうを振り向いて言った、「きみの意見は？　きみはわたしの名誉に保護されてここにいる。そしてきみが望むこと以外は何もさせないようにするのがわたしの役割だ」。

「言うことはひと言しかありません。というのは、この諍いにはぼくはまったくの部外者だからです。けれどわかりやすい常識が、罪をそれがある場所に問うはずで、それは銃弾を放った者です。あなたの言い方をするなら、その人に紙を出しなさい、その人を探すんです。そして正直で罪のない人々は安全に姿を見せられるようすべきです」。

けれど、これにはアランもジェイムズも恐怖の叫び声を上げ、口をつぐむよう命じた、というのはそれは考えるべきではないことだったからだ。そしてキャメロンたちがどう考えるだろうかとぼくに尋ね（それでぼくは、マモールのキャメロンが事をおこなったにちがいないと確信した）、またその若者が捕まるだろうというのがわからないかと尋ねた。「そのことを確かに考えてみたか？」と彼らは、ひどく純真な生真面目さで言ったから、ぼくは両手を脇に垂らし、議論をあきらめた。

「ようくわかった、それなら」とぼくは言った、「そうしたければぼくに紙を出せばいい、アランに紙を出せばいい、ジョージ王に紙を出せばいい！　ぼくたちは三人とも無実で、どうやらそれが求められているものらしい。だけど少なくともぼくは」と、ちょっとした苛立ちから立ち直り、ジェイムズに言った、「アランの友人だから、彼の身内の役に立てるなら、危険にたじろいだりはしません」。

ぼくは我慢して同意するのがいいと思った、というのは、アランが困っているのがわかったからだ。そのうえ(とひそかに考えた)、同意しようとしまいと、ぼくが背を向けたとたんに、彼らの言い方をすれば、ぼくに紙を出すだろう。けれどこれについては間違っていたことがわかった。こうした言葉を言い終わるとすぐに、スチュワート夫人が椅子から飛び上がり、走り寄ってきて、最初はぼくの首に、次にはアランの首に顔を埋めて泣き、家族に対するぼくたちの行為を神に感謝したからだ。

「あなたに関しては、アラン、果たさなければならない義務にすぎません」と彼女は言った。「けれどこの若者はここに来て最悪の状態のわたしたちに会い、一家の主が、しつこい請願者のようにおもねっているのを見たこの人は、本来ならどんな王様とも同じで自分が命令してもよかったこの人は——あなたのことは、ねえ若い人」と彼女は言う、「あなたの名前を伺えないのは悲しいですけれど、顔は確かに見ました。そしてこの胸の中で心臓が打ちつづけるかぎり、それを忘れず、それを思い、それを祝福します」。こう言って彼女はぼくにキスをし、もう一度わっと、ひどく泣き出したものだから、ぼくはどうしていいかすっかりわからなくなってしまった。

「ほう、ほう」とアランは、あっけにとられたような顔をして言った。「この七月には昼がすぐにやって来るぞ。そして明日にはアッピンは大騒ぎで、竜騎兵は馬を乗り回し、「クラアハーン」〔キャンベル一族の掛け声〕の叫び声が起こり、赤服の兵隊が走り回る。だからきみとわたしは一刻も早く立ち去るべきだ」。

そこですぐにぼくたちはさよならを言い、ふたたび出発し、進路を少し東寄りにとって、晴れ渡って穏やかで暗い夜の中を、以前とほとんど変わらないでこぼこの土地を進んでいった。

第20章　荒野の逃走——岩場

ぼくたちは時には歩き、時には走った。そして朝が近づくにつれ、歩くのはますます少なくなり、走るのが多くなった。一見するとその地方は荒涼とした土地のように見えたのだけれど、それでも山中の静かな場所に隠れて人々の小屋や家があり、それらを二十軒以上も通り過ぎたにちがいない。こうした家の一軒に来ると、アランはよく、ぼくを道に残して行き、自分は家の側面を叩き、誰か起き出してきた者と窓のところでしばらく話をした。知らせを伝えるためだった。その地方では重要な任務だったから、命がけで逃げている時でさえも、アランは立ち止まって、これを果たさなければならなかったのだ。そしてほかの者たちによっても、それはよく果たされていて、ぼくたちが訪れた家の半分以上では人々はすでに殺人について知っていた。残りの家では、ぼくがわかったかぎりでは（遠く離れて立っていたし、聞き慣れない言葉だったので）、その知らせは驚きというよりもむしろ狼狽をもって受けとられた。

急いだにもかかわらず、まだどんな隠れ場所からも遠く離れたところにいるあいだに夜が明けじはめた。その時ぼくらは、岩が散らばり、白く泡立つ川が流れる大きな谷にいた。荒々しい山々が取り巻いていた。草も木も生えていない。そしてその時以来、ぼくは時どきそれは、ウィリアム王の時代に大虐殺があったグレンコー*と呼ばれる谷間だったのではないかと考えてきた。けれどぼくたちの旅程の詳しいことについては、まだどうにもよくわからない。ぼくたちは時には近道をたどり、時にはとても遠回りをした。歩調は大急ぎだった。旅をするのはたいていは夜だった。そしてぼくが尋ね、聞いた場所の名前はゲール語だったから容易に忘れてしまいがちだったのだ。

夜が明けそめたとき見えたのはこの恐ろしい場所で、ぼくにはアランが眉を顰（ひそ）めるのが見えた。

「ここはきみやわたしにはふさわしくない場所だ」と彼は言った。「ここは間違いなく連中が監視する場所だ」。

そしてこう言うと、彼はこれまで以上に勢いよく水辺まで走り降り、そこは三つの岩を挟んで川が二つに分かれている場所だった。川は腹に響く恐ろしい轟音を立てて流れていた。そして滝の上には水煙の小さな靄（もや）がかかっていた。アランは右も左も見ず、真ん中の岩にみごとにジャンプし、両手と両膝をついてその上に降り、水に落ちないよう体を止めた。その岩は小さく、向こう側に前のめりに突っ込みかねなかったからだ。ぼくは距離を測る時間も、危険を理解する時間もほとんどないうちにアランのあとに続いて跳び、彼が摑んで止めてくれた。

　こうしてその、水しぶきで滑りやすい小さな岩の上に並んで立ったのだけれど、跳ばなければならないもっとずっと広い距離が前にはあり、川はまわりじゅうでやかましい音を立てて鳴り響いていた。自分がいる場所を見た時、ぼくは恐怖のあまりひどい吐き気に襲われ、手で目を覆った。アランはぼくを摑まえて体を揺すった。彼が喋っているのは見えたけれど、滝の轟音と、心の動揺で声は聞こえなかった。ただ彼が怒りで顔を赤くしているのと、岩の上でいらいらと足踏みをしているのだけが見えた。同時に、水が荒れ狂うように通り過ぎ、もやが空中にかかっているのが見えた。それを見るとぼくはまた目を覆い、身震いをした。

　次の瞬間、アランがブランデーの瓶をぼくの唇に押しつけ、無理やり一ジルほど飲ませ、そのおかげでふたたび頭に血が送られた。それから両手を口に当て、口をぼくの耳に当てると叫んだ、「吊るされるか溺れるかだ!」。そしてぼくに背中を向けると、向こう側の川の流れを飛び越え、無事に着地した。

　いまや岩の上にいたのはぼく一人で、そのためにもっと広い余地があった。ブランデーのせいで耳が鳴っていた。たった今、目の前でよい例を見たばかりだったし、今すぐに跳ばなければ、永久に跳べないとわかるだけの分別もあった。ぼくは深く膝を曲げ、体を前に放り投げた。

時どき勇気の代わりにぼくを支えてきた、あの絶望という怒りをこめて。確かに、全部の距離を届いたのは両手だけだった。それが滑って、また摑まって、また滑った。そして滝のほうへずるずると戻されるところをアランが、最初は髪を、それから襟首を摑み、たいへんな苦労をして安全なところへと引き上げてくれた。

彼はひと言も口を利かず、ふたたび必死になって走り出し、そしてぼくはよろよろと立ち上がってあとを追わなければならなかった。ぼくはすでにもう疲れていたのに、今では気分が悪く、打ち身があり、いくぶんかはブランデーで酔っ払っていた。走りながら躓きつづけ、脇腹が痛くなり、もう少しで音を上げそうだった。そしてやっとアランが、数多くの岩のあいだに立つひとつの大きい岩の下で立ち止まった時、それはデイビッド・バルフォアにとって決して早すぎはしなかったのだ。

ひとつの大きい岩、とぼくは言った。けれど正しくは二つの岩が上のほうでお互いにもたれかかり合っていて、そのてっぺんはどちらも二十フィートほどの高さがあり、一見したところでは登れるとは思えなかった。アランでさえもが（彼には四つの手があると人は言うかもしれないけれど）それに登ろうとして二度失敗した。そしてやっと三度目に、しかもぼくの肩の上に立ち、鎖骨が折れたにちがいないと思うほどのすごい力で飛び上がって、どうにか上に登れたのだ。ひとたびそこに着くと、彼は革で出来た自分の帯を垂らした。その帯と、岩にあるいくつかの浅い足がかりの助けを借りて、ぼくは彼の傍らによじ登った。

するとなぜそこへ来たのかがわかった。二つの岩はどちらもてっぺんがいくらか窪み、相手の岩に向かって傾いていたので、何か皿のようになっていて、三人か四人もの人間が隠れて横になれたのだ。

この間ずっと、アランはひと言も言わず、ただ夢中で、黙ったままひたすら急いで、走り、登ってきたから、彼が何かの失敗にひどく怯えているのがわかった。いま岩の上にいてさえも、彼は何も言わず、しかめた表情を緩めもしなかった。ただばたんと横になって、片目だけをぼくたちの隠れ場所の縁の上からのぞかせ、まわりじゅうをくまなく偵察した。夜が明けてすっかり晴れ渡っていた。谷の石ころだらけの二つの斜面と、岩が散らばった谷底が見え、そこを川が右へ左へとくねって流れ、白い滝を作っていた。けれどどこにも家の煙も見えず、崖のまわりで鋭い鳴き声をあげる数羽の鷹以外には生き物も見えなかった。

それからやっとアランは頬笑んだ。

「やあ」と彼は言った、「これでチャンスが出てきたぞ」。それからぼくのほうを何か面白そうに見て、「ジャンプではあんまり敏捷ではなかったな」と言った。

この言葉にぼくは屈辱で顔を赤らめたのだと思う、というのは彼はすぐにこうつけ加えたからだ、「おっと！　きみが悪いわけではないけれどな！　物事を恐れる、がしかしそれをおこなら、それがもっとも勇敢な男を作るんだ。しかもあの時は水があって、水というのはわたしですらひるむものなんだ。いや、いや、悪いのはきみではない、わたしだ」。

ぼくは理由を尋ねた。

「なあに、わたしは昨晩、阿呆だということを証明してしまった。というのは、第一に、道を間違えている、しかも自分の地方（くに）のアッピンで。だからわたしたちがいるべきではない場所で昼に捕まって、そのおかげでいささか危険で、それ以上に不愉快な状態で、ここで横になっている。そして次に（こっちのほうが悪い、わたしのようにしょっちゅう荒地にいた人間としては）、わたしは水筒なしで来てしまい、ここに長い夏の一日を生（き）のままの蒸留酒以外には何もなしで横になっている。きみは些細なことだと思うかもしれない。しかし夜になる前に、デイビッド、きみはそれについて何か興味深いことを聞かせてくれるだろう」。

ぼくは何とか自分の名誉を回復したいと思っていたから、もしブランデーを捨てるなら、走っていって川で瓶をいっぱいにしてこようと申し出た。

「わたしは良い蒸留酒を無駄にするのも嫌だ」と彼は言う。「昨夜は、きみにも良い友人だったろう。そうでなければ、愚見では、きみはまだ岩の上で突っ立っていただろうからな。そのうえ、きみなら（たいへんな洞察力の持ち主だから）アラン・ブレック・スチュワートはおそらく普段より速足で歩いていたのを見て取っていただろう」。

「あんたは！」とぼくは叫んだ、「あんたは今にも爆発しそうなほど走っていたじゃないか」。

「そうだったか？」とアランは言った。「ふむ、そうだとすれば、確かに、無駄にできる時間はなかったんだ。そして今は話はこれで十分だ。きみは眠りなさい、わたしは見張りをする」。

そこで、ぼくは横になって眠った。わずかばかりの泥炭質の土が二つの岩のてっぺんのあいだに吹き積もり、シダがいくらか生えていて、それがぼくのベッドになった。最後に聞いたのは、あいかわらず鷹の甲高い声だった。

たぶん朝の九時ぐらいだっただろう、ぼくは手荒く起こされ、気がつくとアランの手がぼくの口を押さえていた。

「静かに！」と彼は囁いた。「きみは鼾をかいている」。

「うん」とぼくは、彼の心配そうな暗い顔を見て驚いて言った、「それがいけないの？」。

アランは岩の縁越しにじっと眺め、手まねで同じようにしろと合図した。

もうすっかり日は高く、雲はなく、とても暑かった。谷間は絵に描いたようにはっきりと見えた。川を半マイルほど登ったところに赤服たちのキャンプがあった。大きな火が真ん中で燃え上がっていて、そこで何人かが炊事をしていた。そして近くの、ぼくたちの岩と同じくらいの高さの岩の上に見張りが立っていて、太陽が武器に当たってきらきらと光っていた。川岸に沿ってずっと下流までほかにも見張りが配置されていた。ここでは近くに寄って、あそこでは散らばってという具合に。最初の見張りのように要所を見下ろせる高い位置に置かれた者たちもいれば、地面の上を行きつ戻りつして、途中でほかの者と出会うと折り返している者たちもいた。谷の高いところの、地面がもっと開けたところでは、その連なった見張り場所が騎兵によって引き継がれ、あちらへこちらへと馬を走らせているのが遠くからでも見えた。下のほうでは歩兵が続いていた。けれど、かなり大きな支流が合流して流れが急に膨れあがっていたから、兵士たちはもっと大きな間隔で配置され、浅瀬や飛び石だけを見張っていた。

ぼくはひと目見ただけでまた頭をもとの場所に引っ込めた。夜明け時にはまるでひっそりとしていたこの谷が、武器でごった返し、赤い上着とズボンがあちこちにいるのを見るのは不思議な思いだった。

「わかっただろう」とアランは言った、「これがわたしが恐れていたことなんだ、デイビー、やつらが川岸を警備するのが。やつらは二時間ほど前からやって来はじめたんだ、まったく！　だが、きみは眠ることにかけてはたいしたもんだな！　わたしたちは際どいところにいる。もし連中が丘の中腹に登れば、望遠鏡でたやすくわたしたちを見つけ出すことができる。だがもし谷の低いところにだけいてくれれば、わたしたちはまだ大丈夫だ。川の下流では見張り場所もまばらだ。だから、夜になったら連中をすり抜けてみようと思う」。

「それで、夜まで何をするの？」とぼくは尋ねた。

「ここで横になって」と彼は言う、「そしてバースル〔火炙り〕だ」。

この「バースル」という素晴らしいスコットランド語の一語は、実際、いまやぼくたちが過ごさなければならなくなった一日の大部分を物語っていた。ぼくたちが裸の岩の上に、まるで鉄板の上のスコーンのように横になっているのを思い出してもらいたい。太陽が残酷に照りつけていた。岩はすっかり熱くなり、触ったら耐えられないほどだった。そして、冷たいままの、わずかばかりの土とシダの部分は、いちどきに一人分の大きさしかなかった。ぼくたちは交代で裸の岩の上に横になった。それはまるで焼き網の上で殉教したあの聖人のような姿勢だった。そして心の中では、同じ気候でほんの数日しか離れていないのに、最初は島で寒さに、そして今はこの岩の上で暑さに、これほども残酷に苦しめられなければならないとは、何とも不思議なことだという思いが駆けめぐった。

こうしているあいだずっと水はまったくなく、飲むものといったら生のブランデーだけで、それは何もないよりも悪かった。ただ、その瓶を土に埋めてできるだけ冷やしておき、胸やこめかみを洗い、いくらかの慰めを得た。

兵士たちは、いま衛兵を交代させたかと思うと、次には巡察隊を作って岩のあいだを探し回ったりと、谷の底で一日じゅう騒ぎつづけた。岩はあたりにとてもいっぱいあったから、そのあいだで人を探すのは干草の束の中で針を探すようなものだった。まったく見込みのない仕事だったから、それだけにろくな注意も払われずにおこなわれた。それでも兵士たちが銃剣をヒースの茂みに突き刺すのが見え、それはぼくの背筋を凍りつかせた。そして時どきぼくらの岩のまわりをうろついたりもしたものだから、ほとんど息もできなかった。

　こんなふうにしているあいだに、ぼくは初めて正しい話し方の英語を聞いたのだった。一人の男が、ぼくたちが横になっている岩の、日の当たる面に実際に手をぱちんと打ちつけ、悪態をつきながらそれを引っ込めたのだ。「ほんとに、っついな〔it's 'ot.〕」と彼は言った。そしてぼくは歯切れのよい口調と、奇妙に単調な話し方、そしてまさしく、頭のhの文字を落とすあの聞き慣れない癖に驚いたのだ。確かに、ランサムが話すのを聞いたことはあった。けれど、彼は自分の話し方をあらゆる人々から取り入れていて、そのうえ、せいぜいでもひどく不完全な話し方しかしなかったから、ぼくはそのほとんどを幼稚さのせいにしていた。こういう喋り方を大人の口から聞いたので、ぼくの驚きはそれだけ大きかったのだ。そして実際、今に至るまでぼくは決してそれに慣れていない。英語の文法についてもまた同じことで、それはおそらく、とても批判的な目なら、この思い出の中にさえあちこちに見つけ出せるだろう。*

　一日が過ぎてゆくにつれて、岩の上で過ごす時間の退屈さと苦痛はますます大きくなっていった。岩はさらに熱くなり、太陽はますます強烈になっていった。目はくらみ、吐き気がし、そしてリュウマチのような鋭い痛みにも耐えなければならなかった。ぼくはその時も、そしてそれ以降もしばしば、ぼくたちのスコットランド語の賛美歌を思い出した。

　月は夜にあなたを打つことはなく
　日が昼にあなたを打つこともない*

そして実際、ただ神のご加護によってのみ、ぼくたちはどちらも太陽に打ち倒されることがなかったのだ。

　とうとう、二時ごろ、人が耐えられる限界を超え、そしていまや耐え忍ばなければならない苦痛ばかりか、抵抗しなければならない誘惑まであった。というのは、太陽は今では、やや西に傾いて、ぼくたちの岩の東側には影になった部分ができたからで、そこは兵士たちからさえぎられた側だった。

「こう死んでもああ死んでも同じことと」とアランは言い、縁をそっと越えて影になった側の地面に飛び降りた。

　ぼくもすぐに続き、そのままべったりと地面に寝そべったのは、長いこと日にさらされて力がすっかり弱り、ひどく目まいがしたからだった。そのあとここで、ぼくたちは一時間か二時間、頭から足まで痛み、水のように弱々しく横たわっていた。こちらのほうに巡回してきた兵士がいたらどんな者の目にもまったく無防備なままで。けれど誰もやってこなかった。みんな反対側を通り過ぎた。だからぼくたちの岩はこの新しい位置でも盾となり続けてくれたのだ。

　やがてぼくたちはまた少し力を取り戻しはじめた。そしていまや兵隊たちは、より川岸近くにいたから、アランは試しに出発してみないかと提案した。この時にはぼくが恐れるものはこの世にひとつしかなかった。そしてそれは岩の上に戻されることだった。それ以外なら何でも歓迎だった。そこでぼくたちはすぐに行進態勢をとって次々に岩から岩へとそっと移動しはじめた。時には物陰で腹這いになり、時には一目散に走り、心臓をバクバクさせながら。

　兵隊たちは谷のこちら側はどうにかこうにか探索し終え、そして午後の蒸し暑さのためにおそらくいくぶん眠気を催したせいで、今ではほとんど警戒を解いていて、見張り場所で立ったままうとうとしたり、川の両岸沿いの見張りを続けたりするだけだった。それだからこうして谷を下り、同時に山岳地帯に向かって進みつづけ、彼らの近辺から着実に離れていった。けれどどこの作業はそれまでしたなかでいちばん疲れるものだった。こんなでこぼこした土地で、しかも呼べば聞こえる距離にこんなにも多くの見張りが散らばっているなかで身を隠しつづけるには、人は体じゅうに百もの目が必要だった。開けた場所を通らなければならない時は、敏捷さだけが求められたわけではなく、全体の地勢ばかりか、足を乗せなければならないすべての石の堅固さについての素早い判断も必要だった。というのは、その午後は今やそよ風も吹かなくなっていて、だから小石が転がっても、その音はピストルを撃ったように広く鳴り渡り、丘や崖のあいだにこだまが響き渡っただろうからだ。

日没までには、ぼくたちのゆっくりとした前進速度でも、いくらかの距離をかせげた、とはいえ、岩の上の見張りはまだはっきりと目に見えた。けれど今やぼくたちは、すべての怖れを忘れさせてしまうものに出くわした。それは深く流れの激しい支流で、それはこの部分で切れ落ちて峡谷の川に合流していた。これを見てぼくたちは地面に体を投げ出し、頭から肩まで水の中に突っ込んだ。そして、冷たい流れが体の上を通り越してゆく大きな衝撃と、それを飽くことなくむさぼり飲んだのと、どちらのほうが心地よかったかぼくにはわからない。

ぼくたちはそこに横たわり（土手が隠していてくれた）何度も何度も水を飲み、胸を浸し、流れる水の中に、冷たくて痛くなるまで手を泳がせていた。そしてとうとう、素晴らしく元気を回復して、挽き割り粉の袋を取り出し、鉄鍋の中でドラマクを作った。これはただ冷たい水を挽き割りオート麦と混ぜただけのものだけれど、お腹を空かせた人には十分うまい食べ物となった。そして火を起こす手段がなかったり、（ぼくたちの場合のように）火を起こさないもっともな理由があったりする場所では、荒野に逃れた者たちの重要な非常食だった。

夜の影が降りるとすぐに、ぼくたちはまた出発し、最初は同じように注意深く、けれどすぐにもっと大胆にまっすぐ立ち上がって、速足で進んでいった。道はひどく入り組んでいて、山の急な斜面を登ったり、崖っぷちに沿ったりしていた。日没とともに雲が出ていて、夜は暗く涼しかった。それだからぼくはたいして疲労も感じずに歩いたものの、転んで山を転げ落ちるのではないかとたえず心配で、向かっている方向も見当がつかなかった。

とうとう月が出て、まだ道の上にいるぼくたちを照らした。下弦の月で長いこと雲に隠されていたけれど、しばらくすると輝き出て、山々の暗い頂を見せてくれ、またはるか下で入り江の細い腕に反射した。

この光景にぼくたちは二人とも立ち止まった。ぼくは自分がこんなに高いところにいて、雲の上を歩いている（ように思えた）ことの驚きに打たれて。アランは方角を確認するために。見たところ、彼はすっかり満足していて、そして確かに、敵のすべてに声が聞こえないところにいると判断していたにちがいない。なぜなら、残りの夜間行進のあいだじゅう、彼は勇ましいのやら、楽しいのやら、悲しげなのやら、多くの曲を口笛で吹いて道中を楽しませてくれたからだ。リールの曲は足を速めさせた。僕自身の南の地方の曲は、この冒険から家に戻りたくてたまらなくさせた。そしてこうした曲のすべてが、広大で、暗く、荒涼とした山の上の道連れとなった。

第21章　荒野の逃走――コリナキーヒェの断崖

七月の初めには日は早く明けるとはいえ、ぼくたちが目的地に着いた時にはまだ暗かった。そこは大きな山の頂が二つに割れたところで、水が真ん中を通って流れていて、片側には岩の中に浅い洞窟があった。カバの木がまばらで小奇麗(こぎれい)な林となって生えていて、それが少し先では松の林に変わっていた。小さな流れには鱒がいっぱいいた。林にはモリ鳩が。向こうの山の開けた側にはダイシャクシギがたえず鳴いていたし、カッコウがたくさんいた。この割れ目の口からはマモールの一部と、その地方をアッピンから隔てている入り江を見下ろせた。しかもとても高いところからだったから、腰を下ろしてそれを眺めるのはいつでも驚きでもあり楽しみでもあった。

この裂け目の名前はコリナキーヒェ*の断崖といった。標高が高く、海にとても近かったものだから、そこはしばしば雲に囲まれはしたものの、それでも全体としては快適な場所で、そこで過ごした五日間は幸せに過ぎ去っていった。

ぼくたちは洞窟で寝て、ベッドには、そのために刈ったヒースの茂みを使い、アランの大きなコートを体の上にかけた。谷の曲がり角に、低く隠された場所があって、そこでぼくたちは大胆にも火を起こした。その火で、雲が出た時には体を温めることができたし、温かいお粥を作ったり、流れの中の石やえぐれた岸の下に手を入れて捕まえた小さな鱒を焼いたりした。これは実際、ぼくたちの大きな楽しみでもあり仕事ともなった。そして、もっと悪い時に備えて食料を節約するためばかりでなく、とても愉快な競争意識もあって、ぼくたちは毎日、多くの時間を使って、腰まで裸になり、こうした魚を求めて手探り、つまり（その地方の言葉で）ガドリングをした。捕まえたいちばん大きいのは四分の一ポンド〔一ポンドは約四五四グラム〕ほどだったろう。けれど肉質も香りもよく、炭で炙ると、塩さえあれば申し分ないのに、と思える旨さだった。

暇な時間はいつでも、アランはぼくに剣の使い方を教えなければならなかった。ぼくが剣の扱い方を知らないことをアランはひどく嘆いていたからだ。そのうえ、魚獲りでは時おりぼくのほうが勝っていたから、彼のほうがずっとまさっている剣の稽古には喜んでとりかかったのだと思う。それはいくぶん必要以上に辛いものとなった、というのは、稽古のあいだじゅう彼は、叱りつけるようなとても荒々しい態度で怒鳴り、しばしばすぐ近くまで詰め寄ってきたので、ぼくは体を刺し貫かれるにちがいないと思ったからだ。ぼくはしばしば尻尾を巻いて逃げたいという誘惑に駆られたのだけれど、それでも踏ん張って、この稽古からいくらかのものを得た。たとえそれが自信ありげな顔つきで受けの構えをして立つ、ということだけだとしても、しばしばそれが必要なことのすべてなのだ。それだから、ぼくは先生を少しも満足させることはできなかったけれど、自分自身にはまんざら不満なわけでもなかった。

そうしているあいだに、ぼくたちがいちばん大事な仕事、すなわち逃げるということを怠っていたと思われては困る。

「何日もかかるだろうな」とアランは最初の朝にぼくに言った、「赤服たちがコリナキーヒェを探してみようと思いつくのには。だから今、わたしたちはジェイムズに伝言を届けなければならないし、ジェイムズはわたしたちのために銀貨を見つけなければならない」。

「それで、どうやってその伝言を届けるの?」とぼくは言う。「ぼくたちはこの荒涼とした土地にいて、まだ思いきって離れることはできない。あんたが空の鳥を使いにでもしないかぎり、何ができるかぼくにはわからないよ」。

「そうか?」とアランは言った。「きみは創意工夫に乏しい男だな、デイビッド」。

そう言うとすぐにアランはじっと考え込み、焚き火の残り火を覗き込んだ。そしてまもなく木切れをひとつ手にすると、十字型にしてその四つの端を炭火で焦がした。それからちょっと恥ずかしそうにぼくのほうを見た。

「わたしのボタンを貸してくれないか？　贈り物をまた返してくれなどというのはおかしなことだと思うかもしれないが、正直に言うと、もうひとつ切り取るのは気が進まないんだ」。

ぼくはボタンを渡した。すると彼はすぐに、十字架を作るのに使った大きなコートの細長い切れ端にそれを通した。そしてカバの木の小枝とモミの小枝を縛りつけると、自分の作品を満足そうに眺めた。

「さて」と彼は言った、「小さなクラーハン（英語で村落と言われるもの）がコリナキーヒェから遠くないところにあって、そこはコーリスナコーン*という名がついている。そこには、わたしが命を託せる多くの友人と、それほど確信を持てない者が何人か住んでいる。いいか、デイビッド、わたしたちの首には金が懸けられることになるだろう。ジェイムズ自身が金を懸けることになっている。そしてキャンベルたちについて言えば、痛めつけられるスチュワートがいたら銀貨を惜しむことは決してないだろう。もしそうでなければ、なんとしてもわたしがコーリスナコーンまで降りていって、手袋を預けるくらい気軽にその人たちに自分の命を預けるんだが」。

「けれどそういうわけだから？」とぼくは言った。

「そういうわけだから」と彼は言った、「彼らに姿を見せたくない。どこにでも悪い人間はいる、そしてもっと悪いのは、弱い人々だ。だからまた暗くなったら、こっそりとクラーハンに降って行って、わたしが作っていたこれを、よい友人で、ジョン・ブレック・マッコルという、アッピンの家畜飼い（バウマン）の一人の窓に置いてこようと思う」。

「なるほど」とぼくは言う、「で、それを見つけたら、その人はどう考えるというの？」。

「ふむ」とアランは言う、「彼がもっと洞察力のある男だったらいいのだが、というのは、確かによく理解できないかもしれないからな！　だが、わたしが考えているのはこうだ。この十字架には何か血火の十字架*の特徴があって、それはわれわれの氏族では集合の合図なんだ。だが彼には氏族が蜂起するのではないということはよくわかるだろう。なぜかというと、それは窓に立っているのだし、何の言葉も添えられていないからだ。そこで彼は考える、一族が蜂起するのではないが何かがある、と。それからわたしのボタンを見ることになり、そのボタンはダンカン・スチュワートのものだった。そこでこう思う、ダンカンの息子がヒースの中にいて自分を必要としている、と」。

「うん」とぼくは言う、「そうかもしれない。だけど、たとえそう考えたとしても、ここフォース川*とのあいだにはたくさんのヒースがあるよ」。

「それは確かにもっともだ」とアランは言う。「だがその時ジョン・ブレックはカバの木の小枝と松の小枝*を見るだろう。そしてこう考える（もし彼にいくらかでも洞察力がありさえすればなのだが、疑わしいものだ）、アランは松とカバの木の両方生えた林にいるのだろう、と。それから、それはこのへんではそんなに多くない、と。そして彼はコリナキーヒェへ登ってきて、わたしたちに姿を見せるというわけだ。で、もしそうしなかったら、デイビッド、悪魔に食われてしまえ、かまうものか。やつには粥に入れる塩ほどの値打ちもないだろうから」。

「ええっ、なんともはや」とぼくは、少しおどけて言った、「すごく独創的ですね！　だけど、紙とインキを使って何語か書いてやったほうが簡単じゃないでしょうか？」。

「それは素晴らしい意見だね、ショーズのバルフォアさん」とアランは言い、ぼくにおどけてみせた。「それは確かにわたしにとっては手紙を書いたほうがずっと簡単さ、しかしジョン・ブレックにとってはそれを読むのは辛い仕事だろうよ。二、三年は学校に通わなくてはなるまい。そしてわたしたちは待ちくたびれてしまうかも知れない」。

だからその晩アランは血火の十字架を運び降ろし、家畜飼いの窓に置いた。戻ってくると彼は心配していた。犬が吠え、人が家々から飛び出してきたからだ。そして彼は武器がガチャガチャ鳴る音を聞き、戸口のひとつに赤服が来るのを見たように思った。こうしたことを考えに入れ、翌日は林の境目に身を潜め、用心深く見張りつづけた。やって来るのがジョン・ブレックなら、すぐに彼を先導できるように、そして赤服なら、逃げられる時間があるように。

正午ごろ、男がひとり見え、彼は日が当たるなか、山の開けた側を苦労して登り、やって来ながら目に手をかざしてあたりを見回していた。アランは男を見るとすぐに口笛を吹いた。男は振り返り、少しぼくたちのほうに来た。それからアランはまた「ピー!」と口笛を吹き、男はもっと近くにやって来るのだった。こうして口笛の音で彼はぼくたちが潜む場所まで導かれた。

彼はぼろを着て、髪はぼさぼさで、顎鬚を生やした四十歳ぐらいの男で、疱瘡のあばたが顔じゅうにあり、鈍そうにも獰猛そうにも見えた。英語はまるで下手で、でたらめだったのだけれど、アランは(そのとても親切な取り扱いに従って、ぼくがそばにいるときはいつも)彼にゲール語を話させなかった。おそらく、不慣れな言語のために彼は実際よりも腰が引けているように見えていたのだろう。けれどもぼくには、この人には役に立とうという善意はあまりなく、ただ恐怖によって生み出されたものしかないと思えた。

アランは男にジェイムズへの伝言を届けさせようとした。けれどこの家畜飼いは伝言を聞こうとはしなかった。「彼女伝言忘れた〔=わたしは伝言を忘れる〕」と男は金切り声で言った。そして手紙を持ってゆくか、手を引くかだと言い張った。

ぼくは、これにはアランも途方に暮れると思った。荒野の中で書くものがなかったからだ。ところがアランは思っていたよりもずっと機転の利く人だった。林を探し回り、とうとうモリ鳩の羽根を見つけ、それをペンの形に削った。角でできた火薬入れから火薬を取り出し、流れの水に溶いて自分でインキのようなものを作った。そして自分のフランス将校任命辞令（それを彼は絞首台除けのお守りのようにポケットに入れて持ち運んでいた）の隅を破くと、腰を下ろして次のように書いた。

拝啓――この手紙を持参した者に託して彼が知っている場所まで金をお送りください。

敬具　A. S.

これを家畜飼いに託すと、彼はできるかぎり急ぐと約束し、それを携えて丘を下った。彼はまるまる三日姿を見せなかったけれど、三日目の夕方五時ごろ、ぼくたちは林の中で口笛を聞き、それにアランが答えた。するとすぐに家畜飼いが流れのそばを登ってきて、右に左にとぼくたちを探した。彼は前ほど不機嫌ではなく、そして実際、こんな危険な依頼を果たせて間違いなく喜んでいた。

彼はその地方の情報をもたらした。そこには赤服がうようよしている。武器が見つけられていて、哀れな人々は毎日ごたごたに巻き込まれている。ジェイムズと召使いの何人かは、共謀の強い疑いをかけられて、すでにフォート・ウィリアムの牢屋に放り込まれている。アラン・ブレックが銃弾を放った、とそこいらじゅうで言い触らされているらしかった。そして彼とぼくとに対して百ポンドの賞金つきで手配書が出された。

これはどれも最悪だった。そして家畜飼いがスチュワート夫人から運んできた短い手紙は、哀れにも悲しいものだった。その中で夫人はアランに捕まらないでくれと懇願し、もしアランが軍隊の手に落ちたら、彼もジェイムズも命がないと言いきっていた。送ってきた金は、彼女がもらったり借りたりできるかぎりの額で、ぼくたちがそれでどうにかできるようにと、天に祈っていた。最後に、ぼくたちの特徴を説明した手配書を一枚同封したと言っていた。

ぼくたちはこれを、大きな好奇心と少なからぬ恐怖を持って、なかば鏡を覗くように、なかば敵の銃の筒先を、本当に狙いをつけているのかどうか覗き込むかのように、眺めた。アランは「小柄で、あばたがあり、活動的な三十五歳かそこらの男で、羽根のついた帽子をかぶり、銀のボタンとひどく汚れたモールのついた、フランスの青い厚手のコートと赤いチョッキを着、黒く毛足の長い膝丈ズボンをはいている」と書かれていた。ぼくは、「背が高く体格のいい十八歳ぐらいの若者で、古い青い上着を着、ひどくみすぼらしい格好で、古い高地地方の帽子をかぶり、長い手織りのチョッキを着て、青い膝丈ズボンをはいている。脚はむき出しで、つま先のないオランダ風の靴をはく。低地人のように話し、髭は生やしていない」。

アランは、華美な服装が完全に記憶され、書き留められているのを見て十分満足した。ただ、「汚れた」という言葉に来た時には、自分のモールを少し屈辱を感じた人のように眺めた。ぼくのほうはどうかというと、手配書の姿は惨めだと思った。それでも満足したのは、こうしたぼろ着を着替えていたから、人相書きはもはや危険ではなく、安全のもととなっていたからだ。「アラン」とぼくは言った、「あんたは服を着替えたほうがいいよ」。

「だめだ、絶対！」とアランは言った、「ほかに着るものはない。もしフランスに高地の縁なし帽子なんかで帰ったらわたしはいい見世物だ！」。

これを聞いて、考え直してみようかと思った。もしぼくがアランと、そのお尋ね者だと告げ知らせているような衣服と別れれば、拘束される心配はなくなるだろうし、大っぴらに、自分の仕事に取り組めるんじゃないだろうか。それだけではなかった。ぼく一人のところで拘束されたとしても不利になることはほとんどない。けれど悪名高い殺人者といっしょにいるところを捕まったとすれば、ぼくの立場は深刻なものになるだろう。信義のために、これについてはあえて自分の心は話さなかったけれど、それでもやっぱり、そう考えはしたのだ。

家畜飼いが金貨で四ギニー、そしてもう一ギニー近くの小銭が入った緑の財布を取り出した時、またなおいっそうそう思われた。確かにそれはぼくが持っているよりは多かった。けれど、それではアランは、五ギニーにも足りない金ではるばるフランスまでたどり着かなければならない。ぼくは、二ギニーもないけれど、せいぜいクイーンズフェリーまでだ。それだから、事態をその割合に応じて考えてみれば、アランといっしょにいることで命が危なくなるばかりでなく、ぼくの財布にとっても負担となったのだ。

けれど、こんな考えはぼくの道連れの誠実な頭にはまったくなかった。彼はぼくの役に立ち、ぼくを助け、守っているのだと信じていた。そしてぼくには、黙ったまま苛立ち、一か八か賭けてみる以外に何ができただろう?

「まったく少ないな」とアランは、財布をポケットに入れながら言った、「しかしわたしの仕事の用には足りるだろう。ところでジョン・ブレック、わたしのボタンを手渡してくれればこの紳士とわたしは出発したいんだがね」。

けれど家畜飼いは、体の前に高地風に吊るした(その他は低地地方の衣服を着て、船員用のズボンをはいていたのだけれど)毛むくじゃらな財布を手探りで探したあげく、変なふうに目をきょろきょろさせ、ついに、「彼女ちしんかそれ失くす」と言って、それは、彼はそれを失くしてしまったと思う、という意味だった。

「何だと!」とアランは叫んだ、「お前はわたしのボタンを、前は父親のだったボタンを、失くしただろうだと? いいか、わたしが考えていることを教えてやろう、ジョン・ブレック。これはお前が生まれてこの方おこなった最悪の行為だとわたしは考えているんだ」。

そしてアランは話しながら両手を膝に当て、口もとをニヤつかせて、敵に対しては災難のもととなる、あの踊るような光を目に宿らせて家畜飼いを見た。

おそらく家畜飼いは正直者だったのだろう。おそらく彼はだますつもりだったのだけれど、人気のない場所で、自分は一人、ぼくらは二人なのを見て取り、より安全なほうを選んで正直さに立ち返ったのだろう。ともかくも、しかもたちまちのうちに、彼はボタンを見つけたようで、それをアランに手渡した。

「ふむ、それはマッコル一族の名誉のためにはいいことだ」とアランは言い、それからぼくに向かって、「わたしのボタンがまた戻ってきた、そしてきみがそれを手放してくれたことに感謝するが、それはわたしに対するきみの友情の証しだった」と言った。それから彼はこのうえもなく温かく家畜飼いに別れを告げた。「お前はわたしのためにたいへんよくやってくれ、この冒険に命を懸けてくれたのだから、忠実な男という名前を永遠に与えよう」。

最後に、家畜飼いは一方に去り、アランとぼくは（全財産をまとめると）別の方向に出発して逃走を再開した。

第22章　荒野の逃走――荒地

十一時間以上にわたって休むこともなく辛い旅をしたおかげで、翌朝早くには山岳地帯の端までたどり着いた。目の前には低い、でこぼこの、不毛な土地の一区画が横たわり、いまやそれを横切らなければならなかった。日はまだ昇って間もなく、まっすぐに目に差し込んできた。わずかばかりの薄い霞が煙のように湿地の表面から立ち上った。そのため（アランが言うように）、そこに二十個大隊の竜騎兵がいたとしてもぼくたちはまったく気づかなかったろう。

それだからぼくたちは、丘の斜面の窪地に腰を下ろし、ドラマクを作り、作戦会議を開いた。

「デイビッド」とアランは言った、「慎重に構えなくてはならない時間だ。夜が来るまでここに横になろうか、それとも危険を冒して先を急ごうか？」。

「そうだね」とぼくは言った、「ぼくは疲れきっているけれど、まだいま来たくらいは歩けるよ、それだけでいいなら」。

「ああ、だがそうじゃない」とアランは言った、「それに、まだ半分も来ていない。わたしたちの状態はこうだ。アッピンはわたしたちにとってまったくの命取りだ。南に向かえば、キャンベルだらけで、考えられない。北は、ふむ、北に行って得られるものはたいしてない。クイーンズフェリーに行きたいきみにも、フランスに行きたいわたしにも。さて、そうなると、東に進むんだ」。

「東にしよう！」とぼくは本当に元気よく言う。けれど心の中ではひそかにこう思っていた、「ええ、なんだい、あんたがコンパスの一点に向かい、ぼくにほかのどんな方角でも取らせてくれるなら、ぼくたち二人にとってはいちばんいいのに」。

「よし、それでは、東には、いいか、荒地がある」とアランは言った。「ひとたびそこに踏み込めば、デイビッド、それはもう単なるコイン投げだ。あの草木も生えない、裸の平らな場所では、人はどこに頼れる？　赤服たちに丘を越えさせてみろ、何マイル離れていてもきみを見つけるぞ。そして遺憾なのは馬の足だ、連中はすぐにきみを追いつめる。いい場所じゃあないぞ、デイビッド。そして打ち明けた話、昼間は暗い時よりもっと悪い」。

「アラン」とぼくは言った、「ぼくの考えを聞いてよ。アッピンはぼくたちにとっては死だ。お金もあまりないし、食べ物もない。長いことかけて探せば探すほど、連中はぼくたちが居るところの近くまで迫ってくる。危険だらけだ。だから、倒れるまで前進だ」。

アランは喜んだ。「時どきな」と彼は言った、「きみがまったく慎重でホイッグ的すぎてわたしのような紳士には道連れにできないと思うことがあるんだ。ところがまた、きみが勇気の閃きを示すような時が来る。そしてそういう時なんだ、デイビッド、わたしが弟のようにきみを愛するのは」。

霞は上がり、消え果て、海のように何もないその土地が見えた。ただ赤雷鳥とヒタキだけが鳴いていて、はるか東のほうに鹿の群れが点々になって動いていた。荒野の大部分はヒースで赤くなっていた。残りの多くは沼地や湿地、そして泥炭の水溜まりで分断されていた。ある場所は野火で焼け焦げて黒くなっていた。またある場所には枯れたモミの木が骸骨のように立っている相当大きな森があった。誰も見たこともないような、うんざりするほどの荒地だった。けれど少なくとも、軍隊はいず、それがぼくたちにとっては重要だった。

そこでぼくたちは荒地に足を踏み入れ、東の端に向かって骨の折れる遠回りの旅を始めた。まわりじゅうに山の頂があり（覚えておいてほしい）、そこからぼくたちはいつでも見つけ出されかねなかった。それだから荒地の窪んだ部分をたどらなければならず、そういった場所がぼくたちの向かう方角から外れている時には、かぎりない注意を払って裸の土地の表面を移動しなければならなかった。時どきは三十分もぶっ通しで、猟師が鹿の近くにいる時にそうするように、ヒースの茂みから茂みへと這って行かなければならなかった。その日もまた好い天気で、太陽が照りつけた。ブランデー瓶の水はすぐになくなってしまった。そして要するに、半分の時間は腹這いになって進み、残りの時間の大部分は膝まで身をかがめて歩くというのがどんなことか前もって想像できていたなら、ぼくは間違いなくそんな過酷な企てからは尻込みしていただろう。

苦労して進んでは休み、また苦労して進んで午前中を過ごした。そして正午ごろ、ヒースの濃い茂みの中に横たわって眠った。アランが最初に見張りに就いた。そして目を閉じるとすぐに、ぼくは揺り起こされて次の見張りに就かなければならないように感じた。ぼくたちには事を進めるための時計がなかった。そこでアランはヒースの小枝を地面に突き刺してその代わりにした。枝の影が東に遠く伸びたらすぐに、彼を起こさなければならないとわかるように。けれどぼくはこの時までにひどく疲れていて、一度に十二時間でも寝られそうだった。体じゅうが眠気でいっぱいだった。心が目覚めている時でも関節は寝ていた。ヒースの茂みの暑い匂いや、野の蜂がブンブンと唸る声は、ぼくにはミルク酒*のようなものだった。そして時おりびくっとしては、自分がうとうとしていたことに気づくのだった。

最後に目覚めた時には、遠いところから戻ってきたような気がして、太陽は空で大きく位置を変えたと思った。ヒースの小枝を見て、叫び出しそうになった。自分が信頼を裏切ってしまったのがわかったからだ。恐怖と恥ずかしさで頭が混乱しそうだった。そしてまわりの荒野を見回したとき目にしたものに、ぼくの心蔵は止まりそうになった。というのは、間違いなく、馬に乗った一団の兵士たちが寝ているあいだにやって来て、南東の方角から近づきながら扇形に広がり、ヒースの茂みの深いところをあちらこちらと馬を走らせていたからだ。

アランを起こすと、最初に兵士たちをチラッと見、それから目印と太陽の位置を見て、突然、険悪でもあれば不安そうでもある面持ちでさっと眉を寄せたのだけれど、ぼくに向けられた咎めはそれだけだった。

「どうしたらいいだろう?」とぼくは尋ねた。

「ウサギのまねをしなければならないようだな」と彼は言った。「向こうの山が見えるか?」と北東の空にある山を指差した。

「うん」とぼくは言った。

「さてそれでは、あれに向かって出発しよう。あの名前はベン・オルダーだ*。荒れ果てた不毛の山で起伏に富んでいるから、朝になるまでにあそこにたどり着ければ、まだ何とかなる」。

「だけどアラン」とぼくは叫んだ、「それはまさしく、やって来る兵隊たちのまん前を横切ることになるよ!」。

「それはよくわかっている。だが、もしアッピンの方向に追い戻されたら二人とも命がない。だからさあ、ディビッド坊主、きびきびするんだ!」。

こう言うと彼は両手両膝をついて、まるでそれが自然な進み方だとでもいうように、信じられないような素早さで前進しはじめた。そうしながらいつでも荒地の低い部分のいちばんうまく体を隠せる場所を縫うように進んだ。ある部分は燃えていたり、あるいは少なくとも火に炙（あぶ）られたりしていた。そしてぼくたちの顔に（それは地面に近づけられていた）、煙のように細かく、目に沁み、息をつまらせる埃（ほこり）を立てた。水はとっくになくなっていた。そして四つん這いで逃げるというこの姿勢は圧倒的な疲労と衰弱をもたらし、それだから体重のかかる膝は痛み、手首の力は抜けるのだった。

実際、時おりは、ヒースの大きな茂みがあるところでしばらく横になり、ぜいぜいと喘（あえ）ぎ、そして葉をかき分けて竜騎兵たちを振り返った。彼らはまだぼくたちを見つけてはいなかった。まっすぐに進んでいたからだ。どうやら、半個中隊で約二マイルの土地を受け持ち、通り過ぎながら本当に徹底的な捜索をしていた。ぼくが目を覚ましたのはぎりぎりの時間だったのだ。ほんの少し遅れていたら、脇へ逃れるのではなく、彼らの正面を逃走しなければならなかっただろう。今でさえ、ほんのちょっとでも不運な出来事があったら姿が見えてしまうだろう。そして時どき、雷鳥がヒースの藪から羽音を立てて飛び立つと、ぼくたちは死人のようにじっと動かず横になり、恐ろしくて息もできなかったのだ。

体の痛みと衰弱、心臓の連打、両手の疼き、そして埃と灰の煙の中でひりひりする喉と目は、すぐにひどく耐えがたくなったから、ぼくは喜んで降参していただろう。ただアランに対する恐れだけが、まだ頑張るだけの偽りの勇気をぼくに貸していた。アラン自身はどうかというと(しかも彼は大きなコートに動きを妨げられていたというのを覚えておいてほしい)、最初は真っ赤になり、けれど時が過ぎるにつれて、その赤さには白い部分が混じりはじめた。息はつくごとにぜいぜい、ヒューヒューと鳴り、停止しているあいだにぼくの耳に意見を囁くと、その声はまったく人間のもののようには聞こえなかった。けれどもその意気は挫かれた気配もなく、活動をゆるめることもまったくなかった。それだからぼくはこの人の忍耐強さに本当に感心したのだ。

とうとう、夜の最初の薄暗がりの中で、ぼくたちはラッパが鳴るのが聞こえ、ヒースの茂みのあいだから振り返ると、兵隊たちが集まりはじめたのが見えた。少したつと彼らは荒地の真ん中あたりで火を起こし、夜のためにテントを張った。

これを見てぼくは横になって寝ようと懇願した。

「今晩は寝てなんかいられないぞ!」とアランは言った。「今これ以降、きみのあのうんざりする竜騎兵たちが荒地を支配し、翼のある鳥以外には何もアッピンの外に出られなくなる。わたしたちはちょうどいい時に切り抜けられたのに、せっかく得られたものを危険にさらそうというのか? だめ、だめ、朝になったら太陽に、われわれがベン・オルダーの固く締まった地面の上にいるのを見せてやるんだ」。

「アラン」とぼくは言った、「意志が足りないんじゃあない。体力が足りないんだ。できるものならやるさ。だけど、いま生きているのと同じくらい確かに、ぼくにはできないよ」。

「ようくわかった、それなら、わたしが運んでやろう」。

ぼくは彼が冗談を言っているのか確かめてみた。けれど違う、この小さな男は本当に真剣だった。そしてその不屈さを見てぼくは恥ずかしかった。

「先頭に立ってくれ！」とぼくは言った、「あとに続くから」。

アランは「よく言ったぞ、デイビッド！」とでも言うようにぼくをひと目見て、ふたたび全速力で走り出した。

夜が来ると、涼しくなり、少し暗くなりさえした（けれどたいしてではない）。空には雲はなかった。まだ七月も初めで、相当に北の地方だった。その晩のいちばん暗い時には物を読むには相当よい目が必要だったろうけれど、それでも、ぼくはこれまでしばしば冬の真昼のほうがそれよりも暗いのを見てきた。大量の露がおりて荒地を雨のように濡らした。それでぼくはしばらくのあいだ、また元気づけられた。息をつくために停止し、あたりのすべてのもの、夜の澄みきったすがすがしさや、眠り込んだ物のような丘の姿、ぼくたちの後方でだんだん小さくなり、荒野の真ん中の明るい点のようになった火などを見回す時間があった時、激しい苦痛の中でまだ重い体を引きずり、虫のように塵を食わなくてはならないことに、とつぜん怒りがわくことがよくあった。

これまで本の中で読んだことから判断するに、ペンを執ったことのある者のなかには本当に疲れきったことのある人はほとんどいないのだと思う、さもなければもっと力強く書けていただろう。ぼくは自分の人生のことを、過去も未来もまったく気にかけることはなく、ディビッド・バルフォアなどという若者がいたこともほとんど思い出さなかった。自分のことなど考えず、ただ、きっとそれで最後だと思った一歩一歩の新しい歩みのことだけを、絶望しながら考えた――そしてその原因となったアランのことを憎しみを込めて。アランは軍人として正当な仕事をしている。選択肢が与えられれば、今いるところで横になって殺されたほうがましだという時に、何のためかわからないことを部下に続けさせるのが将校の役目だ。そしておそらくぼくは申し分のない兵卒になっていたのだろう。この最後の何時間かのあいだ、何らかの選択肢があるとは思いつきもせず、ただできるあいだは命令に従い、命令に従いながら死ぬんだとしか思っていなかったのだから。

何年もたってやっと昼になりはじめた、とぼくには思えた。そしてその時までには最大の危機は過ぎていて、獣のように這うかわりに人間らしく二本の足で立って歩けるようになっていた。でも、まあなんということだろう！　ぼくたちはなんという二人組になっていたことか、年とった爺さんのように連れ立って、赤ん坊のようにヨチヨチと歩き、死人のように青白い顔つきをしていたのだから。ぼくたちのあいだではひと言も交わされなかった。それぞれが口を固く閉ざして、目はまっすぐ前に向け、村の祭りに力比べで重いものを持ち上げる人のように片足をあげ、それをまた降ろした。その間じゅう荒地の鳥はヒースの茂みで「ピー！」と鳴き、光は東のほうでだんだんと明るくなっていった。

アランもぼくと同じだったのだ。ぼくが彼のほうを見たというわけではない。自分でも足を前に出しつづけるのにせいいっぱいだったからだ。そうではなく、彼も疲れのあまりぼくと同じように感覚が麻痺していて、どこを進んでいるのかほとんど見ていなかったのは明らかで、さもなければ、ぼくらは目の見えない人間のようにみすみす待ち伏せにあったりはしなかったはずだ。

それはこんな具合に起こった。ぼくたちはヒースの生い茂った丘を、アランを先頭に、一歩か二歩遅れてぼくが続き、まるでバイオリン弾きとその女房のように下っていた。その時、突然ヒースがさがさと音を立てると三人か四人のぼろを着た男たちが飛び出してきて、次の瞬間にはぼくたちは仰向けに寝そべり、それぞれが喉に短剣を突きつけられていた。

ぼくはそれを気にしたとは思っていない。この手荒い扱いの痛みは、すでに体じゅうに感じていた痛みに完全に飲み込まれてしまった。そして歩みを止められたのが嬉しくて短剣など気にもかからなかった。ぼくを押さえ込んだ男の顔を横になって見上げていた。そしてその男の顔が日に焼けて黒く、目はとても明るかったのは覚えているけれど、ぼくは恐ろしいとは思っていなかった。アランが別の男とゲール語で囁き合っているのを耳にしたものの、二人が話し合っていることはぼくにとってはどうでもよかった。それから短剣が鞘に収められ、ぼくたちの武器は取り上げられ、ふたりとも向かい合わせにヒースの茂みに座らされた。

「彼らはクルーニーの部下だ」とアランは言った。「これ以上うまいことにはめぐり合えなかったろう。わたしの到着を氏族長に知らせるまで、見張りをしているこの男たちといっしょにただ待っていればいい」。

さて、ブリック一族の氏族長であるクルーニー・マクファーソンは六年前の大反乱の指導者の一人で、その命には賞金が懸けられていた。そしてぼくは、彼はとっくにあの無鉄砲な一党の、ほかの首領たちとともにフランスにいるのだと思っていた。疲れきっていてさえも、これを聞いた驚きにぼくは半ば目が覚めた。

「何だって?」とぼくは言った、「クルーニーはまだここにいるの?」。

「ああ、そうとも!」とアランは言った。「まだ自分自身の国に、自分自身の氏族に守られて! ジョージ王はそれ以上何もできない」。

ぼくはもっと尋ねたかったのだけれど、アランは言い逃れをした。「わたしはかなり疲れて、だからひどく眠りたいんだ」。そしてこれ以上何も言わず、深いヒースの藪の中でうつぶせに転がってすぐに眠り込んだようだった。

　そんなまねはぼくにはできなかった。夏にバッタが草の中をブンブン飛び回るのを聞いたことがないだろうか？　そう、目を閉じるとすぐにぼくの体、とりわけ頭、腹、そして手首はブンブンいうバッタでいっぱいになったような気がした。そしてすぐにまた目を開け、のた打ち回り、体を起こし、また横にならなければならなかった。そして目をくらませる空を眺め、あるいは汚れた荒々しいクルーニーの見張りたちが丘のてっぺん越しに姿を見せ、ゲール語で話しているのを見なければならなかった。

　それしか休憩が取れないうちに使いが帰ってきて、すると、クルーニーは喜んでぼくたちを受け入れてくれるようで、ぼくたちはもういちど立ち上がり出発した。アランはとてつもなく上機嫌で、眠ったことで元気を回復し、ひじょうに腹を空かせ、一杯の酒と熱いコロップス〔薄切り肉〕を楽しみに期待していたのだけれど、それはどうやら使いが伝言を持ってきたようだった。ぼくのほうは、食べると聞いただけで気分が悪くなった。以前はひどく体が重かったのに、今では何か恐ろしいほどふわふわしていて、どうにも歩けなかった。ぼくは宙に浮かぶ蜘蛛の糸のように漂った。地面は雲のように思え、丘は羽根のように軽く、空気には小川のような流れがあり、それがぼくをあちらへこちらへと運んだように感じた。それにもかかわらずある種の絶望のような恐怖が心に居座り、だから自分の無力さに泣きたいような気持ちだった。

アランがぼくに眉をしかめているのが見え、怒っているのだと思った。そしてそのことで、子供が感じるような、たわいもない恐怖を感じた。またぼくは、自分がへらへら笑っていて、それはこんな時には場違いだと考えて、どんなに止めようとしてもそれを止めることができなかったのも覚えている。けれどぼくのよき道連れは親切心しか胸にはなかったのだ。そして次の瞬間、二人の従僕が腕を摑み、ぼくはたいへんな速さで（あるいはそう思えたのだけれど、実はたぶんゆっくりだったのだろう）前に運ばれ、わびしい谷と窪地の迷宮を通り、もの寂しい山であるベン・オルダーの中心へと向かった。

第23章　クルーニーの〈鳥かご〉

　ぼくたちはしまいに、ひどく急な林の麓に着いた。その林は岩の多い山腹の上まで続き、てっぺんはむき出しの絶壁になっていた。

「ここだ」と道案内の一人が言い、ぼくたちは丘を上っていった。

　木々が、船の横静索に取りついた水夫たちのように斜面にしがみついていた。木の幹ははしごの横木のようで、それをぼくたちは登っていった。

　最頂部の、そして梢の上に聳え立つ崖の、岩だらけの面のすぐ手前にぼくたちは、その地方では「クルーニーの〈鳥かご〉」と呼ばれているあの奇妙な家を見つけた。何本かの木の幹が組み合わされ、そのあいだは杭で補強されていて、そのバリケードの背後の土地は地面の高さで平らにならされて床になっていた。山腹から生えている一本の木が屋根の生きた大梁だった。壁は編み枝細工で、コケで覆われていた。家全体は何か卵形をしていた。それは半分ぶら下がり、半分はあの急な山腹の茂みの中に建っていて、緑のサンザシのなかにあるスズメバチの巣のようだった。

内部は、いくらか快適に五人か六人の人が住めるだけの広さがあった。崖の出っ張りはうまく暖炉に使われていた。煙は昇って岩の表面にぶつかり、色はあまり違わなかったから、容易に下からの目をごまかせた。

これはクルーニーの隠れ場所のひとつにすぎなかった。このほかに、彼の土地のいくつかの場所に洞窟と地下室があった。そして斥候たちの報告によって、兵隊たちが近づいたり遠ざかったりするのに応じてひとつの場所から別の場所へと移動するのだった。こうした暮らし方と氏族の思いやりとのおかげで、ほかの多くの者たちが逃亡したり、捕まって殺されたりしていたのに、これまで安全に留まっていられたばかりでなく、さらに四年か五年も長く留まり、やっと最後に、彼の主人の特別な命令を受けてフランスに渡ったのだ。そこで彼はまもなく死んだ。そして彼がベン・オルダーのその〈鳥かご〉を懐かしんだかもしれないと思うと不思議な気持ちがする。

ぼくたちが戸口まで来た時、彼は岩の暖炉のそばに座って、何か料理をしている一人の従僕を見ていた。とても質素な服装をして、毛糸で編んだ帽子を耳が隠れるまで引き下げ、脂(やに)の詰まった短いパイプを吹かしていた。それにもかかわらず、王様のような物腰をしていて、ぼくたちを歓迎するために彼がその場所から立ち上がってくるのは、まさに見ものだった。「さあ、スチュワートさん、こちらにいらっしゃい！　そしてまだ名前を知らないきみの友人を連れていらっしゃい」。

「ご機嫌はいかがですか、クルーニー」とアランは言った。「ご壮健のようですが。お目にかかれて、そして友人の、ショーズの地主であるディビッド・バルフォア氏をご紹介できて光栄に思います」。

アランは、二人だけだと、ぼくの土地について言及する時は必ずいくぶん冷笑気味にしたのだけれど、見知らぬ人に対しては、それを伝令官*のように鳴り響かせた。

「どうぞお入りなさい、お二人の紳士」とクルーニーは言う。「わが家に歓迎いたします。ここは確かに異様で粗末な場所ではありますが、王族をおもてなしした家でもあります、スチュワートさん――あなたは間違いなくご存知だろう、わたしが心中に置いている王族の方を。幸運を祈って一杯やりましょう、そしてわたしのこの下手な料理人が用意しているコロップスができたら、食事をし、紳士らしくカードをしましょう。わたしの生活は、いささか退屈なのです」と彼は言い、ブランデーを注いだ。「ほとんど仲間にも会いませんし、座って親指をくるくる回し、過ぎ去ってしまった偉大な時代を思い出し、われわれみんなが期待した新しい偉大な時代がやって来るのを待ち焦がれている。だから乾杯です、復位に！」。

こう言うとすぐにぼくたちはグラスを触れ合わせ、酒を飲んだ。確かにぼくはジョージ王に何も不吉なことを望んだりはしていない。そしてもし国王自身が礼儀正しい人としてそこにいたとすれば、国王もまたぼくがしたようにしただろう。その一杯を飲み干すとすぐに、ぼくはとても気分がよくなり、まだ少しぼんやりとではあっても、もはや例の根拠のない怖れや、心の悩みも忘れてものを見たり聞いたりできるようになった。

確かにそれは奇妙な場所で、奇妙な主人がいた。長く隠れているあいだに、クルーニーは几帳面で口やかましい人のようにありとあらゆるたぐいの正確な習慣を身につけていた。彼には特別な場所があって、そこにはほかの誰も座ってはならなかった。〈鳥かご〉は独特の方法で整えられ、誰も乱すことは許されなかった。料理は彼の重要な趣味のひとつで、ぼくたちを迎える挨拶をするあいだでさえコロップスから目を離さなかった。

どうやら彼は時どき、夜の闇に隠れて、妻や最も親しい友人たちの一人二人を訪ねたり、彼らからの訪問を受けたりしていたようだ。けれどたいていはまったくの一人暮らしで、ただ見張りや、〈鳥かご〉の中で彼に仕える従僕だけを話し相手としていた。朝一番に、彼らの一人で床屋をしている者がやって来て髭を剃り、その地方のニュースを彼に伝えるのだけれど、彼はそれを抑えきれないほど待ち焦がれていた。彼の質問にはかぎりがなかった。子供のように熱心に問いただすのだった。そしていくつかの答えには途方もなく笑い、床屋が去って何時間もたってから、またとつぜん思い出し笑いをすることがよくあった。

確かに彼の質問には意図があったのかもしれない。というのは、このように隔離され、そのうえスコットランドの地主である他の紳士と同じく、最近の議会法によって法的権限は奪われてはいたけれど、彼は依然として氏族に対して氏族長として法を執行していたからだ。争いごとは決着をつけてもらうために、隠れ家にいる彼のもとに持ち込まれた。そして彼の土地の人々は、スコットランド民事裁判所なんかは指を鳴らして無視しただろうが、地位を剝奪され狩り立てられているこの無法者のただの言葉に、復讐を捨てたり即座に金を払ったりしたのだ。しょっちゅうあったことだけれど、怒った時は、彼は命令を下し、どの王とも同じように、罰するぞと大声で脅した。そして従僕たちは、短気な父親の前の子供のように、身震いしてうずくまり、彼から遠ざかった。入って来るとき彼は、その一人ひとりと儀式ばった握手をし、両方の側が同時に軍隊式に帽子に触れた。要するに、ぼくは高地地方の氏族の隠された活動のある面を見るよい機会を得たのだ。しかも追放された逃亡者である氏族長のもとで。彼の土地は征服され、軍隊が彼を捜し求めて四方八方に馬を走らせていて、時には彼が潜む場所の一マイル以内に入ってくることもあり、しかも、彼が叱りつけ脅した、ぼろをまとった男たちのなかの、いちばんつまらない者でも彼を裏切ることでひと財産作れたかもしれない時に。

その最初の晩、コロップスの用意ができるとすぐに、クルーニーはそれに自らの手でレモンをひと搾りし〈贅沢品は十分に供給されていたのだ〉、ぼくたちに食事の席につくようにと勧めた。

「それは」と彼はコロップスをさして言った、「まさにこの家で、殿下に差し上げたのと同じものです。レモン汁は別ですが。その時は肉が手に入れば嬉しくて、調味料のことなど気にしていられなかったのです。実際、四六年にはわたしの土地にはレモンよりも竜騎兵のほうが多くいましたからね」。

ぼくにはコロップスが本当にとても素晴らしいものかどうかはわからなかったけれど、見ただけで胸がむかついてほんの少ししか食べられなかった。そのあいだじゅうクルーニーはチャーリー王子が〈鳥かご〉に滞在していた時の話でぼくたちをもてなしてくれ、話し手たちの言葉をそのまま語り、自分の場所から立ち上がって、彼らがどこに立ったのかを示してくれた。こうしたことから、王子は上品で元気にあふれた若者で、優雅な王様たちの子孫の息子にはふさわしいけれど、ソロモンほどには賢明ではないと思った。ぼくはまた、王子は〈鳥かご〉にいるあいだ、しばしば酔っ払ったのだと推測した。それだから、どう考えても、そのあと彼をすっかり病人にしてしまったこの欠点が、すでに姿を現しはじめていたのだ。

ぼくらが食べ終わるとすぐにクルーニーは、古く、手垢がついて脂染みた、安宿にあるようなカードをひと組取り出した。そして眼を輝かせながら、勝負にとりかかろうと提案した。

さてこれは、ぼくが恥辱のように避けるべきだと教わって育ったことのひとつだった。父親は、自分の生活の資を賭け、ほかの人間のそれを求めて、色を塗った厚紙の運試しをするなどキリスト教徒の本分でもないし紳士の本分でもないと考えていた。確かに、疲れたと言えばそれで言い訳にはなったかもしれない。それでも、はっきり言うのが義務だと思った。ぼくは顔を真っ赤にしたにちがいないのだけれど、落ち着いて話し、ほかの人の行為をあれこれ言う理由はないものの、ぼくにとってはそれはまったく罪なき行為ではないと告げた。

クルーニーはカードを切るのをやめた。「これはいったいどういうことだ？」と彼は言う。「なんというホイッグ的で偽善的なもの言いなんだ、このクルーニー・マクファーソンの家でするには？」。

「わたしがバルフォア氏のために保証しましょう」とアランは言う。「彼は誠実で勇気のある紳士です。それを誰が申し上げているのか覚えておいていただきたい。わたしは王の名前を持っているのです」と彼は言い、帽子をちょっと傾けた。「そしてわたしと、わたしが友人と呼ぶ者は誰でも、できうるかぎりお互いのことを思い合う仲間なのです。しかし、この紳士は疲れていて眠らなければならない。彼がカードをしたくないとしても、それがあなたやわたしの邪魔になることはないでしょう。そしてわたしは元気だし、あなたが名指しするどんなゲームでも喜んでお相手いたします」。

「わたしのこの貧しい家では、どんな紳士であろうとも、自由に振る舞ってくださってかまわぬ、ということを知っておいていただきたい。もしあなたのご友人が逆立ちしたいというなら大歓迎です。そしてもしあなたか、彼か、あるいはほかのどんな人でも、完全に満足しないと言うならば、わたしは喜んでその人と外に出ましょう」。

この二人の友人が僕のために喉を切り合うなんていうことは望んでいなかった。

「アランの言うとおり、ぼくはすっかり疲れきっているんです。それに、あなたもご自分の息子たちをお持ちでしょうから、父親との約束なんです、と言わせてもらいます」。

「もうおっしゃるな、もうおっしゃるな」とクルーニーは言って、〈鳥かご〉の片隅にあるヒースのベッドを指差した。それでも彼はかなり不機嫌で、ぼくを横目で見て、そうしながら不満そうにぶつぶつとつぶやいた。そして実際、ぼくの良心の咎めと、それを宣言した言葉は、いくぶん盟約者じみていて、荒々しい高地地方のジャコバイトのあいだでは適切ではなかったということは認めなければならない。

ブランデーやら鹿肉やらで、妙な倦怠感が襲ってきた。そしてベッドに横になるとすぐに、ぼくは何か夢うつつといった状態に陥り、ぼくたちが〈鳥かご〉に滞在したあいだじゅうほとんどずっとそのままだった。時どきは、はっきりと目覚めて周囲で起こったことを理解した。時どきは、ただ声や鼾だけが、細い流れの音のように聞こえた。そして壁に掛かったプラドが、屋根に映る炉火の影のように細くなったり、また膨れ上がったりした。ぼくは時どき話したり叫んだりしたにちがいない。というのは時には返事をされて驚いたのを覚えているからだ。それでも意識にあったのは何か特定の悪夢ではなく、ただ漠然とした、暗くいつまでも続く恐怖——自分がいる場所への恐怖、横になっているベッドへの、壁に掛かっているプラドへの、声、火、そして自分自身への恐怖だった。

床屋である従僕はまた医者でもあり、薬を処方するために呼び入れられた。けれどゲール語で喋ったものだから、彼の意見はひと言もわからず、翻訳を頼むのにも気分が悪すぎた。自分が病気なのはよくわかっていて、それだけが気になった。

この哀れな状況で横になっていたあいだ、ぼくはろくに気にとめていなかった。けれどアランとクルーニーはほとんどの時間、カードをしていて、初めはアランが勝っていたにちがいないのははっきりしている。というのは、二人がそれに熱中していて、六十か百ギニーものぴかぴか輝く大きな山がテーブルの上にあるのを、体を起こして見たのを覚えているからだ。断崖に面した、生えている木のまわりに編んで作られた隠れ家にこれほどのお宝を見るとは不思議だと思った。けれどその時でもぼくは、アランが馬で渡っているのは深い水のような気がすると考えていた。彼には軍馬といったら緑の財布とせいぜい五ポンドしかなかったのだから。

運は二日目に変わったようだった。昼ごろ、いつものように食事のために起こされ、いつものように食べるのを拒み、ひと口の酒を、床屋が処方した何か苦い煎じ薬とともに与えられた。太陽は〈鳥かご〉の開いたドアから差し込み、それがぼくの目をくらませ不愉快だった。クルーニーはテーブルに向かいひと組のカードをかき混ぜていた。アランはベッドの上にかがみこんで顔をぼくの目に近づけていた。熱で悩まされたその目に、彼の顔はひどく驚くほどの大きさに見えた。

彼は金を貸してくれと頼んだ。

「何のために?」。

「ああ、ちょっと借りるだけだ」。

「けれどなぜ?」とぼくは繰り返した。「わからない」。

「はっ、デイビッド! 金を貸すのを惜しむのじゃああるまいね?」。

それでも惜しんでいただろう、気さえ確かだったら! けれどその時考えたのは彼の顔をどかしてもらいたいということだけで、それでお金を手渡してしまったのだ。

三日目の朝、〈鳥かご〉に着いて四十八時間たった時には精神的にすっかり安堵して目が覚め、実際ひどく体が弱り、疲れていたけれど、物事を正しい大きさで、そのありのままの日常の姿で見ることができた。そのうえ、食欲もあった。自分で動いてベッドから起き上がった。そして朝飯をすませるとすぐに〈鳥かご〉の入り口まで行き、外の林のいちばん上に腰を下ろした。曇った日で、空気は涼しく穏やかだった。そして朝のあいだじゅう夢を見ながら座っていて、ただ食料や報告を持って通り過ぎるクルーニーの斥候や召使いたちにその夢をかき乱されるだけだった。というのは、その時には危険はなくなっていて、彼は大っぴらに謁見をおこなっていたとさえ言えそうだったからだ。

ぼくが戻ると、クルーニーとアランはカードを脇に押しのけ従僕に質問をしていた。そして氏族長は振り返るとゲール語で話しかけた。

「ゲール語はわかりません」とぼくは言った。

いまや、カードの問題以来、ぼくが言うこと、することにはすべてクルーニーを怒らせる力があった。「それではきみの名前のほうがきみ自身よりも気が利いているということだな」と彼は腹立たしげに言った、「それは立派なゲール語なんだから。* だが、重要なのはこういうことだ。斥候の報告では南はすべて安全だということで、問題はきみに出発できるだけの力があるかどうかだ」。

テーブルの上にはカードはあったけれど、金貨はなかった。ただ小さな、書きつけのある紙の山だけがあり、しかもそれはすべてクルーニーの側にだった。そのうえアランは、鬱屈した男のような奇妙な顔つきをしていた。そしてぼくは強い不安を感じはじめた。

「自分が確かに元気なのかどうかわかりませんが」とぼくは言い、アランを見た。「ぼくらは持っているわずかばかりのお金でずいぶん遠くまで行かなければなりません」。

アランは下唇を吸い込み、地面を見つめた。

「デイビッド」と彼はとうとう言った、「わたしはそれを失くしてしまった。包み隠しのない真実だ」。

「ぼくのお金もなの?」。

「きみの金もだ」とアランは言い、うめき声を上げた。「きみはわたしに渡すべきではなかったんだ。カードを始めるとわたしは馬鹿になってしまう」。

「ほうほう、ほうほう」とクルーニーは言った。「みんな戯事さ。みんな冗談だ。もちろんきみに金は返すし、きみがずけずけとそう言うなら、二倍にしてやってもいい。わたしがそれを取っておいたらおかしなことになるだろう。わたしがどんなことでも、きみのような立場に置かれた紳士の邪魔をすると考えてもらっては困る。そんなことはおかしいだろう!」と彼は叫び、ひどく真っ赤な顔をしながら、金貨をポケットから引っ張り出しはじめた。

アランは何も言わずただ地面を見つめていた。

「いっしょにドアのところまで行ってもらえますか?」とぼくは言った。

クルーニーは喜んでそうすると言い、すぐにぼくについて来たけれど、困惑し、もの問いたげに見えた。

「さて」とぼくは言う、「最初にあなたの寛大さに感謝しなければなりません」。

「まったく馬鹿馬鹿しい！」とクルーニーは叫ぶ。「どこに寛大さがある？　これはただたいへん不運な出来事にすぎない。だがきみはわたしに何をしろというのだ――このわたしの、ミツバチの巣のようなかごに閉じ込められて――友人たちが来た時に、ただカードに誘い込む以外に？　そしてもし彼らが負けたとしたら、もちろん、それだからといって――」。そしてここで彼は口をつぐんだ。

「ええ」とぼくは言った、「もし彼らが負けたら、あなたはお金を返す。もし勝ったら、彼らはあなたのお金を袋に入れて持ち帰る！　さっきあなたの寛大さは認めると申し上げました。けれどぼくにとってこうした立場に置かれるのはたいへん辛いことなのです」。

少しの沈黙があって、そのあいだクルーニーはずっと今にも何か話しはじめそうだったけれど、何も言わなかった。そのあいだじゅう彼の顔はますます赤くなっていった。

「ぼくは若者です、そしてあなたの助言を求めます。あなたの息子にするように忠告してください。ぼくの友人は公明正大にこのお金を負けました、はるかに多くのお金を公明正大にあなたから得たあとで。ぼくはそれを返してもらっていいのでしょうか？　それはぼくが果たすべき正しい役割でしょうか？　ぼくがどうするにしろ、あなたはご自分で、仮にも誇りがある人間にはそれが辛いことだとわかるでしょう」。

「それはわたしにもかなり辛いことなんだ、バルフォアさん」とクルーニーは言った、「そしてきみはずいぶんと、わたしが貧しい人々を陥れて損害を与えているかのように言っている。わたしは自分のどの家にでも友人たちを迎えて、侮辱されるようなことはしない。しないんだ」と彼は突然、怒りで興奮して叫んだ、「それに友人を侮辱することもない！」。

「よろしいでしょうか」とぼくは言った、「ぼくの側にも言うことがあります。この賭け事というのは身分ある人々にとってはとても下劣な仕事です。けれど、ぼくはまだあなたの意見を待っています」。

ぼくは、クルーニーが仮にも誰かを憎んでいるとしたらそれはデイビッド・バルフォアだったと確信している。彼は挑戦的な目でぼくの体じゅうをじっと見つめ、今にも異を唱えようとしたのがぼくにはわかった。けれどぼくの若さが、さもなければおそらく彼の公正さの感覚が、彼を武装解除したのだ。確かにそれは関係者全員にとって屈辱的なことで、特にクルーニーにとってはそうだった。だから彼がしたことは、より称賛に値した。

「バルフォアさん」と彼は言った、「きみはあまりにお上品で盟約者的でありすぎると思うが、それでも、たいへん勇敢な紳士の精神を持っている。わたしの誠実な言葉にかけて、きみはこの金を受け取ってよろしい──息子にはそう言うだろう──そしてそれに添えてわたしの手を差し出そう！」。

第24章　荒野の逃走——仲たがい

アランとぼくは夜の曇り空の下エロホト湖*を渡らせてもらい、その東岸を下って、ランノホ湖*の湖頭近くにある別の隠れ家に向かった。〈鳥かご〉から来た従僕の一人が案内してくれたのだ。この男はぼくたちの荷物をすべてと、おまけにアランの大きなコートまで運び、この重荷を背負って、頑丈な山地のポニーが羽毛を運ぶように速足で歩いた。その半分もない軽い荷物でも、ぼくはしょっちゅう地面に押しつぶされそうになったものだ。ところが彼は普通の戦いだったらぼくが膝立ちででも勝てそうな男だった。

荷物から解放されて歩くのは疑いもなく大きな救いだった。そしておそらくこの救いがなければ、そしてそのための解放感と気軽さがなければ、まったく歩くことはできなかっただろう。ぼくは病の床から起き上がったばかりだったのだ。そしてぼくたちが置かれた状況には、頑張るよう鼓舞するものは何もなかった。ぼくたちのように、このうえもなく荒涼としたスコットランドの荒地の上を、曇り空の下、お互いに心も通わず旅することには。長いこと、ぼくたちは何も言わなかった。横に並んで、あるいは前と後ろになって、お互いに固い表情をして進んだ。ぼくは腹を立て傲慢で、そしてこの二つの激しくそして罪深い感情から、ありったけの力を引き出していた。アランは腹を立て恥じ入っていた。恥じ入ってとは、ぼくのお金をなくしてしまったからで、腹を立ててとは、ぼくがそのことでひどく機嫌が悪かったからだ。

別れてしまおうという考えがますます強くなって、たえず心の中を駆けめぐった。そしてそれがいいと思えば思うほど、そう思ったことでよけい恥ずかしくなるのだった。アランが振り向いてぼくに、「行け、わたしはたいへんな危険にさらされている、そしていっしょにいたらきみの危険が増すばかりだ」と言ったとしたら、実際、立派で親切で寛大なことだったろう。けれどぼくが、確かに自分を愛してくれている友人に振り向いて、「あんたは大きな危険にさらされていて、ぼくにはほとんど危険はない、あんたの友情は重荷だ、あんたは自分の運試しをして、困難を一人で背負えばいい――」と言ったら、だめだ、それはできない。自分のうちでひそかにそう考えただけで、ぼくの頬は赤くなった。

それでもアランは子供のように、(しかももっと悪いことに)油断できない子供のように振る舞ったのだ。半ば意識が朦朧としている時にうまいことを言って金を巻き上げるのは盗んだのと同じだ。それでもここで彼はぼくの隣を、自分のものと言える金は一銭もなく、とぼとぼと歩いていて、そしてどうやら、ぼくに乞いに行かせた金に平気でたかろうとしている。確かに、ぼくはそれを彼と分かち合うつもりだった。けれど彼がぼくのその意図を当てにしているのを見るのは腹が立った。

この二つのことが真っ先に頭に浮かんだ。そしてそのどちらも、口にしたら険悪な狭量さを含まずにはいられなかったろう。だから次に悪いことを選んで、何も言わなかったし、一度も道連れのほうを見なかったのだ、目尻で見るのを除いては。

エロホト湖の反対側で、歩行が楽な、平坦でイグサの茂った場所を越えている時、とうとう彼はもうこれに耐えられなくなり、ぼくの近くにやって来た。

「デイビッド」と彼は言う、「二人の友人同士が些細な災難をこんなふうに受け取るべきじゃあない。わたしはすまないと言わなければならない。だからそう言う。今度は、きみの側で何かあるなら、それを言えばいい」。

「ああ」とぼくは言う、「何もないよ」。

アランは不満のようだった。それをぼくはただ底意地悪く喜んだだけだった。

「ない？」と彼はかなり震えた声で言った、「だが、わたしが悪かった、と言ったんだぞ」。

「ええっ、もちろんあんたが悪かったんだよ」とぼくは冷たく言った。「それに、ぼくはこれまであんたを責めたことなどない、と言ったら、あんたはそのとおりだと言うだろ」。「責めたことはない」と彼は言う、「だがもっと悪いことをしたぞ。別れようか？　きみは前に一度そう言ったことがある。もう一度そう言うつもりなのか？　ここと二つの海のあいだにはたくさんの丘や荒野があるぞ、デイビッド。そしてわたしは、頼まれもしないところにあまり居たくはないさ」。

この言葉はぼくを剣のように刺し貫いたし、ぼくのひそやかな背信行為を暴露したように思えた。

「アラン・ブレック！」とぼくは叫んだ。それから、「あんたがいちばん必要としている時に背を向けるような男だとぼくのことを考えているのか？　そんなことを面と向かって言うべきじゃなかったんだ。ぼくのすべての振る舞いが、それは嘘だと証明している。確かに荒地でぼくは寝込んでしまった。だけどそれは疲れたからなのに、あんたはひどいことにそれでぼくを非難する——」。

「そんなことは決してしなかったぞ」とアランは言った。

「だけど、それを別にしたって」とぼくは続けた、「そんな憶測で、犬扱いされるような何をぼくがしたっていうんだ？　ぼくはこれまで友達を見捨てたことはないし、あんたがその最初の友人になるなんてこともないだろう。二人のあいだにはぼくには決して忘れられないことがあるんだ、たとえあんたには忘れることができても」。

「きみにはただこう言うばかりだ、デイビッド」とアランはとても静かに言った、「長いこときみには命の借りがあった、そしていまや金を借りている。わたしのためにその重荷を軽くしてくれてもいいだろう、と」。

これは当然ぼくを感動させるはずだったし、ある意味では実際そうだったのだけれど、それは悪い意味でだった。ぼくはひどい振る舞いをしていると感じ、そして今やアランに対してだけでなく、自分自身に対してまで腹を立てた。そしてそのせいでもっと残酷になった。

「あんたはぼくに言えと言った。ふん、それでは、そうしよう。あんたは自分で、ぼくに迷惑をかけてきたと認めた。ぼくは侮辱を忍ばなければならなかった。ぼくは決してあんたを非難したことはなかったし、あんたのほうでそうするまでそれをはっきり口に出すことも決してしなかった。そのあげく今、あんたはぼくが悪いと言う」とぼくは叫んだ、「なぜなら、ぼくはまるで侮辱されて嬉しいとでもいうかのように、笑って歌うことができないからだ。お次は、ぼくがひざまずいてあんたにそれを感謝するっていう寸法だ！　あんたはもっとほかの人のことを考えるべきだ、アラン・ブレック。もしもっとほかの人のことを考えれば、おそらくあんたは自分について、もっと喋らなくなるだろうし、あんたのことがとても好きな友人が、ひと言も喋らずに侮辱をやり過ごした時は、それを背骨を折るための棒にするのではなく、のんきに放っておけるだろうに。あんた自身の考え方に従えば、責められるべきはあんただった。あんたが好んで喧嘩を売るようなまねをしなければよかったんだ」。

「ああ、わかった」とアランは言った、「もう何も言うな」。

そしてぼくたちは以前の沈黙へと逆戻りした。そして旅の目的地に着き、夕食を食べ、横になって眠ったのだけれど、ひと言も口は利かなかった。

従僕はランノホ湖を次の夕暮れに渡してくれ、最善の道筋を助言してくれた。この道筋はぼくたちを直ちに山脈の頂上に押し上げてくれるはずだった。グレン・ライオン*、グレン・ロハイ*、そしてグレン・ドハート*の水源を順に回り、遠回りしてキッペン*とフォース川の上流付近で低地地方に下りる。アランは、不倶戴天の敵であるグレノーキー*のキャンベルの土地を突っ切ることになるこの道筋をあまり喜ばなかった。アランは、東側に向かうことでぼくたちはほとんどすぐに、別の氏族長に従っているとはいえ彼と同じ名前と血統を持つ一族、アソール*のスチュワートの土地に出られるし、そのうえはるかに楽で手早い道を通って目的地に着けると言って反対した。けれど、実際にクルーニーの斥候たちの頭（かしら）であるこの従僕には、すべての点で正当な理由があって、あらゆる地区の軍隊の勢力を詳しく示し、そして最終的には（ぼくにもわかるようにうまく）、キャンベルの土地ほどごたごたを避けられる場所はないと主張した。

アランはとうとう折れたけれど、ただしかたなくだった。「あれはスコットランドでもいちばん陰気な地方のひとつだ」と彼は言った。「そこにはわたしの知っているものといえば、ヒースとカラスとキャンベルたちしかいない。だがお前はいくらか洞察力のある男のようだ。お前のいいようにすればいいさ！」。

そこで、この行程でぼくたちは出発した。そして三晩のあいだのほとんどを不気味な山の上や荒々しい川の源流のあいだを旅した。しばしばすっかり霧に埋まり、たえず風に吹かれ雨に打たれ、そして一度たりともチラッとでも太陽の顔を見て元気づけられることもなく。昼のあいだはぐっしょりと濡れたヒースのあいだに横になって眠った。夜のあいだは危険な丘と険しい岩山を絶え間なくよじ登った。しばしば道に迷った。しばしばすっかり霧に巻かれ、それが薄らぐまでじっとしていなくてはならなかった。火など考えられもしなかった。唯一の食料はドラマクと、〈鳥かご〉から携えてきたコールド・ミートがひと切れだった。そして飲み物はといえば、確かに水にだけは事欠かなかった。

これは恐ろしい時間で、天候とその土地の陰鬱さのためにさらに恐ろしいものになった。暖かかったことはない。歯はカタカタと鳴った。あの島でと同じように、喉がとてもひりひりするのに悩まされた。脇腹がひどく痛み、決してやむことがなかった。そして、上からは雨に叩かれ、下からは泥が染み出してくる濡れたベッドで寝ると、幻覚の中で自分の冒険の最悪の部分をふたたび経験することになった――雷光に照らし出されたショーズの塔を、あるいは男たちに背負われて下に運び込まれたランサムを、円室の床で死んでゆくシュアンを、上着の胸を摑もうとするコリン・キャンベルを見た。夕暮れになるとこうした切れ切れのまどろみから目覚め、眠っていた水溜まりで体を起こし、冷たいドラマクを啜（すす）った。雨は激しく顔に降りつけ、あるいは背中を冷たい滴りとなって流れ落ちた。霧は薄暗い部屋のようにぼくたちを包み込んだ――あるいはたまたま風が吹いたらとつぜん消え失せて、流れが大声を上げている、何か暗い谷間の深い裂け目をぼくたちに見せた。

　数限りない川の音がまわりじゅうから上がってきた。この絶え間ない雨の中で山の泉はあふれた。どの渓谷も貯水池のように水をほとばしらせた。どの流れも水位が高くなり、その水路を満たし、あふれ出した。夜の歩行中、谷間の下のほうに、時には雷のようにどーんと鳴り、時には怒りの叫びを上げる流れの声を聞くのは荘厳だった。ぼくにはあの川の魔物、運命に呪われた旅人が来るのを、泣き叫び、喚きながら浅瀬で待っている水のケルピー*の物語がよく理解できた。アランがそれを信じている、あるいは半分は信じているのがぼくにはわかった。そして川の叫び声が普段よりも甲高くなると彼がカトリック式に十字を切るのを見ても、ぼくはほとんど驚かなかった（とはいえ、もちろん、それでもショックは受けた）。

　こうした恐ろしい彷徨のあいだじゅう、ぼくたちは親しげな振る舞いは一切せず、親しく話すことさえほとんどなかった。実は、ぼくはその時、気分が悪くて死にそうで、それがせいぜいできる言い訳だ。けれどそのほかに、ぼくには生まれつきの不寛容な傾向があって、すぐには腹を立てないけれど、それを忘れるにはもっと時間がかかり、そしていまや仲間と自分自身の両方に腹を立てていた。ほとんどまるまる二日間アランは飽くことなく親切にしてくれた。実際、沈黙してはいたけれどいつでも喜んで助けてくれ、いつでもぼくの不機嫌が吹き飛ぶのを（ぼくにはよくわかったように）期待していた。そのあいだじゅうずっと、ぼくは自分の内に閉じこもり、怒りを抱き、彼の助けを乱暴に拒み、まるで藪か石ででもあるかのように彼を無視していた。二日目の夜に、というか三日目の夜明け前に、ぼくたちはひどく開けた丘の上にいるのがわかって、そのために、いつもどおり、すぐに横になって食べたり寝たりすることができなかった。隠れられる場所に着く前に薄闇はかなり明るくなっていた。というのは、雨は降り続いていたけれど、雲は高くなっていたからだ。そしてアランはぼくの顔を覗き込み、いくぶん懸念のしるしを見せた。

「わたしにきみの荷物を持たせてくれたほうがいい」と、ランノホ湖のそばで斥候と別れて以来アランが言ったのは、おそらく九回目だった。

「大丈夫だよ、どうもありがとう」とぼくは氷のように冷たく言った。

アランは険悪に顔を赤らめた。「もう二度とは言わないぞ。わたしは辛抱強い人間ではないんだ、デイビッド」。

「あんたが辛抱強いなんてぼくは言ったことはないよ」。でもそれはまさに十歳の子供が言うような無礼で馬鹿な発言だった。

アランはその時は何も返事をしなかったけれど、それにかわって振る舞いで答えた。これ以降、彼はクルーニーの隠れ家での出来事を自分で完全に許したのだと思う。帽子をまた気取って斜めにかぶり、朗らかに歩き、口笛で曲を吹き、いらいらするような薄笑いを浮かべて横にいるぼくを見たのだ。

三日目の晩はバルクヒダー*の地方の西の端を通過することになっていた。空は晴れ、寒く、空気には霜のような感触があり、北風が吹いて雲を吹き払い、星を輝かせていた。小川は、もちろん水でいっぱいで、山々のあいだでまだ大きな音を立てていた。それでも、アランがもはやケルピーのことは考えていず、元気いっぱいなのが見て取れた。ぼくはどうかといえば、天候の変化が遅すぎた。ぬかるみの中にあまりに長く横たわっていたので（聖書に言うように）ぼくの衣服そのものが「ぼくを忌み嫌った」*。ぼくは死ぬほど疲れていて、ひどく気分が悪く、体じゅうが痛み、震えた。風の冷たさが体を突き抜け、その音は耳を混乱させた。この哀れな状態で、ぼくは道連れからの、何か迫害に近いものに耐えなければならなかった。彼はおおいにしゃべり、それには必ず嘲りが含まれていた。「ホイッグ」というのは彼がぼくに与えたいちばんましな名前だった。「ほら」と彼はよく言った、「跳ばなければならない水溜まりがあるぞ、ホイッギー！　きみが立派に跳べるのは知っているぞ！」。こんなふうに続けたのだ、そのあいだじゅう嘲るような声と顔をして。

自分自身の行動がそうさせたのであり、誰かほかの人のせいでないことはわかっていた。けれどぼくは惨めすぎてそれを後悔することもできなかった。重い足を引きずって、もうほんのわずかしか先に行けないと感じた。ぼくは横たわり、この濡れた山地で羊か狐のように死ななければならず、ぼくの骨はそこで獣の骨のように白くならなければならない。ぼくの頭はふらふらした、たぶん。けれどぼくはその見通しが気に入りはじめ、荒地でただ一人、最後の瞬間に野育ちの鷹が殺到する、そんな死に方を考えると嬉しくなりはじめた。そうしたらアランは後悔するだろう、と考えた。ぼくが死んだら、どれだけぼくに借りがあるか思い出すだろうし、その思い出は激しく彼を苛むことだろう。このように、本当ならひざまずいて、大声で神に慈悲を求めてもいいような時に、ぼくは病気で馬鹿な心のねじけた小学生のように考えをめぐらし、仲間への怒りを募らせていった。そしてアランが嘲るたびにぼくはひとり喜んでいたのだ。「ああ！」と心ひそかに考える、「ぼくにはもっといい嘲りが用意できているんだ。ぼくが横になって死んだら、あんたはそれを顔面に食らった打撃だと思うだろう。ああ、なんという素晴らしい復讐！　ああ、あんたは自分の忘恩と残酷さをどれほど後悔することだろう！」。

このあいだじゅう、ぼくはますます具合が悪くなっていった。一度は転んで、ぼくの脚はへなへなと体の下で折れ曲がり、そしてこれは一瞬アランに強い印象を与えたけれど、ぼくはとても敏捷に立ち上がって、またまったく自然に歩きはじめたから、彼はすぐにこの出来事を忘れてしまった。体じゅうが火照り、それから突然、体じゅうが震えた。脇腹の痛みはほとんど耐えがたかった。とうとうもうこれ以上足を引きずって歩くことはできないと感じはじめた。そしてそれといっしょに、アランとは喧嘩をして決着をつけたい、自分の怒りを燃え上がらせたい、そしてもっと急な形で自分の命を終わらせたいという願いがいちどきに押し寄せてきた。ちょうどアランがぼくを「ホイッグ」と呼んだところだった。ぼくは立ち止まった。

「スチュワートさん」とぼくは、バイオリンの弦のように震える声で言った、「あなたはぼくよりも年上で、当然礼儀というものを知っているはずです。政治的な意見を取り上げてぼくを非難するというのが、とても賢明なことだとか、とても気の利いたことだとか考えているのですか？　人々の意見が異なっているところでは、礼儀正しく意見を異にするのが紳士の役割だとぼくは思ってました。もしそうじゃないなら、あなたのよりもうまい嘲りを見つけることもできたんです」。

アランはぼくと向き合って立ち止まり、帽子は傾けてかぶり、両手は膝丈ズボンのポケットに入れ、首を少し傾けていた。意地悪く薄笑いを浮かべながら聞いているのが星明かりで見えた。そしてぼくが話し終えると、ジャコバイトの歌を口笛で吹きはじめた。それはプレスト

ン・パンズでのコープ将軍〔国王軍側の指揮官〕の敗北を嘲笑って作られた曲だった──

やあ、ジョニー・コープ、まだしっかり目を覚ましているのかい？
そしてあんたの太鼓はまだ鳴っているのかい？*

そしてぼくはあの戦いの日にアランは国王の側に立って戦っていたのを思い出した。「何でその曲を選ぶんですか、スチュワートさん？」とぼくは言った。「あなたがどっちの側でも負けたことをぼくに思い出させるためですか？」。

曲がアランの唇で止まった。「デイビッド！」と彼は言った。「けれど、こうした態度は終わりにしてもいい時じゃあないですか」とぼくは続けた。「つまり、あなたもこれからはぼくの国王や、よい友人のキャンベルたちのことを礼儀正しく話しなさい」。

「わたしはスチュワートだ──」とアランは言いはじめた。

「おお！」とぼくは言う、「あなたが王様の名前を持っているのは知ってますよ。だけど思い出さなければいけない、高地地方に来て以来、ぼくがその名を持った大勢の人に会ったことを。そしてそういう人たちについてせいぜいぼくが言えるのはこうだ、つまりその人たちはきれいさっぱりその名前を洗い流しても何の変わりもないということだ」。

「きみはわたしを侮辱しているのをご承知ですか?」とアランは、とても低い声で言った。

「それは残念ですね」とぼくは言った、「というのはまだ終わってないからです。その説教が気に入らないのなら、第二の説教も同じように気に入らないかもしれませんね。あなたは戦場でぼくたちの側の大人に追い回されたことがある。子供を睨みつけて怯ませるなんて、お粗末な楽しみのように思えますがね。キャンベルとホイッグの両方があなたを打ち負かしたんです。あなたは彼らの前をウサギのように逃げたんです。その人たちのことは目上の人のことを話すように話すのがふさわしいんじゃないですか」。

アランはじっと立ったままで、大きなコートの裾がうしろで風にばたばたと鳴っていた。

「これは残念だ」とついに彼は言った。「聞き捨てにはできないことがあるんだ」。

「そうしてくれと頼んだ覚えはありません」とぼくは言った。「あなたと同じように覚悟はできています」。

「覚悟?」と彼は言った。

「覚悟です」とぼくは繰り返した。「ぼくは誰かさんのようにほら吹きでも自慢屋でもありませんからね。さあ、来い!」。そして剣を抜くと、アラン自身が教えたように受けの構えを取った。

「デイビッド！」と彼は叫んだ。「きみは気が触れたか？　きみに向かって剣は抜けない、デイビッド。これは立派な殺人だ」。

「ぼくを侮辱した時、そんなことはお見通しだったはずだ」とぼくは言った。

「ああ、そのとおりだ！」とアランは叫んで、ちょっとの間じっと立って、悲しい当惑に直面した人のように手で口をねじっていた。「まったくそのとおりだ」と彼は言い、剣を抜いた。けれどぼくの剣が彼の剣に触れる前にそれを放り出し、地面に倒れ込んだ「だめだ、だめだ」と彼は言い続けた、「だめだ、だめだ——できない、できない」。

これでぼくの最後の怒りが全部出きった。そしてぼくはただ気分が悪く、すまないと思い、ぼんやりとして、自分自身に驚いているだけだった。自分が言ったことを撤回できるなら全世界を差し出していただろう。けれどいちど口に出された言葉を誰に取り戻せるだろう？　ぼくは以前のアランの親切と勇気を、そして忌まわしい日々にどれほどぼくを助け、勇気づけ、ぼくに我慢してくれたかを思い出した。そしてそれからぼく自身の侮辱を思い起こし、あの勇敢な友人を永遠に失ってしまったのがわかった。それと同時にぼくにのしかかっていた気分の悪さが倍になったように思われ、脇腹の痛みが剣のように鋭く感じられた。ぼくは立ったままで気絶してしまったにちがいないと思った。

まさにそれでぼくは考えた。どんなに謝っても言ってしまったことは消し去れない。何も罪を覆い隠せない時に何かを考えてもしかたがない。けれど謝罪が無駄だとしても、ただ助けを求めて泣けばアランをぼくの傍らに呼び返すことができるかもしれない。ぼくはプライドを捨てた。「アラン！　もし助けてくれなければ、ぼくはただここで死ぬしかない」。

アランは飛び上がって座りなおし、ぼくを見た。

「本当なんだ」とぼくは言った。「もうだめだ。ああ、どこか家の屋根の下に入れておくれ——そのほうが楽に死ねそうだ」。病気のふりをする必要はなかった。選ぼうと選ぶまいと、石の心をも融かすような泣き声で話すしかなかったのだ。

「歩けるか？」とアランは尋ねた。

「だめだ」とぼくは言った、「助けがなければ。この一時間、脚はふらふらだった。脇腹が、赤く焼けた鉄を差し込まれたようだ。ちゃんと息ができない。もし死んだら、許してくれるよね、アラン？　心の中ではとっても好きだったんだ——ぼくがいちばん怒っている時でも」。

「黙れ、黙れ！」とアランは叫んだ。「そんなことは言うんじゃない！　おい、デイビッド、わかっているだろう——」。彼は啜り泣きが漏れないように口を閉じた。「腕を回させろ」と彼は続けた。「よし、そうだ！　今度はわたしにしっかり寄りかかれ。いったいどこに家があるんだ！　しかも、わたしたちはバルウィダーにいるのに。家がないはずはないのだが、いいや、友人の家だってあるはずだ。これで楽に行けるか、デイビー？」。

「うん」とぼくは言った、「こういうふうにはしていられる」。そしてぼくは手でアランの腕をぎゅっと押しつけた。

もういちど彼は泣き出しそうになった。「デイビー」と彼は言った、「わたしはまったくだめな人間だ。思慮分別も親切心もない。きみが子供にすぎないというのを思い出せず、立ったまま死にかけているのがわからなかった。デイビー、何とか許してくれ」。

「ああ、なんと、そのことはもうそれ以上言わないで！」とぼくは言った。「どちらも相手をたしなめたりできないよ——それが本当のところだ！　ただ耐え忍ぶしかないよ、ねえ、アラン！　ああ、だけど痛みがひどい！　家はないの？」。

「きみに家を見つけてやるよ、デイビッド」と彼は断固として言った。「流れに沿って下ろう、そうすればきっと家がある。可哀そうに、おぶったほうが楽じゃないか？」。

「ああ、アラン」とぼくは言う、「ぼくのほうがたっぷり十二インチも背が高いのに？」。

「そんなことがあるものか」とアランはびっくりして叫んだ。「一インチか二インチのわずかなもんだろう。わたしは別に、まさにきみたちが言うところの背の高い男だと言っているわけではまったくないがね、おそらく」とつけ加え、その声はおかしなふうに次第に小さくなっていった。「まあ、考えてみれば、おそらくきみはおおむね正しい。ああ、それは一フット〔約三十センチ〕か、さもなければハンド〔約十センチ〕か。あるいはたぶんもっとだ！」。

アランが何か新しい諍いを恐れて言葉を飲み込むのを聞くのは心地よく、またおかしかった。痛みがそんなに激しくなかったら笑うこともできただろう。けれどももし笑ったら、ぼくは泣いてもいたに違いないと思う。

「アラン」とぼくは叫んだ、「何でぼくにそんなに良くしてくれるの？　何でこんな恩知らずの世話をしてくれるの？」。

「本当だ、わたしにはわからん」とアランは言った。「わたしがきみのことを好きだと思った点は、まさしくきみが決して言い争ったりしないということだったんだ――そして今はもっときみのことが好きだよ」。

第25章　バルクヒダーにて

最初に行き着いた家の戸口をアランはノックしたのだけれど、それは高地地方のバルクヒダーの丘陵地帯のような場所では危険なことだった。大きな氏族はどこも、その地方を支配していなかった。そこは、キャンベル一族の進出によってフォース川やティース川*の源流付近のこの荒れ果てた土地に追いやられた、小さな氏族やばらばらにされた氏族の残党、あるいはいわゆる「氏族長なしの氏族」によって占められ、争われていた。ここにはスチュワートたちやマクラーレンたちがいたけれど、それは結局、同じものになっていた、というのはマクラーレンたちは戦争ではアランの氏族長に従い、アッピンということでひと括りにされていたからだ。ここにはまた、あの昔から追放され、名前を奪われ、*犯罪に手を染めている氏族、マグレガー一族の多くがいた。彼らは昔からずっと評判が悪かったし、今ではこれまでよりもっと悪く、スコットランドじゅうで、どちらの側からも、どの党派からも信用されていなかった。彼らの氏族長、マグレガーのマグレガーは海外に追放されていた。ロブ・ロイ*の長男で、バルクヒダー付近でマグレガーの直接の指導者であるジェイムズ・モア*はエジンバラ城で裁判を待っていた。彼らは高地人とも低地人とも反目し合っていて、またグレイアム一族、マクラーレン一族、スチュワート一族とも対立していた。そしてどんなに遠い関係の親族の諍いにも乗り出してゆくアランも、彼らは極度に避けたがっていた。

偶然がとてもうまく働いてくれた。というのは、ぼくたちが見つけたのはマクラーレンの一族で、その家ではアランはスチュワートの名前のおかげで歓迎されたばかりでなく、彼自身の評判でも知られていたからだ。そしてここでぼくはすぐさま寝かされ、医者が呼ばれ、その医者はぼくが哀れな状態にあるのがわかった。けれど、彼がひじょうによい医者であったか、あるいはぼくがとても若く丈夫だったからか、寝たきりだったのはたった一週間で、ひと月たたないうちに元気よく旅に出られるようになった。

この間アランは決してぼくを置き去りにしようとしなかった。ぼくは、しばしばそうするよう急き立てたし、そして実際、留まりつづけるという彼の無鉄砲さには、この秘密に引き込んだ二、三人の友人たちみんなが抗議したにもかかわらずである。彼は昼は小さな林の下にある丘の中腹の穴に隠れた。そして人目がない夜になると、ぼくを訪ねて家にやって来るのだった。彼に会って嬉しかったかどうかは言うまでもない。この家の女主人マクラーレン夫人はこんな客に対してはどんなに尽くしても尽くし足りないと考えていた。そしてダンカン・ドゥー（それがこの家の主人の名前だった）はひと組のバグパイプを持っていて、たいへんな音楽愛好家だったから、ぼくが回復した時はまったくのお祭り騒ぎで、しょっちゅう昼と夜をさかさまにした。

兵隊たちはぼくらを放っておいた。もっとも、一度、歩兵が二個中隊と何人かの竜騎兵が谷の底を通り過ぎ、それをぼくはベッドに横になりながら窓越しに見ることはできたのだけれど。それよりもっとずっと驚いたことに、役人は誰もぼくに近寄らなかったし、どこから来たのか、どこに行くのかと尋ねられることもなかった。そしてあの騒然とした時期に、ぼくはまるで荒野に横たわっているかのように、何の詮索も受けなかった。それでもぼくの存在はそこを出発する前に、バルクヒダーとそれに隣接した地域のすべての人々に知られていた。数多くの人々がこの家を訪問しに来て、その人たちが（この地方の習慣に従って）近所の人たちにそのニュースを広めたのだ。手配書も今では印刷されていた。ぼくのベッドの足もと近くに一枚がピンで留められていて、ぼく自身のあまり嬉しくない人相書きと、もっと大きな活字で書かれた、ぼくの命に懸けられた賞金の額が読めた。ぼくがアランといっしょにそこへ来たのを知っているダンカン・ドゥーとほかの人たちは、ぼくが誰だか疑問を抱いたはずはなかったろう。そしてその他の大勢が、自分なりに推測したにちがいない。というのは、衣服を変えたとはいえ、年齢や背格好は変えられなかったからだ。そして十八歳の低地の少年は、世界のこの地方では、とりわけその時期には、そんなに大勢いたわけではないから、ひとつのことをもうひとつのこととと合わせて、ぼくを手配書と結びつけられないはずがなかった。とにもかくにも、実際はこんなことだったのだ。ほかの人々は二、三人の近い知り合いだけの秘密だと言っておきながら、どういうわけかそれが洩れてしまう。けれどこれらの氏族のあいだでは、ひとつの地方の住民全員に秘密は語られ、人々はそれを百年間でも守るのだ。

語っておく価値のあることがひとつだけ起こった。そしてそれは悪名高いロブ・ロイの息子の一人であるロビン・オイグ*の訪問を受けたことだ。この男は（申し立てによれば）バルフロン*から若い女性を奪ってきて無理やり結婚したという罪で、至るところで捜索されていた。それなのにバルクヒダー周辺を、塀に囲まれた自分の庭園の中の紳士のように歩き回っていた。そ鋤の柄を握っていたジェイムズ・マクラーレンを撃ったのはこの男で、この争いはまだ償いがつけられていなかった。それなのに彼は宿敵の家に、まるで行商人が宿屋にでも入るように歩み入ってきたのだ。

ダンカンには彼が誰なのかをぼくに知らせる時間があった。だからぼくたちはお互いを気づかわしそうに見つめ合った。承知しておいてもらいたいのだけれど、まもなくアランがやって来る時間だった。この二人はとうてい馬が合いそうにもなかった。それでも、伝言を送ったり、合図をしようとしたりしたら、マグレガー一族というとても暗い雲の下にいる男の疑念を掻き立てることは間違いなかった。

彼はたいへんな礼儀正しさを装って入ってきたけれど、それはまるで目下の人間たちに対するようにだった。マクラーレン夫人には帽子を脱いでも、ダンカンに話す時には勢いよくかぶりなおした。こうして自分を（彼なりの考え方に従って）きちんと行儀よく見せたあとで、ぼくが寝ている傍らに来てお辞儀をした。

「あなたのお名前はバルフォアだと聞いております」と彼は言う。

「デイビッド・バルフォアと呼ばれております」とぼくは言った、「どうぞよろしく」。

「お返しにわたしの名前を申し上げたいところですが」と彼は答えた、「しかし最近はいささか理不尽な扱いを受けております。ですから、ジェイムズ・モア・ドゥラモンドないしはマグレガーの、実の弟だと申し上げておけばおそらく十分でしょう。彼についてはまさかご存じないということはありますまい」。

「もちろん知っています」とぼくは少し不安を感じて言った、「そしてお父上のマグレガー＝キャンベルのことも」。そしてぼくはベッドの中で体を起こしお辞儀をした。というのは、彼が無法者を父親に持っていることを誇りに思っているといけないので、敬意を表しておくのがいいと考えたからだ。

彼はお辞儀を返した。「しかしわたしが申し上げに来たのは」と彼は続けた、「こういうことなのです。四五年にわたしの兄は「グレゴリー一族」の一部を決起させ、善良な側を助けて一撃を加えるために六個中隊を進軍させました。そしてわたしの一族といっしょに進軍して、プレストン・パンズの小競り合いで兄が足を折った時に治してくれた軍医が、まさにあなたと同じ名前の紳士だったのです。彼はベイスのバルフォアの弟でした。そしてもしあなたがあの紳士と何らかの血縁があるお方なら、わたしとわたしの部下たちを意のままに使っていただこうと思い参上しました」。

ぼくが、自分の家系についてはどんな乞食の犬とも同様に、何も知らないということを思い出してもらわなければならない。叔父は確かに身分の高い親戚についてぺちゃくちゃと喋ったけれども、今の役に立つようなことは何もなかった。そしてぼくには、わからないと認めるという苦い不名誉しか残っていなかった。

ロビンはぼくに、そっけなく、とんだ無駄骨折りだったと言い、挨拶の身振りもなしに背中を向け、そして戸口に向かいながらダンカンに、ぼくのことを「自分の父親も知らない、身寄りもない馬鹿か何かにすぎない」と言うのが聞こえた。この言葉に腹は立ったし、自分の無知が恥ずかしくはあったけれど、法によって厳しい詮索を受けている（そして実際、約三年後には縛り首になった）男が、知り合いの家系についてはこんなにも親切なのかと思うとあやうく頬笑んでしまいそうだった。

ちょうど戸口のところにアランが入ってくるのが聞こえた。そしてこの二人はあとずさりし、お互いに見知らぬ犬同士のように見つめ合った。二人とも大きな男ではなかったけれど、プライドでかなり膨れ上がっているように見えた。お互いに剣を帯びていて、腰をひねって柄をはっきりと前に突き出し、より握りやすく、抜きやすいようにした。

「スチュワートさん、だと思いますが」とロビンは言った。

「確かに、マグレガーさん、恥じるような名前ではありません」とアランは答えた。

「あなたがわたしの地方にいるとは存じ上げませんでした」とロビンは言う。

「わたしは友人であるマクラーレンの地方にいるとしか考えていませんでした」とアランは言う。

「それは難しい問題ですな」と相手が返した。「それにはいささか異論もあります。しかし、あなたは武人だとお聞きしたように思うのですが」。

「生まれつき耳が聞こえないのでなければ、マグレガーさん、それ以上にもっと多くのことをお聞きになったでしょう」とアランは言う。「わたしはアッピンで剣を抜けるただ一人の男ではありません。それにわたしの親戚にして首領であるアードシールが、そんな何年も昔のことではなく、あなたと同じ名前の紳士と話をした時、わたしにはそのマグレガーが議論に勝ったとは聞こえませんでした」。

「父のことを言っているのでしょうか?」とロビンは言う。

「まあ、驚きはしませんがね」とアランは言った。「わたしが思い描いているその紳士は、自分の名前にキャンベルをぽんとくっつけるという悪い趣味を持っていました」。

「父は老人でした」とロビンは返した。「その組み合わせは公平ではありませんでしたね。あなたとわたしのほうがもっといい相手になるでしょう」。

「そう考えていました」とアランは言った。

ぼくは半分ベッドから起き出していて、ダンカンはこの闘鶏たちのすぐそばにくっついて離れず、ちょっとでもきっかけがあれば二人のあいだに割って入る用意をしていた。しかしその言葉が発せられた時、今そうしなければする時がないという事態になった。そしてダンカンは、確かにいくぶん蒼白な顔をしてあいだに割って入った。

「ご両人」と彼は言った、「わたしはずっと、まったく違うことを考えていたんですよ。ここにはわたしのバグパイプがあって、どちらも名手と認められた吹き手である二人の紳士がいる。どちらが上手かというのは昔からの論争でした。これは決着をつけるいい機会でしょう」。

「これはこれは」とアランは、あいかわらずロビンに向かって言った。アランはロビンから、ロビンはアランから目を離すことさえしなかったのだ。「これはこれは」とアランは言う、「そんな噂を耳にしたような気がしますな。あなたは音楽は得意なのですか、みんなが言うように？　ちょっとはバグパイプが吹けるんですか？」。

「マクリモン*のように吹けるとも！」とロビンは叫ぶ。

「それはまた大胆な言葉だ」とアランは言う。

「わたしは以前にももっと大胆なことを言ったことがある」とロビンは返した、「しかももっと優れた敵に向かって」。

「その真偽を決するのはたやすいことだ」とアランは言う。

ダンカン・ドゥーは急いで、彼の最大の財産であるひと組のバグパイプを取り出し、客の前に羊肉のハムとアソール・ブロスと呼ばれる飲み物の瓶を用意した。これは古いウィスキーと濾した蜂蜜、甘いクリームを、正しい手順と割合でゆっくりとかき混ぜたものだ。二人の敵は依然として今にも喧嘩を始めそうだった。けれども泥炭の火の両側に、見かけだけは極めつけに礼儀正しく腰を下ろした。マクラーレンは彼らに羊肉のハムと「女房手作りのブロス」を勧め、妻がアソールの出身であること、そしてその甘い飲み物を作る腕前であまねく名声を得ていることを思い出させた。けれどロビンは、息のために悪い、と言ってこうしたもてなしを脇に押しのけた。

「申し上げておきますが」とアランは言った、「わたしは十時間近く食事をしておらず、そのほうがスコットランドのどんなブロスよりも息のためには悪いでしょう」。

「わたしはどんな有利な立場も利用したりはしませんよ、スチュワートさん」とロビンは答えた。「飲み食いしなさい。わたしはあなたのするとおりにしましょう」。

それぞれがハムをわずかばかり食べ、一杯のブロスをマクラーレン夫人に乾杯して飲み干した。それから長々と儀礼を交わしたあとでロビンがバグパイプを取り上げ、とても派手なやり方で、短く活発な曲を演奏した。

「やあ、あなたは吹けますすね」とアランは言った。そして競争相手から楽器を受け取り、最初はその同じ活発な曲をロビンと同じやり方で演奏した。それから変奏へとそれてゆき、だんだん曲が進むにつれて、パイプの吹き手が愛好し、「ワーブラーズ〔囀(さえず)り〕」と呼んでいる一連の優雅な音色を完璧に鳴らしてそれを飾り立てた。

ぼくはロビンの演奏が気に入り、アランの演奏はぼくをうっとりさせた。

「悪くはないですが、スチュワートさん」と競争相手は言った、「あなたのワーブラーズにはまずい趣向がありますすな」。

「わたしにですって！」とアランは叫び、顔に血がのぼった。「この嘘つきめ」。

「それではあなたはバグパイプでは負けたことを認めて」とロビンは言った、「それを剣に替えようというのですか？」。

「よくぞ言いました、マグレガーさん」とアランは返した。「さしあたっては」（とこの言葉に強いアクセントを置いて）「嘘つき呼ばわりは撤回しよう。ダンカンに判定してもらおう」。

「実際、誰にも判定してもらう必要はありません」とロビンは言った。「バルクヒダーのどのマクラーレンよりもあなたははるかにいい判定者でしょう。あなたがスチュワートにしては称賛に値するバグパイプ奏者だということは間違いのない真実なのだから。バグパイプを貸してください」。

アランは言われたとおりにした。そしてロビンはまた演奏を始め、アランの変奏の一部をまねしてそれを修正したのだけれど、彼はそれを完全に覚えているようだった。

「ああ、あなたは音楽がわかっている」とアランは憂鬱そうに言った。

「さて、あなたが自分で判定なさい、スチュワートさん」とロビンは言った。そしてその変奏を初めから改めて吹きはじめ、たいへんな独創性と情感とを込め、そしてまったく思いがけない想像力と装飾音のとても素早い技巧とで、初めから終わりまですっかり新しいものに変えたから、ぼくはこれを聞いて驚いてしまった。

アランはどうかといえば、顔は暗く熱くなり、まるで何か深い侮辱にさらされた人のように腰を下ろして指を噛んだ。「十分だ！」と彼は叫んだ。「あなたはバグパイプが吹ける——みごとなものだ」。そして立ち上がろうとした。

けれどロビンは、静かにしろとでも言うかのように手を伸ばしただけでピブロッホ*のゆっくりとした旋律を吹きはじめた。それは作品自体が素晴らしく、また堂々と演奏されたのだった。そればかりか、どうやらその曲はアッピンのスチュワートに特有な曲で、アランの大好きな曲だったのだ。最初の何音かが鳴りはじめるとすぐに、彼の顔に変化が現れた。拍子が速くなると、彼は座ったところでじっとしていられなくなったようだった。そして曲が終わるはるか以前に、怒りの最後のしるしが消え去り、音楽のこと以外は気にかけていなかった。

「ロビン・オイグ」と曲が終わると彼は言った、「あなたは偉大なバグパイプ奏者です。わたしはあなたと同じ王国で演奏するのにふさわしい者ではありません。誓って言います！ あなたはわたしが頭の中に入れている以上の音楽をスポランに入れている！ そして冷たい刃で目に物見せてやれるのではないかという思いは心を離れないと、前もって警告しておくのですが――いやそれではフェアではない！ あなたほどにバグパイプを吹ける人を切り刻むのは意に染みません！」。

それでこの言い争いは手打ちとなった。ひと晩じゅう、ブロスは回され、バグパイプは吹き手を替えた。そしてロビンがやっと帰り道のことを思い出すころには、日は素晴らしく明るくなっていて、それでも彼らはまだ楽しみ足りないのだった。

それがこの男を見た最後だった、というのは、彼が裁判を受け、グラスマーケット*で絞首刑になった時、ぼくは低地帯*でライデン大学に通っていたからだ。そしてぼくがこれを長々と語ってきたのは、ひとつにはハイランド・ライン*の向こう側でぼくに降りかかった注目に値する最後の出来事だったからであり、もうひとつには（その男が縛り首になったので）ある意味ではひとつの歴史であるからだ。

第26章　逃走の終わり――フォース川を渡る

　前にも言ったとおり、八月はまだ終わってはいなかったけれど、すでにその月に入ってずいぶんとたっていて、天候は素晴らしく、暖かで、早く、そして豊かな稔りを知らせるあらゆる兆しが見えたころ、ぼくは旅に出られると申し渡された。ぼくたちのお金は今やすっかり底をつきかけていたから、何よりもスピードを考えなくてはならなかった。というのは、早くランキラーさんのところに着かなければ、あるいは着いても助けてくれないなんてことになったら、ぼくたちは間違いなく飢えなければならなかったからだ。そのうえ、アランの意見では、追跡は今ではすっかり緩んでいるにちがいなく、そしてフォース川の線も、その川を渡る主要な道であるスターリング橋でさえも、たいして厳重に監視はされていないだろうというのだった。

「軍事においては」と彼は言った、「いちばん予想されていないところに行くのが最重要な原則なんだ。フォースはわたしたちにとっては厄介の種だ。きみは、「フォースが荒々しい高地人を押さえつける」という言い回しを知っているだろう。ところで、もしわたしたちがその川の源流をこっそり迂回して、キッペンかバルフロンあたりで下におりれば、まさにそこが連中がわたしたちを捕まえようと見張っている場所だ。だがもしわたしたちが古いスターリング橋へまっすぐ突進すれば、疑われもせずに通してくれるというのにわたしは剣を賭けてもいい」。

そこで最初の夜は、ダンカンの友人であるストラサイア*のマクラーレンの家まで前進し、そこでその月の二十一日を寝て、日が暮れるころにそこからふたたび出発し、次の楽な行程を進んだ。二十二日には、鹿の群れが見えるユーアム・バー*の山腹のヒースの藪に寝たのだけれど、よく晴れて、そよ風が吹く日差しの中で、からからに乾いた地面に横たわり、これまで味わったこともないほど快適に十時間も眠ったのだった。その晩、ぼくたちはアラン・ウォーター*に突き当たり、それに沿って下った。そして山岳地帯の端に来て、パンケーキのように平坦なスターリング沖積層低地の全体を足もとに見た。その中心の丘の上に市街と城があり、フォース川沿いの砂地には月が照っていた。

「さて」とアランは言った、「きみがどう思うかは知らないが、きみはまた自分の土地に戻った。わたしたちは歩きはじめて一時間でハイランド・ラインを越えたんだ。そしていまやあの曲がりくねった川を渡ることができさえすれば、高地の帽子を空に放り投げてもいい」。

アラン・ウォーターがフォース川に流れ込む場所の近くに、牛蒡（ごぼう）や蕗（ふき）などの背の低い植物が一面に茂って、地面にべったりと伏せればちょうど隠れられそうな砂の小島を見つけた。ぼくたちが野営したのはここで、そこからはスターリング城がはっきりと見え、守備兵の一部が行進する時には太鼓の音も聞こえた。刈り取りをする者たちが、川の片側の畑で一日じゅう仕事をしていて、石が鎌に当たる音や人声、そして話している言葉さえもが聞こえた。注意深く黙ったまま横になっていなければならなかった。けれど小島の砂は太陽で温められ、緑の植物は頭を隠してくれ、食べ物や飲み物はたっぷりあった。そしてなによりも、安全が目の前にあった。

　刈り取りの者たちが仕事をやめ、夕闇がおりはじめるとすぐに、ぼくたちは岸に渡り、畑に沿って、その柵に隠れながらスターリング橋を目指して進んだ。

　それは城山の麓にすぐ近い、古く、高く、狭く、欄干に小尖塔のついた橋だった。そしてぼくがそれを、ただ歴史上名高い場所*としてだけではなく、アランとぼく自身にとってのまさに救済の戸口として、どれほどの興味をもって眺めたかは想像してもらえるだろう。そこに着いた時にはまだ月は昇っていなかった。城の前面に沿って灯かりがいくつか輝いていて、下の街には灯かりに照らされた窓がいくつかあった。けれどまったく静かで、通り道には見張りは誰もいないようだった。

　ぼくはすぐに橋を渡るのがいいと言った。アランはもっと慎重だった。

「やけに静かそうだ」と彼は言った。「だがそれでも、この土手のうしろに用心深く横になって、確かめよう」。

そこでぼくらは十五分ほど横になり、時には囁き合ったり、時にはじっと横になったりしたまま、地上のものとしてはただ川の流れが橋脚を洗う音だけを聞いていた。しまいに、松葉杖をつきながら足を引きずって歩く、年とった女性がやって来た。その人はぼくたちが横になっている場所の近くで最初に立ち止まり、わが身と、旅してきた長い道のりを嘆いた。それからまた歩き出して急な橋のアーチを登っていった。その女性はとても小さく、夜はまだとても暗かったから、ぼくたちにはすぐに見えなくなった。ただ足音と、杖の音、それから時どき思い出したようにする咳がゆっくりと遠ざかっていった。

「もう渡りきるはずだ」とぼくは囁いた。

「いいや」とアランは言った、「まだ橋の上で足音がうつろに響いている」。

そしてまさにその時——「誰だ?」と声が叫び、マスケット銃の台尻が石の上でカタカタと鳴るのが聞こえた。哨兵は居眠りをしていて、だからぼくたちが試してみれば見つからずに通れたかもしれない、と思わずにはいられなかった。だが今では目を覚ましてしまい、チャンスは失われたのだ。

「これはだめだ」とアランは言った。「これは絶対、絶対にだめだ、デイビッド」。

そしてそれ以上ひと言もなしに、彼は畑の中を這って遠ざかっていった。そして少したって、完全に目の届く範囲から出ると、ふたたび立ち上がって東に向かう道を進んでいった。ぼくには何をしているのか見当がつかなかった。そして実際、胸を絶望にとても鋭くえぐられていたので、何であれ少しも喜ぶ気にはなれなかった。ついさっきは、まるで物語歌（バラッド）の英雄のように、ランキラーさんの戸口を叩き、遺産を要求している自分が見えていた。そしてまたここで、放浪の、追い立てられた悪党として、フォース川の反対に戻された。

「それで？」とぼくは言った。

「それで」とアランは言った、「どうしたいというんだ？　連中は思っていたほど馬鹿ではなかったわけだ。わたしたちはまだフォース川を渡らなければならない。デイビー——長雨降りて、川、水を増し、丘の斜面はそを導きぬ、だ！」。

「それで、なんで東に行くの？」とぼくは言った。

「ああ、見込みの問題だ！」と彼は言った。「橋を渡れないなら、河口で何ができるか確かめてみなければならない」。

「川には浅瀬があるけれど、河口には何もないよ」とぼくは言った。

「確かに浅瀬はいくつもあるし、そのうえ橋もある」とアランは言った。「そして監視されている時にそれが何の役に立つ？」。

「そう」とぼくは言った、「でも川は泳いで渡れる」。

「その技を持っている者にはな」と彼は返した。「しかし、きみもわたしもその運動には名人だという話はまだ聞いていないがね。そしてわたしのほうは、まったくの金槌だ」。

「言い返すことにおいてはあんたにはかなわないよ、アラン」とぼくは言った。「ただ、事態を悪化させているというのはわかる。もし川を渡るのが難しいなら、海を渡るのはもっと難しいにちがいない、というのは理にかなっているだろ」。

「しかし、ボートなどという代物がある、わたしの思い違いでなければ」。

「うん、そしてお金なんて代物もある」とぼくは言う。「けれどあれもこれもないぼくたちにとっては、そんな物は発明されないほうがましだったよ」。

「きみはそう思うのか？」とアランは言った。

「そう思う」とぼくは言った。

「デイビッド」と彼は言う。「きみには創意工夫もなければ、信念はもっとないな。だがわたしの知恵に磨きをかけさせてくれ、そうすれば頼むことも借りることも盗むこともできないなら、作ってやる！」。

「どうやらあんたの考えていることはわかったよ！　それ以上のこともね。もし橋を渡れば、それは噂にも何もならない。だけれどももし河口を渡れば向こう側にボートが残る――誰かがそれを持ってきたにちがいない——その近辺はすべてが大騒ぎに——」。

「おい！」とアランは叫んだ「わたしがボートを作るなら、それを戻す人間も作るさ！　だからつまらないことを言って、これ以上わたしをうるさがらせるのはもうやめて、歩け（それがきみのしなくてはならないことだ）——そしてきみに代わってアランに考えさせろ」。

それからひと晩じゅう、川沿いの低地の北側でオウハル山地*の高い輪郭の麓を歩いた。アロウア*、クラックマナン*、クラス*の近くでは、それらの集落をすべて避けた。そして朝の十時ごろ、ひどく空腹で疲れきってライムキルンズ*という小さな村に着いた。ここは水辺に位置し、入り江（ザ・ホープ）越しにクイーンズフェリーの町が見渡せた。煙がこの両方から、そしてあらゆる方角のほかの村や農場から立ち昇っていた。畑は刈り取りの途中だった。二隻の船が停泊していて、入り江の上をボートが行ったり来たりしていた。

それはすべてが、まさに楽しい光景だった。そしてぼくはこの心地よい緑の、耕作された丘や、畑と海で忙しく働く人々を眺めて見飽きることはなかったろう。

それでも、ランキラーさんの家は南の岸にあり、そこでは間違いなく富がぼくを待っていた。そしてこの北の岸にぼくは、異様な見かけの、実に貧しい衣服をまとって、全財産は銀貨で三シリングしか残っていず、首には賞金を懸けられ、無法者と宣言された男をただ一人の仲間として立っていたのだ。

「ああ、アラン！」とぼくは言った、「考えてもみなよ！　向こうに心が欲するかぎりのものがぼくを待っている。そして、鳥は飛び越え、ボートは渡り――ぼく以外のすべてのものが行きたければ行けるんだ！　ああ、なんていうことだ、だけど胸が張り裂けそうだ！」。

ライムキルンズでぼくたちは、ただドアの上につけられた看板代わりの木の枝でやっとそうだとわかる居酒屋に入り、器量のよい女中の娘からパンとチーズを買った。これをぼくたちは包みに入れて持ち運び、三分の一マイルほど前方に見える岸辺の木の茂みに腰を下ろして食べるつもりだった。歩きながら、ぼくは水の向こう側を見つめ、一人ため息をつきつづけていた。そしてぼくはぜんぜん注意を払っていなかったのだけれど、アランは物思いにふけっていた。ついに彼は途中で立ち止まった。

「きみはこれを買った娘に気がついたか？」と、パンとチーズを叩きながら彼は言う。

「もちろんだよ」とぼくは言った、「かわいらしい娘さんだったね」。

「そう思ったか？」と彼は叫んだ。「おい、デイビッド、これはいい知らせだ」。

「素晴らしいものすべてにかけて言うけど、何でそうなるんだい？」とぼくは言う。「どんな良いことがあるというんだい？」。

「うん」とアランは、例のおどけた顔つきをして言った、「あの娘がわたしたちにボートを手に入れてくれるんじゃないかと期待したんだがね」。

「仮にそれがさかさまだとしても、そっちのほうが見込みありそうだよ」とぼくは言った。

「わかってないな、いいか、別にあの娘がきみに恋をしてくれなくても、哀れだと思ってくれればそれでいいんだ、デイビッド。そしてそのためには、あの娘がきみのことをハンサムだと思ってくれる必要はまったくない。ちょっと待てよ」（と奇妙な目つきでぼくのほうを眺めた）。「もう少し顔色が悪いといいんだがな。だがそれを別にすれば、わたしの目的にはうってつけだ——きみは立派に、卑屈で、ぼろぼろで、打ちのめされたような見た目をしているぞ、まるで案山子（かかし）から上着を盗んできたみたいだ。よし、回れ右だ、われわれのあのボートを求めて居酒屋へ逆戻りだ」。

ぼくは笑いながら彼に従った。

「デイビッド・バルフォア」と彼は言った、「きみはきみでたいへん妙なところがある紳士で、これはきみにとってたいへん妙な仕事だ、間違いなく。だがそれでも、もしきみがわたしの首をいくらかでも大事だと思ってくれるなら（自分自身のは言うまでもなく）、おそらくこのことを責任をもって請け負ってくれるだろう。わたしはこれからひと芝居打つんだが、それは結局のところ、わたしたち二人にとって、まさしく絞首台かどうかというくらい真剣なことなんだ。だからよかったらそのことを心に留めて、それに従って振る舞ってくれ」。

「わかった、わかった」とぼくは言った、「あんたの好きなようにすればいい」。

村に近づくと彼はぼくに腕を取らせ、疲れきってもうほとんどどうにもならない人のようにしがみつかせた。そして居酒屋のドアを押し開ける時には、半ば彼が担いでいるように見えた。女中はぼくたちがすぐに戻ってきたことに驚いたようだった（それももっともだった）。けれどアランは彼女に何も説明せず、ぼくを椅子に座らせ、ブランデーを一杯注文してぼくにちびりちびりと飲ませ、パンとチーズを裂くと、子守女のようにそれをぼくに食べさせた。これをすべて、あの厳粛で愛情のこもった顔つきでおこなったから、判事でもだませたことだろう。ぼくたちが見せている、哀れに病んだ、疲れきった若者と、このうえもなく優しい仲間の姿に、女中がすっかりひきつけられてしまったとしても不思議ではなかった。彼女はすぐそばに近づいてきて、隣のテーブルに背中をもたれかけさせて立った。

「どこか悪いの？」と、彼女はとうとう言った。

アランは、ぼくがびっくりしたことに、ある種の怒りをこめて彼女を振り返った。「悪いだって？」と彼は叫ぶ。「こいつは顎の毛よりも多くのマイル数を歩いてきて、乾いたシーツの中よりも濡れた荒野の中で寝たほうが多かったんだ。悪いだと！　ああ十分悪いだろうよ！　悪い、確かに！」そしてぼくに食べさせながら、不満を抱えた人間のようにぶつぶつ文句を言い続けた。

「そんなことをする人にしちゃあ若いわね」と女中は言った。

「若すぎる」とアランは彼女に背を向けたまま言った。

「馬に乗ったほうがいいのに」と彼女は言う。

「それで、どこでこいつのために馬を手に入れられるというんだ?」とアランは、同じ怒りの表情のまま彼女を振り向いて叫んだ。「盗めというのか?」。

こんなに乱暴に言ったら、彼女は腹を立てて離れてしまうのではないか、とぼくは思ったし、実際しばらく口をつぐんでしまった。けれどぼくの仲間は自分が何をしているのかよくわかっていた。そして人生におけるいくつかの事柄においては単純だったわりに、こうした仕事については悪巧みがとても達者だったのだ。

「言わなくってもいいのよ」と彼女はしまいに言った——「あんたたちは紳士階級の人なんでしょ」。

「うむ」とアランはこの無邪気な発言に少しやわらいで(意思に反してだったとぼくは信じている)言った、「もしそうならどうなんだ? 上流社会の者たちがひとのポケットに金を入れてやるという話を聞いたことがあるかい?」。

これを聞いて彼女は、まるで自分が何か廃嫡された貴婦人ででもあるかのようにため息をついた。「いいえ」と彼女は言う、「それは確かにそうね」。

この間、ぼくはといえば、自分が演じている役割が気に入らず、恥ずかしさとおかしさとの板挟みで満足に口も利けずに座っていた。けれどこれを聞いてもう黙っていられず、もうよくなったから放っておいてくれと言った。嘘に荷担するのはいつでもいやだったから、ぼくの声は喉に貼りついてしまった。ところがこのきまりの悪さが筋書きの役に立った、というのは、娘はぼくのかすれ声を疑いもなく病気と疲れのせいだと思ったからだ。

「この人には友達はいないの?」と彼女は涙声で言った。

「いるともさ!」とアランは叫んだ、「もしたどり着くことができさえすれば!——友人たち、しかも金持ちの友人たち、眠れるベッド、食べ物、この子を見てくれる医者——それなのに彼はここで、乞食のように水溜まりの中をとぼとぼと歩き、ヒースの茂みに寝なければならない」。

「何でなの?」と娘は言う。

「なあ、あんた」とアランは言う、「それを言うには差しさわりがあるんだが、その代わりに、どうするか教えてやろう。あんたに短い曲を口笛で吹いてやりたいんだ」。そしてこう言うと、テーブルにぐいっと身を乗り出して、口笛のほんのひと吹きで、けれど素晴らしく心地よく感情をこめて、「かわいいチャーリー*」を何小節か吹いてやった。

「しいっ」と彼女は言い、肩越しに戸口のほうを見た。

「そういうことなんだ」とアランは言った。

「でもこんなに若いのに!」と娘は叫ぶ。

「年齢は十分さ――」とアランは人差し指で首の後ろを叩いて、ぼくが首をなくすには十分な年齢だということを伝えた。

「そんなことになったら可哀そうだわ」と彼女は叫び、顔を紅潮させた。

「しかしそういうことになるんだ」とアランは言った、「何とかうまく切り抜けないと」。

これを聞くと娘は向きを変え、そこから出てゆき、ぼくたちは二人だけで取り残され、アランは計画がうまく進んだことで上機嫌になり、ぼくはジャコバイト呼ばわりされ子供扱いされたことを忌ま忌ましく思っていた。

「アラン」とぼくは叫んだ、「もうこれ以上耐えられない」。

「それでもきみはやり抜かなければならない、デイビー。もしきみがいま鍋をひっくり返せば、きみは自分の命を火の中から掻き出すことはできても、アラン・ブレックの命はないからだ」。

これはあまりに真実を突いていたから、ぼくはうめくしかなかった。そしてぼくのうめき声さえもがアランの目的には役に立った、というのは、ホワイト・プディング*の皿と強いビールの瓶を持って大急ぎで戻ってきた娘がそれを耳にしたからだ。

「可哀そうな子!」と彼女は言い、食べ物をぼくたちの前に置くとすぐに、ぼくの肩に、元気を出せとでも言うかのように、少し、親切にさわった。それから彼女は食べるようにうながし、もう金は払わなくてもいいと言った。というのはこの居酒屋は彼女自身のもの、少なくとも、彼女の父親のもので、父親はその日はピッテンクリーフ*に行って留守だったからだ。ぼくたちはもう一度食べろと言われるのを待っていなかった。パンとチーズは冷たい慰めに過ぎなかったけれど、プディングはとてつもなくいい匂いがしたからだ。そしてぼくたちが腰を下ろして食べているあいだ、彼女は隣のテーブルそばのあの同じ場所を占め、じっと眺め、考え込み、ひとり顔をしかめ、そしてエプロンの紐を手の中で引っ張っていた。

「考えていたんだけれど、あんたはとってもお喋りね」としまいに彼女はアランに言った。

「ああ。ごらんのとおり、わたしは誰を相手に喋っているかわかっている」。

「あんたたちを裏切ったりはしないわ、そういうつもりで言っているなら」。

「ああ、あんたはそんな人間じゃあない。だが、何をしてもらいたいか言おう。あんたに助けてもらいたいんだ」。

「無理よ」と彼女は言って首を振った。「だめ、できない」。

「ああそうだな」と彼は言った、「だが、できるとしたら?」。

彼女は何も答えなかった。

「いいかい、娘さん、ファイフ王国*にはボートがある、わたしはこの街のはずれから入ってくる時に（確かに）浜辺に二艘あるのを見たんだ。さてわたしたちが宵闇にまぎれてロウジア

*ンに渡るのに船が使えて、誰かそのボートを戻し、黙っていてくれるような、口の堅い親切な人がいれば、二つの命が救われるのだが――わたしの命は十中八九――彼の命は間違いなしに。もしそのボートが使えなければ、この広い世の中でわたしたちには三シリングしか残っていない。そしてどこへ行くか、どうするか、そして絞首台の鎖以外のどんな場所がわたしたちにはあるか――あんたにはありのままに言おう、わからないんだ！　食べるものもなくわたしたちは行かなければならないのか、娘さん？　あんたは温かいベッドに横になってわたしたちのことを考えるんじゃないか、煙突の中で風がヒューヒューと唸り、雨が屋根を打つ時に？　あんたは赤く燃える火の傍らでものを食べ、考えるんじゃないか、この哀れな病気の若者が、うら寂しい荒地で、寒さと飢えで指の先を噛んでいるのを？　病んでいようと健康であろうと彼は、そう、歩きつづけなくてはならない。死に、首を摑まれて彼は、そう、雨の中、長い道を足を引きずってゆかなければならない。そして廃墟の冷たい瓦礫の上で、あえぎながら最後の言葉を言う時、わたしと神以外には誰も友人がいないんだ」。

この訴えかけに娘が、ぼくたちを助けたいと思い、それでも犯罪人を助けることになるのではないかと怖れ、大きく心をかき乱されるのがわかった。そこでぼくは、そのためらいをひとかけらの事実でやわらげようと自分で話に割り込んだ。

「フェリーのランキラーさんのことを聞いたことがありますか？」とぼくは言った。

「弁護士のランキラー？」と彼女は言った。「たぶんそうでしょ！」。

「ええ」とぼくは言った、「その戸口へぼくは行こうとしているんだ、だからそれだけでもぼくが悪者かどうかわかるだろう。それにもっと言うこともある、ぼくが実際、何かひどい間違いで、命の危機にさらされているとしても、ジョージ国王はスコットランドじゅうにぼくほど忠実な友は持っていないだろうということだ」。

これを聞いて彼女の顔はすっかり晴れた、とはいえアランの顔は曇ったのだけれど。

「それを聞けば十分だわ」と彼女は言った。「ランキラーさんならよく知られた人だし」。そしてぼくたちに、食事を終え、できるだけ早く村から立ち退き、海辺の小さな林に身を隠すようにと言った。「任せておいて」と彼女は言う、「向こうへ渡す手段を何か見つけてやるわ」。

それを聞いてぼくたちはもうそれ以上ぐずぐずせず、彼女と約束の握手を交わし、プディングを手早く片づけ、ふたたびライムキルンズから林に向かって出発した。そこはおそらく二十本ほどのニワトコとサンザシ、そして何本かのトネリコの若木の小さな林で、道や海辺を通りかかる人たちからぼくたちを隠してくれるほど茂ってはいなかった。けれどもここでぼくたちは、素晴らしい温かい天候と、いまや得られた救出への希望を最大の頼みとして、まだやらなければならないことをもっと詳細に計画しながら横になっているしかなかった。

昼のあいだじゅうひとつだけ問題があった。放浪のバグパイプ吹きがぼくたちと同じ林に腰を下ろしたのだ。鼻の赤い、ただれ眼の酔っ払いで、大きなウィスキーの瓶をポケットに突っ込んで、上は正義を否定して公平な扱いをしてくれなかった最高民事裁判所長官から、下は望みもしないのに正義と称して罰を与えたインバーキーシング*の市参事会員たちに至るまで、あらゆる人から受けたひどい仕打ちについて長々と語ったのだ。彼が、一日じゅう藪の中に隠れて横になり、言い訳となるような仕事もしていない二人の男に、何か疑いを持たないなどということはありえなかった。そこに留まっているあいだじゅう、この男はあれこれと詮索し、ぼくたちをひやひやさせつづけた。そして彼が立ち去ったあとは、口が堅そうな男ではなかったから、ぼくたちはそこを離れたくて前よりももっとやきもきした。

　昼は同じ明るさを残したまま終わりを告げた。夜は静かに晴れ渡ってやって来た。家々や集落からから明かりが漏れてきて、それからひとつずつ消えはじめた。けれどやっと十一時過ぎになって、ずいぶん長いことと妙な具合に不安に苛(さいな)まれたあとで、ようやくオールがオール受けにきしる音が聞こえた。それを聞いて外を覗くと、あの娘自身がボートを漕いでこちらにやって来るのが見えた。彼女はぼくたちのことを誰にも、もしいたとしても恋人にすら任せず、父親が寝込むとすぐに窓から家を出て近所のボートを盗み、単身でぼくたちを助けに来たのだ。

　ぼくはどうやって感謝の気持ちを言い表していいかわからなかった。けれど彼女のほうもそんな言葉を聞くと考えたら、どうしていいかわからなかったろう。ぐずぐずせずに口をつぐんでいるようぼくたちに頼むと、（実に適切に）肝心な点は敏速と沈黙にあると言った。それだから、ぼくたちをキャリデン*から遠くないロウジアンの岸に何とかかんとか上陸させると、娘は握手をし、ぼくたちが助かったともありがとうともひと言も言わないうちに、ふたたび海に出てライムキルンズに向かって漕いでいった。

彼女が立ち去ったあとになっても、ぼくたちには言葉もなく、それは実際、こんな親切に対してては何を言っても足りなかったからだ。ただアランが長いこと岸辺に立って首を振っているだけだった。

「たいへん立派な娘だった」と、とうとう彼は言った。「デイビッド、たいへん立派な娘だったよ」。そして一時間もたったあとで、ぼくたちが海岸の洞穴に横たわって、ぼくがもう居眠りをしている時に、彼はまた急にあの娘の気立てをほめ出したのだった。ぼくとしては何も言えず、彼女がとてもお人好しだったから、良心の呵責と怖れとでぼくの心は疼いた。良心の呵責というのは彼女の無知につけ込んだからで、怖れというのはぼくたちの置かれた危険な状況に何らかの形で彼女を巻き込んでしまったのではないかということだった。

第27章　ランキラーさんのところに着く

次の日、アランは日没までは自分で何とかするが、暗くなりはじめたらすぐに、ニューホールズ*近くの道端の畑に潜んで、ぼくが口笛を吹くのが聞こえるまで何があっても身動きしない、と取り決めた。最初ぼくは合図としてお気に入りの「ボニー・ハウス・オブ・エアリー」を吹くと提案したのだけれど、アランはその曲は広く知られすぎていて、偶然にどんな農夫でも吹きかねないと言って反対した。そしてその代わりに、高地地方の曲の一節を教えてくれて、それはこの日から今日に至るまでぼくの頭の中を駆けめぐってきたし、死の床に就いた時にも駆けめぐっていそうだ。その曲がよみがえってくるたびに、ぼくはあの不安だった時期の最後の日へと連れ去られ、アランが洞穴の底で上体を起こして口笛を吹き、指で拍子をとったのを、そして夜明けの灰色の中にその顔が浮かんできたのを、思い出す。

ぼくは日が昇る前にクイーンズフェリーの長い通りにいた。そこは立派に建設された自治都市で、建物は良い石でできていて、多くがスレート葺きだった。町役場はピーブルズ*の役場ほど立派ではないと思ったし、通りもあの町の通りほどみごとではなかった。けれど全体として見れば、自分の着ている汚いぼろ服が恥ずかしくなるような街だった。

朝も過ぎてゆき、火は焚きつけられ、窓は開けられ、人々が家から出てくると、ぼくの懸念と落胆はますます色を濃くしていった。いまやぼくには拠って立つべき根拠がないのがわかった。それに自分の権利のはっきりとした証拠も、自分自身の身元の証明さえもなかった。もしそれがみんなただの泡なら、ぼくは確かにひどくだまされたわけで、苦しい状況に置かれる。たとえ事情が思っていたとおりだったとしても、言い分を立証するにはどう考えても時間がかかりそうだ。そしてポケットには三シリングもなく、この国から送り出さなくてはならない、有罪とされ追い回されている男を抱えて、どれだけの時間を過ごさなければならないのか？確かに、もしぼくの希望がついえてしまえば、ぼくたちはまだ二人とも絞首台行きになる可能性があった。そして行ったり来たり歩きつづけ、人々が路上で、あるいは窓から、ぼくのほうを横目で眺め、ニヤニヤしながらお互いにそっと肘で小突いたり、話し合ったりするのを見ていると、新しい不安を覚えはじめた。つまり、ぼくの話を信じさせるどころか、弁護士と話をすることすら容易ではないのかもしれないという不安を。

ぼくには、こうしたきちんとした市民に話しかけるような勇気を奮い起こすことがどうしてもできなかった。そうした人々と、こんなぼろを着て、薄汚く、困り果てた状態で話をすることさえ恥ずかしいと思った。そしてもしランキラーさんのような人の家はどこかと尋ねたら、人々はぼくの目の前で笑い出すだろうと考えた。だからぼくは行ったり来たりし、街を通り過ぎて港の近くまで歩いていった。まるで主人を失った犬のように、そしてはらわたに奇妙な痛みと、時おり絶望の動きを感じながら。とうとう日もすっかり高くなり午前九時ごろになったろう。こうしてさまよい歩いたせいで疲れて、たまたま、陸地側のとてもいい家の前で立ち止まった。その家には美しい透明ガラスの窓があり、窓敷居には花の咲いたクラウドベリー[*]が置かれていて、壁は新しく荒塗りされ、故郷にいたような猟犬が戸口の上がり段の上に座ってあくびをしていた。そう、ぼくがこのもの言わない獣をうらやみさえしていると、ドアがとつぜん開いて、明敏そうな顔つきをして血色がよく、親切そうで堂々とした男が、よく髪粉がかけられた鬘をかぶり、眼鏡をかけて出てきた。ぼくはこんなひどい状態にあったから、誰一人として一度たりともぼくのほうに目をくれなかったのだけれど、彼はぼくを改めて見た。そしてこの紳士は、結局、ぼくの貧しい身なりにひどくぎょっとして、まっすぐぼくのほうに近寄ってくると、何をしているのかと尋ねたのだ。

　ぼくは用事があってクイーンズフェリーにやって来たのだと言い、勇気を奮い起こしてランキラーさんの家を教えてくれと頼んだ。

「なあに」と彼は言った、「わたしがいま出てきた家がそれだよ。そして何か奇妙な偶然だが、わたしがまさにその男だ」。

「それでは」とぼくは言った、「あなたにお話を聞いてくださるようお願いしなくてはなりません」。

「わたしはきみの名前を知らない、それに顔も見たことがない」。

「名前はデイビッド・バルフォアです」。

「デイビッド・バルフォア？」と彼は、驚いたようにかなり高い声で繰り返した。「それでどこから来たんだね、デイビッド・バルフォアさん？」と彼は、冷ややかにぼくの顔を眺めながら言った。

「とても多くの聞き慣れない場所からやって来ました」とぼくは言った。「けれど、どこからどうやってかは、もっと内密にお話ししたほうがいいと思います」。

彼はしばらく考え込んでいるようで、唇を手で包み、ぼくのほうを見たり、通りの舗装道路を眺めたりしていた。

「そうだな」と彼は言う、「それがいちばんいい、確かに」。そしてぼくを連れて家に戻り、誰か見えない人に向かって、午前中いっぱいふさがっていると叫んで、本と書類でいっぱいの、小さな埃っぽい部屋にぼくを連れて入った。そこで彼は腰を下ろし、ぼくにも座るようにと言った。彼はちょっとうらめしそうに、きれいな椅子からぼくの泥だらけのぼろ着に目をやった。「さて」と彼は言う、「何か用事があるのだったら、簡潔にそして素早く要点に入ってくれ。*Nec gemino bellum Trojanum orditur ab ovo*〔トロイ戦争もまた双子の卵からは起こらない〕[*]——これがわかるかい?」と彼は鋭い目つきをして言った。

「まさにホラチウスの言ったとおりにしましょう」とぼくは、頬笑みながら答えた、「そしてあなたを *in medias res*〔物事の途中へ〕お連れします」。彼は気に入ったというようにうなずき、そして実際このラテン語の断片はぼくを試すために言われたのだった。それにもかかわらず、そしていくぶん勇気づけられはしても、こうつけ加えた時にはぼくの顔は赤くなった。「ぼくにはショーズの土地について何らかの権利があると信ずる理由があります」。

彼は書類の綴りを引き出しから取り出し、自分の前に開いて置いた。「それで?」と彼は言った。

けれどぼくはもう力を出し尽くしていて、何も言えないで座っていた。

「さあ、さあ、バルフォアさん」と彼は言った、「続けなくてはいけません。生まれはどこですか?」。

「エッセンディーンです、一七三三年[*]の三月十二日に」。

ランキラーさんは書類の綴りの中にこの発言をたどっているように見えた。けれどそれがどういう意味を持つのかわからなかった。「お父さんとお母さんは？」と彼は言った。

「父はアレグザンダー・バルフォアで、そこの学校教師でした。そして母はグレイス・ピトアロー。母の一族はアンガス＊の出だと思います」。

「身元を証明する書類は何か持ってますか？」。とランキラーさんは尋ねた。

「ありません。ですがそれは牧師のキャンベルさんのところにあり、すぐに提出できます。キャンベルさんも証言してくれるでしょう。それに、その件に関しては叔父もぼくを知らないとは言わないと思います」。

「エベニーザ・バルフォアさんのことですね？」と彼は言った。

「そうです」。

「その人に会いましたか？」と彼は尋ねた。

「その人に、彼自身の家に迎え入れられました」とぼくは答えた。

「ホーシーズンという名前の人に会ったことはありますか？」とランキラーさんは尋ねた。

「はいあります、何の因果か。というのも、叔父の手引きで彼によってぼくはこの町でさらわれ、海に連れ出され、難破やそのほか数多くの困難な目に遭い、そして今日、この哀れな服装であなたの前に立っているからです」。

「難破したと言いますが、それはどこでですか？」。

「マル島の南のはずれです。ぼくが打ち上げられた島の名前はエレイド島です」。

「ああ！」と彼は頬笑みながら言う、「きみは地理にかけてはわたしよりも詳しい。ですがここまでは、わたしが持っているほかの情報とぴったりと一致します。しかし、きみはさらわれたと言いますが、どういう意味で？」。

「言葉そのままの意味でです」とぼくは言った。「あなたの家に来る途中でだまされて二本マスト船に乗せられて、残酷に殴り倒され、下の船室に投げ込まれ、遠く海に出るまでもう何もわかりませんでした。ぼくは農園に送られるはずでした。その運命から神の摂理によって逃れてきたのです」。

「あの船が失われたのが六月の二十七日で」と彼は書類の綴りを覗き込みながら言った、「そして今が八月の二十四日です。ここには相当な隔たりがあります、バルフォアさん、ほとんど二か月近くの。そのせいで、すでにたいへんなごたごたにきみの友人たちは巻き込まれてきました。そしてそれが正されるまで、わたしがすっかり納得することはないと言わざるをえません」。

「確かにこの月日は簡単に埋められるのですけれど、その前にぼくが味方と話しているのかどうか、ぜひとも知りたいものです」。

「これでは堂々巡りになりますね」と弁護士は言った。「きみの話を聞くまでわたしは納得できません。きちんと情報を得るまできみの味方にはなれません。人をよく信頼するというのが、あなたの年頃にはふさわしいのだと思うのですが。それにご存じでしょうが、バルフォアさん、この国には、悪事を働く者は悪事を恐れる、という諺があります」。

「忘れてもらっては困るのですけれど、ぼくは自分の信じやすさのせいですでにひどい目にあってきました。そして（ぼくの理解が正しいならば）あなたを雇った人、まさにその人によって奴隷となるよう船に乗せられたのです」。

このあいだじゅう、ぼくはランキラーさんを納得させてきて、そうすればするほど自信も増していった。けれどぼく自身がいくぶんか頬笑みを浮かべながら繰り出したこの皮肉には、彼はすっかり声をあげて笑った。

「いや、いや」と彼は言った「それほどひどくはない。*Fui, non sum*〔（昔はそうでも）今は違う〕。わたしは昔は確かにきみの叔父上の仕事上の代理人でした。しかしきみ（*imberbis juvenis custode remoto*〔保護者から離れた髭も生えていない若者〕）[*]が西で遊び回っているあいだに、たくさんの水が橋の下を通り過ぎました。そしてもしきみの耳が鳴らなかったとしても、それは話題になっていなかったからではありません。きみが海難事故に遭ったまさにその日に、キャンベルさんが八方きみを尋ねてわたしの事務所に入ってきた。わたしはきみの存在を知らなかったが、きみのお父上のことは知っていたし、わたしの権限に関する事柄（あとで触れることになるが）から、わたしは最悪のことを恐れました。エベニーザさんはきみを見たと認め、（ありそうには思えなかったが）きみに相当な金額を与えたと断言した。そのうえ、きみは教育を全うするためにヨーロッパ大陸に向かったと言ったが、それはありそうでもあり、称賛に値することでもあった。どうしてきみがキャンベルさんに何も伝えないなんてことになったかと問われて、エベニーザさんは、きみが過去の生活ときっぱりと手を切りたいという強い要求を表明したと言明した。きみが今どこにいるかとさらに問われて、知らないと主張したが、ラインにいると信じていると言った。これがエベニーザさんの返答の忠実な要約です。わたしは誰かが彼を信じたかどうか確信はありません」とランキラーさんは頬笑みながら続けた、「そして彼はわたしの発言のいくつかがひどく気に入らなくて、その結果（ひと言で言えば）わたしに出てゆけと指示した。わたしたちはここで行き詰まってしまいました。どれほど穿った疑いを抱こうが、わたしたちにはまったく証拠のかけらもなかったのですから。まさにこうした時に、ホーシーズン船長が、きみが溺れたという話を持って登場する。そうなると、すべてはおしまいです。ただキャンベルさんには心配が、わたしのポケットには損害が、きみの叔父上のもうこれ以上汚れるのも難しい人柄にはもうひとつの汚点が増えただけで、何のかいもなかったということになった。これで今、バルフォアさん、きみはこの経過のすべてを理解して、ご自分でわたしがどの程度信頼できるか判断できるでしょう」。

実際にはランキラーさんはぼくが言い表せる以上に衒学的で、話の中にもっと多くのラテン語の断片を混ぜていた。けれど彼が話す時、目つきと物腰にたいへんな親切さがこもっていて、すっかりぼくの不信を打ち破ってしまった。そのうえ、ぼくが確かにぼくであるとして扱ってくれているのが見て取れたので、身元についてという最初の問題は完全に認められたわけだった。

「ぼくが身の上を話せば、友人の命をあなたの裁量に委ねなければなりません。そのことを尊重すると約束してください。ぼく自身に関することなら、あなたの顔以上の保証は求めません」。

彼はとても真剣に約束をしてくれた。「しかし」と彼は言った、「これはかなり剣呑な前置きだね。そしてもしきみの話に少しでも法に抵触するようなことがあれば、わたしが弁護士であるということを心に留めて穏やかに話してもらいたいと思います」。

そこでぼくは自分の話を初めから語り、彼は眼鏡を押し上げ目を閉じて聞いていたから、ぼくは時どき眠っているんじゃないかと思った。ところがそれどころではなかった！　彼は一語残さず（あとになってわかったように）たいへんな耳ざとさと正確な記憶力とをもって聞いていて、しばしばぼくを驚かすほどだった。その時以外に耳にしたこともないような、聞き慣れない奇妙なゲール語の名前ですら、彼は何年もあとまで覚えていてぼくに思い出させるのだった。けれどアラン・ブレックの名前を全部言った時には、奇妙な場面に出くわすことになった。アランの名前は、アッピンでの殺人のニュースと懸賞金とともに、もちろんスコットランドじゅうで鳴り響いていた。そしてその名前がぼくから洩れるとすぐに弁護士は椅子の上で身じろぎをし、目を開いた。

「わたしだったら不要な名前は言いませんがね、バルフォアさん」と彼は言った。「とりわけ高地の人々については、その多くが法律上問題がありますから」。

「ええ、そうしたほうがよかったですね」とぼくは言った。「けれど洩らしてしまったのだから、続けても同じことでしょう」。

「ぜんぜん違います」とランキラーさんは言った。「気づいていたかもしれませんが、わたしは少し耳が遠くて、その名前を間違いなく聞き取っていたかぜんぜん確信がありません。あなたの友人を、もしよければ、トムスンさんと呼びましょう――咎め立てされないように。そしてこれからは、きみが言及しなければならない高地人については誰も、何かそんなふうにしましょう――生きていても死んでいても」。

この言葉で、ぼくはランキラーさんが名前をはっきりと聞き取っていて、ぼくの話が例の殺人事件に差し掛かろうとしているのをすでに推測していたにちがいないとわかった。もし彼のほうがこうして知らないふりをすることを選択したのなら、ぼくとしてはどうでもいいことで、だからぼくは頬笑んで、それはぜんぜん高地人ぽく聞こえる名前ではないと言い、そして同意した。それ以後の話の中ではアランは一貫してトムスン氏で、それはアランの心にかなった方策だったから余計に面白かった。ジェイムズ・スチュワートは同じようにトムスンさんの親戚ということで言及された。コリン・キャンベルはグレンさんで通り、話がその部分に差し掛かるとクルーニーには高地の氏族長であるジェイムスンさんという名前を与えた。それはまさしくこのうえもなくあからさまな茶番で、この弁護士は最後までそれを続けるつもりなのかと思った。けれど結局これはまったくその当時の時流にかなったことで、その当時というのは国内に二つの党派があり、自分たち自身のとても強い意見を持たない穏健な人たちは、あらゆる裂け目においてどちらに対する攻撃をも避けようとしていたのだ。

「ふむ、ふむ」と、ぼくがすっかり話し終えると弁護士は言った、「これは偉大な叙事詩、きみ自身の偉大なオデッセイ〔冒険の旅〕ですね。きみの学問が深まったら、もっとしっかりしたラテン語で語らなければいけません。あるいはそうしたければ英語で、とはいえわたしとしては力強い言葉のほうが好みですが。きみはずいぶんとあちこち歩いてきました。*quæ regio in terris*〔この地球上のどの部分が（わたしたちの労苦に満ちていないだろうか）?〕*――（この国に当てはめて翻訳をすれば）スコットランドのどの教区が、きみの放浪に満たされていないだろうか？　そのうえきみは、いわれない立場に入り込む並み外れた才能を示してきました。それから、そう、全体として、そのなかでうまく振る舞う才能も。このトムスンさんはごくまれな美点を備えた人のようにわたしには思えます、とはいえ、おそらく少しばかり乱暴すぎるようですが。もし（こうした長所を備えていようと）彼が北海で水浸しになっていても、わたしは気にはしませんね。この人は、デイビッドさん、ひどい厄介者だからです。しかしきみが彼に尽くすのはまったく正しい。疑いもなく、彼はきみに尽くしてきたからです。結局――こう言っていいと思うのですが――彼はきみの真の道連れでした。そしてまた同じく、*paribus curis vestigia figit*［（彼の隣で忠実なアケイティーズは道連れとして歩き）等しい配慮をして歩を進めた］*、というのは、おそらくきみたちは二人とも絞首台について余分なことを考えたことだろうから。さてさて、こうした日々は幸運にも過ぎ去りぬ。そしてわたしが思うには（人知のかぎりでは）きみの苦労もほとんど終わりだ」。

ランキラーさんはこうしてぼくの冒険について説法をしながら、たいへんなユーモアと慈愛とをこめてぼくを見つめたから、ぼくはほとんど満足を抑えきれなかった。長いこと法に外れた人たちとさまよい歩き、山の上や大空の下を寝床にしてきたものだから、ふたたび清潔で屋根のついた家の中に座って、高級な服を着た紳士と友好的に話をすることはたいへん優雅なことのように思えた。そう考えているあいだにさえ、ぼくの目には自分の見苦しいぼろ着がとまり、ふたたびうろたえてしまった。けれど弁護士はぼくを見て理解してくれた。彼は立ち上がり、バルフォアさんは午餐を召し上がるからもうひとり分用意するようにと階段越しに声をかけ、上の寝室に案内してくれた。そこで彼はぼくの前に水と石鹸と櫛を出してくれた。そして息子のものである衣服を出して広げてくれた。そしてここで、もうひとつ適切な常套句を言って立ち去り、ぼくに身支度をさせた。

第28章　遺産を求めにゆく

　ぼくは外見に関してはできるかぎりの変身をおこなった。そして鏡を覗き込んで、乞食は過去のものとなりデイビッド・バルフォアが生き返ったのを目にして、すっかり陽気になった。それでも、この変化もそうだし、そして何より借り着が恥ずかしかった。ぼくが身支度を終えると、ランキラーさんは階段の途中でぼくを捕まえ、ほめ言葉を言い、ふたたび小部屋へと連れていった。

「お掛けなさい、デイビッドさん」と彼は言った、「そしていまやいくぶんかはきみらしくなったから、何か知らせられることがあるかどうか調べてみましょう。きみは疑いもなく、お父上と叔父上のことを不思議に思っていることでしょう。確かに奇妙な話なんです。そして説明するには顔が赤くなってしまいます。というのは」と彼は本当にきまり悪そうに言う、「恋愛にまつわる事柄なんです」。

「正直なところ、そういうことと叔父とをあまりうまく結びつけられません」。

「しかし、デイビッドさん、あなたの叔父上は昔から年寄りだったわけではありません」と弁護士は答えた、「それにおそらくもっとあなたを驚かせるかも知れないのは、昔から醜かったわけでもないということです。あの人は立派で男らしい容貌をしていました。威勢のいい馬に乗って通り過ぎると、人々は戸口に立って見送ったものです。わたしはこの目で見ましたし、率直に白状しますが、まったく妬みを感じなかったわけではありません。わたし自身は平凡な若者で平民の息子だったからです。そしてあの当時それは *Odi te, qui ellus es, Sabbelle*〔おお、サベルス人よ、お前らが憎い、お前らは見目麗しいから〕* の一事例だったわけです」。

「まるで夢のように聞こえますね」とぼくは言った。

「はい、はい」と弁護士は言った、「若さと老いとはそういったものなのです。そればかりではなく、彼自身の気概も将来に大きなものを約束しているように思えたのです。一七一五年にはこっそり抜け出して反乱軍に加わらずにはいられませんでした。ほかでもないきみのお父上が追跡し、敵に追いつめられた彼を見つけ、*multum gementem*〔さんざんに嘆きながら〕連れ帰って、この地方じゅうが笑いさざめいたものでした。しかしながら、*majora canamus*〔もっと大きなことについて歌いましょう〕* ――この二人の若者が恋に落ちたのです、しかも同じ女性と。エベニーザさんは称賛され、愛され、甘やかされていた人ですから、疑いもなく、勝利を確信していましたが、思い違いをしていたとわかった時、孔雀のように叫び声をあげました。地方じゅうがそのことを耳にしました。時には彼は家で病に臥せり、哀れな家族は涙に暮れてベッドを取り囲みました。また時には居酒屋から居酒屋へと馬でめぐり、トムやディックやハリーの耳に悲しみを叫んで聞かせました。デイビッドさん、きみのお父上は、親切な紳士でした。けれど彼は弱かった、悲しいまでに弱かったのです。この愚行すべてを沈んだ顔をして受け取りました。そしてある日——遺憾ながら！——その女性を断念したのです。しかしながら、彼女はそんなに馬鹿ではありませんでした。まさにその女性から、きみはその素晴らしい良識を受け継いだに違いありません。彼女は一方からもう一方へと渡されるのを拒みました。二人とも彼女にひざまずきました。その時の事の結末は、彼女が二人に出てゆけとドアを示したのです。八月のことでした。なんということでしょう！　その年にわたしは大学を出たのです。この場面はとても馬鹿馬鹿しいものだったに違いありません」。

ぼく自身も馬鹿げたことだと思ったものの、これには父親が関与していたのを忘れることはできなかった。「確かに、これには何か悲劇の気配が感じられますね」とぼくは言った。

「いいや、とんでもない、そんなことはまったくありません」と弁護士は返した。「なぜなら悲劇には何か争点となっている重大な事柄が、何か *dignus vindice nodus*〔(神は) あいだに入る価値のある状況（がなければ介入しない）〕*が含まれているからです。そしてこの一篇は、甘やかされた、縛り上げて打ち据えられるべきだった若い馬鹿者が拗ねたというだけのことだったのですから。しかしながら、きみのお父上の見解は違いました。そして結末は、お父上の側の譲歩につぐ譲歩、叔父上の側から次々に繰り出される喚き声、感情的な身勝手のあげくに、二人はとうとうある種の取り決めをおこない、その不幸な結果からきみは最近ずっと悩まされてきたわけです。一方の男が女性を取り、もう一方の男は土地を取りました。さて、デイビッドさん、人はずいぶん慈善と寛大について語ります。しかし争いの多いこの人生にあっては、わたしはしばしば考えるのですが、紳士が弁護士に相談して、法が許すかぎりのものを取る時に、もっとも幸せな結果が訪れるようです。いずれにしても、お父上の側のドンキホーテ的な非現実性が、それ自体が不当であるわけですが、正義にもとるけしからぬ家族を生み出してしまったわけです。きみのお父上とお母上は貧しい民として生き、死にました。きみは貧しい中で育てられました。そしてそのあいだは、ショーズの土地の小作人にとってはどんな時期だったでしょう！　そして（わたしがとても気にかけていたとしたら）こうつけ加えてもいいでしょうが、エベニーザにとってどんな時だったでしょう！」。

「それにしても確かにいちばん奇妙なのは」とぼくは言った、「人の生まれ持った気質がこんなに変わってしまうことです」。

「まったくです。それでも、当然のことだと思います。エベニーザには自分が儲け役を務めたとは考えられなかったでしょう。この話を知っている者は彼にすげない態度をとりました。知らない者は、兄弟の一方が姿を消し、もう一方が土地を相続したのを見て人殺しの噂を立てました。ですからエベニーザはまわりじゅうからのけ者にされたのがわかりました。金だけがこの取り引きで得られたものなのです。さて、彼はますます金のことを考えるようになりました。若いころは自己中心的でしたし、いまや年をとったから自己中心的です。こういうみごとな態度と立派な感情の結末は自分でご覧になったでしょう」。

「ところで」とぼくは言った、「この一切の中で、ぼくの占める位置はどこにあるのでしょう?」。

「土地は疑いもなくきみのものです」と弁護士は答えた。「お父上が何に署名しようが問題ではありません、きみが限嗣(げんし)相続財産*の相続人です。しかしきみの叔父上は弁明の余地のないものと戦うお人です。おそらくきみの身元を問題にするでしょう。訴訟はいつもお金がかかるものですし、家族の訴訟はいつでもみっともないものです。そのうえ、もしきみが友人のトムスン氏とおこなったことの何かが知れたら、わたしたちは藪をつついて蛇を出した、ということになるかもしれません。人さらいというのは間違いなく、裁判でわたしたちの側の切り札となるでしょう、証明できさえすれば。しかし証明は難しいかもしれません。わたしの助言は(だいたいのところ)、叔父上ときわめて甘い取り引きをするということで、おそらく、四半世紀も根を下ろしてきたショーズに彼を残して、さしあたりはきみは穏当な額の支給を受けて満足するというようなものです」。

ぼくは喜んで甘くなろう、そして家族の問題を人前にさらすのは生まれつきひどく嫌いだ、と彼に告げた。そうこうしているあいだに（心ひそかに考えて）、ぼくたちがあとになって演じた筋書きが見えてきはじめた。

「大きな問題は」とぼくは尋ねた、「叔父がさらわせた、と認めさせることですね？」。

「そのとおり」とランキラーさんは言った、「そしてもしできるなら、法廷外で。というのは、ここをよく聞いてください、デイビッドさん。わたしたちは、きみが世間から引き離されたことを証言してくれるような〈カベナント号〉の水夫を間違いなく見つけられるでしょう。しかしひとたび彼らが証人席に就いてしまえば、わたしたちには彼らの証言を抑えることはできませんし、何かきみの友人のトムスンさんのことがきっと出てきてしまうでしょう。それは（きみが洩らしたことから）望ましいとは思えません」。

「ええ、ぼくに考えがあります」。そして計画を披露した。

説明し終えると、「しかしそれには、わたしがトムスンという男と会わねばならないように思えるが」と、彼は言う。

「確かに、そうなると思います」とぼくは言った。

「いやいや!」と彼は額をこすりながら叫んだ。「いやいや! だめです、デイビッドさん、きみの計画は、残念ながら承認しがたいと思います。わたしはきみの友人のトムスンさんについて何も悪く言っているんじゃないんです。彼について悪いことは何も知りません。そして仮に知っていたら——よく聞いてください、デイビッドさん!——彼を捕らえるのがわたしの義務になるでしょう。考えてみましょう、会うのが賢明でしょうか? 彼には咎められるべき事柄があるかもしれない。きみにすべてを話してはいないのかもしれない。名前はトムスンですらないのかもしれない!」と弁護士は眼を輝かせながら言った。「こうした連中のなかには、ほかの人がサンザシの実を集めるように、道端で名前を拾い上げる者たちもいるからです」。

「あなたに判断してもらうしかありません」とぼくは言った。

けれど、ぼくの計画が彼の気に入ったのは明らかだった、というのは、ぼくたちが午餐に呼ばれてランキラー夫人のお相手をするまで、じっと考え込みつづけたからだ。そして夫人が、ワインの瓶とぼくたち二人きりにしてくれるとすぐに、またぼくの提案についてあれこれと言いはじめた。いつ、どこで、ぼくは友人のトムスンさんと会うことになっているのか、ぼくがTさんの慎重さを信頼しているのか、古狐が躓いているのを捕まえられたとしたら、ぼくが契約のあんな条件やこんな条件を承諾するか——時おりこうした質問や、似たような質問をしては、考えにふけりながらワインを舌の上で転がしていた。ぼくが全部の質問に答え終わり、表面的には彼を満足させると、さらに深い黙想に入り込み、もうワインすら忘れてしまった。それから紙と鉛筆を取り出し、書き物をし、一語一語をじっくりと検討しはじめた。そして最後にベルに触れ、事務員を部屋に呼び寄せた。

「トーランス」と彼は言った、「今晩までにこれを清書してもらわなければならない。そしてそれが終わったら、どうか帽子をかぶって、この紳士とわたしといっしょに出かける用意をしてほしい。おそらくきみに証人になってもらわなくてはならないから」。

「何ですって」とぼくは、事務員が立ち去るや否や叫んだ、「思い切ってやってみるんですか?」。

「まあ、そういうことでしょうね」と彼は言い、グラスを満たした。「しかし仕事の件はもうこれ以上話すのはやめましょう。トーランスを見て、何年か前の、ちょっとしたおかしなことを思い出したのですがね、その時わたしは、この哀れな馬鹿者とエジンバラの十字標で待ち合わせをしていました。それぞれが自分の用事で出かけていたのです。そして四時になってみると、トーランスはすでに一杯やっていて自分の主人がわからなかったし、わたしは眼鏡を忘れていて、それがないと何も見えないので、嘘偽りないところ、自分の事務員がわからなかった」。そう言うと彼は心から楽しそうに笑ったのだった。

ぼくは、それは妙な偶然ですねと儀礼的に頬笑んだ。けれど午後のあいだじゅう不思議に思いつづけたことに、彼はこの話をむしかえしてはくどくどと話しつづけ、新しく些細なことをつけ加え、笑いながら語ったものだから、しまいにはぼくはすっかり当惑し、そしてこの友人の愚かしさを恥ずかしく思いはじめた。

アランと約束した時間が近づくと、家を出発し、ランキラーさんとぼくは腕を組み、トーランスはそのうしろに、書類をポケットに入れ、覆いをかけたバスケットを手に持って続いた。街を抜けるあいだじゅう、弁護士は右や左にお辞儀をし、たえず町のことや個人的な用事で引き止められ話し込んでいた。そしてぼくには、彼がこの州ではおおいに尊敬されている人だとわかった。とうとう家がなくなり、港の脇沿いに、ホーズ亭とぼくの災難の現場である渡し舟の遊歩桟橋に向かって進みはじめた。ぼくは感慨なしにはこの場所を眺めることはできず、あの日いっしょにそこにいた人たちの何人が、もはやこの世の人でないのかと思い返していた。ランサムは来るべき悪から引き離された、と信ずることができた。シュアンはぼくがついて行きたくない場所まで行ってしまった。そして船が最後に海に突っ込んだ時にそれといっしょに沈んでいった哀れな者たち。こうした人たちすべてと船そのものはなくなっても、ぼくは生き延びてきた。そして、こうした困難と恐ろしい危険を無事に切り抜けてきた。ぼくが考えるべきことはただ感謝することだけのはずだった。それでもこの場所を、ほかの者たちに対する悲しみと、思い出される恐怖に対する戦慄なしに見つめることはできなかった。

そんなことを考えていると、突然ランキラーさんが叫び声をあげて、素早くポケットに手を突っ込み、笑いはじめた。

「なんと」と彼は叫んだ、「これじゃまるで茶番みたいじゃないか！　あんなことを言ったのに、眼鏡を忘れてしまった！」。

これを聞いて、もちろん、あの逸話の目的が理解でき、もし眼鏡を家に置いてきたのなら、それは、アランの助けを借りられて、それでいて彼を誰だか認めてしまう気まずさを回避できるよう意図的になされたことだとわかった。そして実際、それは良く考えられていた。というのはいまや、（事態が最悪になったとしても）ランキラーさんはどうやってぼくの友人の正体を断言できるだろう、あるいは、どうやってぼく自身に対する不利な証拠を提出させられるだろう？　それにもかかわらず、彼は前から必要なものを探し出していたし、街を抜けてくる時には大勢の人に話しかけ、会釈をしてきたのだった。そしてぼく自身は、彼が十分良く見えるのだということをほとんど疑っていなかった。

ホーズ亭（亭主が戸口でパイプを吹かしているのを認め、彼がまったく老けていないのに驚いた）を過ぎるとすぐに、ランキラーさんは行進の順序を変え、トーランスといっしょにうしろを歩き、ぼくを斥候のように前に出した。ぼくは時どきゲール語の曲を口笛で吹きながら丘を上っていった。そしてとうとう、嬉しいことにその曲に返事があり、アランが藪のうしろから立ち上がるのが見えた。長い一日をひとりぼっちでこそこそ隠れ、ダンダス*近くの居酒屋で貧しい食事しかとっていなかったので、彼はいくぶん元気がなかった。けれどぼくの衣服を見ただけで、明るくなりはじめた。そしてぼくたちの件がどれだけ前進したか、また、このあと彼にどんな役割を果たしてもらいたいと思っているのかを告げるとすぐに、ぱっと別人になった。

「とてもいい思いつきだ」と彼は言う。「そして言わせてもらえば、それをやり遂げるのにアラン・ブレック以上の男は捕まえられないだろう。これは（いいか）誰にでもできるようなことではなく、洞察力のある紳士が必要なんだ。しかし、きみの弁護士がわたしに会いたくて少しじりじりしているように思えてならないんだがね」とアランは言う。

そこでぼくはランキラーさんを大きな声で呼んで手を振ると、彼は一人で登ってきたので、ぼくは友人のトムスンさんに引き合わせた。

「トムスンさん、お会いできて嬉しく思います」と彼は言った。「しかし、わたしは眼鏡を忘れてきてしまいました。そしてわたしたちの友人である、ここにいるデイビッドさんは」（と、ぼくの肩を叩いて）、「わたしはほとんど目が見えないのも同然で、それだから明日、あなたに気づかず通り過ぎても驚いてはいけないと言ってくれるでしょう」。

ランキラーさんはアランが喜ぶだろうと思ってこう言ったのだった。ところが、高地人の虚栄心は、もっと些細なことでも、容易に刺激されたのだった。

「いいや」と彼は堅苦しく言う、「わたしたちはここである特定の目的、つまりバルフォアさんが正当な扱いを受けるのを見るために会ったのです。そしてわたしの見るかぎりでは、ほかに共通のかかわりはあまりありそうもありません。しかしあなたの弁解は、とても適切なもので、了解いたしました」。

「そう言っていただければ十分以上です、トムスンさん」とランキラーは心から言った。「ところで、あなたとわたしはこの企ての主役なのですから、しっかりと合意しておくべきだと思います。そのために、どうぞ腕をお貸しください、（薄暗がりと、眼鏡がないせいで）道が良くわからないのです。そしてデイビッドさん、きみは、トーランスがとても楽しい話し相手だとわかるでしょう。ただこれだけは忘れないようにしてもらいますが、彼にきみの冒険や――えへへん――トムスンさんの冒険についてこれ以上話すのは無用に願います」。

そこで、この二人組がとても親密に話しながら先に行き、トーランスとぼくが殿（しんがり）を務めた。

ショーズの屋敷が見えてきた時にはすっかり夜になっていた。十時をいくらか過ぎていた。暗く、穏やかで、気持ちのよいさらさらという音を立てる南西の風が、近づくぼくたちの足音を消してくれた。そして近づいてゆく時に、建物のどの部分にも灯かりの瞬きは見えなかった。叔父はすでに寝ているようで、それは実際、ぼくたちの手はずにはうってつけだった。ぼくたちは五十ヤードほど離れてひそひそ声で最後の相談をおこなった。それから、弁護士とトーランスとぼくは、静かに忍び寄り、家の角の脇にしゃがみ込んだ。そしてぼくたちが配置につくとすぐに、アランは隠れることなく大股でドアに近づきノックを始めた。

第29章　権利を回復する

しばらくのあいだアランはドアを叩きつづけ、彼のノックの音はその家と近隣に響き渡るだけだった。それでもついに、窓がそっと押し上げられる音が聞こえ、叔父があの監視所にやって来たのがわかった。その場のかすかな光で叔父にはアランが暗い影のように入り口の階段に立っているのがわかっただろう。三人の証人はまったく彼の視野からは隠れていた。それだから自分の家にいる正直な男なら不安を感じることは全然なかったはずだ。それでも、しばらくのあいだ叔父は、黙ったままじっと訪問者を観察し、口を開いた時には、声には懸念の震えがあった。

「これは何事だ?」と彼は言う。「夜もこんな遅くに、まともな人間が来る時間ではないぞ。わしは、夜中にうろつきまわるような人間とはつき合いはない。何の用で来たんだ? ラッパ銃があるぞ」。

「あんたか、バルフォアさん?」とアランは返事をし、うしろに下がり暗闇を見上げた。「そのラッパ銃には気をつけてくださいよ。暴発したら厄介ですからね」。

「何の用で来たんだ? それにお前は何者だ?」と叔父は怒って言った。

「自分の名前をあたりの人間に大声で告げ知らせるようなまねはしたくありません」とアランは言った。「だが、ここにやって来たのは別の話で、おれのというよりは、あんたの用事だ。そしてもしそうしてほしければ、それを曲に合わせて歌ってもいいんですがね」。

「で、それは何だ?」と叔父は尋ねた。

「デイビッドだ」とアランは言う。

「何だと?」と叔父はすっかり声の調子を変えて叫んだ。

「それでは残りの名前を言いましょうか?」とアランは言った。

しばらく間があった。それから、「どうやらお前を中に入れたほうがよさそうだな」と叔父は訝しそうに言う。

「たぶんそうだろう」とアランは言った。「しかし問題なのは、おれが行くかどうかだろうな。考えていることを言おう。ここ、この戸口の段で、おれたちはこの件を協議する。そして、ここか、さもなければ、他の場所はありえないということだ。というのは、おれはあんたと同じくらい頑固で、もっといい家柄の紳士だということを理解してもらいたいからだ」。

この調子の変化がエベニーザを当惑させた。彼はしばらくのあいだそれを良く考えていた。それから「ふむ、ふむ、そうせにゃならんことはせにゃならんか」と言って、窓を閉めた。けれど一階に降りてくるまでにはずいぶんと時間がかかり、そして、後悔しながら（だと思う）、二歩ごとに、閂ひとつ掛け金ひとつごとに、新たな恐怖に襲われながら、戸締まりを解くのにはもっと時間がかかった。それでも、とうとう、蝶番（ちょうつがい）がきしる音が聞こえ、どうやら叔父は用心深くそっと忍び出て（アランが一歩か二歩下がるのを見て）戸口の段のいちばん上に、両手でラッパ銃を用意して、腰を下ろした。

「さて」と彼は言う、「わしがラッパ銃を持っていることを忘れるなよ、そして一歩でも近づいたら命はないぞ」。

「ずいぶんと丁寧なもの言いだな」とアランは言う、「まったく」。

「いいや、だがこれはとてもめでたい用件ではないし、わしは用心をしなければならん。さて、これでお互いの気持ちがわかったのだから、用事を言えるだろう」。

「なに、あんたはずいぶんと理解のはやい男だから、おれが高地の紳士だということが間違いなくわかっただろう。おれの名前は話には関係ない。だが、おれの友人たちの地方（くに）はマル島からそれほど遠くはないのだが、その島の名は聞いたことがあるだろう。あのあたりで、船の沈没があったようだ。その翌日、おれの一族の紳士が、薪にするために砂浜で難破船の残骸を探していると、半分溺れ死んだようになった若者を見つけた。彼はその若者を正気づかせた。そしてほかの何人かの紳士が若者を連れていって、古い荒れ果てた城に押し込め、そこでその日から今日に至るまで、友人たちはたいへんな出費を強いられている。おれの友人たちはちょっと荒っぽいところがあって、名前をあげることができる誰かさんほど法にうるさくはない。そして若者にはきちんとした親類がいて、あんたの血のつながった甥だということがわかると、バルフォアさん、ちょっとあんたを訪ねて、この件について協議してくれるようおれに頼んだのだ。そして最初に言っておいていいと思うが、何らかの条件で合意できないかぎり、あんたはあの若者を見ることはできそうもない。おれの友人たちは」とアランは率直につけ加えた、「裕福ではないんだ」。

叔父は咳払いをした。「わしはあまり心配してはおらんよ」と彼は言う。「やつはせいいっぱい言っても、いい若造とはいえなかったし、わしが乗り出す理由もない」。

「はい、はい」とアランは言った、「あんたが何をしようとしているのかはわかる。心配していないふりをして身代金を値切ろうとしているんだ」。

「違う」と叔父は言った、「まったくの事実だ。あの小僧には何の興味もないし、身代金も払わないし、あんたらが煮て食おうが焼いて食おうが、わしの知ったことか」。

「ほほう」とアランは言った。「血は水よりも濃いと言うだろうが、この人でなし！　自分の兄弟の息子を見捨てるなんて恥ずかしくてできないはずだ。もしそんなことをして、それが知られたら、この地方の住民のあいだではさぞかし評判を落とすことだろうぜ、そりゃ間違いなく」。

「今でもわしの評判なんぞ高くはないさ」とエベニーザは返した。「それにどうしたら知られるようになるかもわからんな。わしによってではないな、ともかくも。お前やお前の友人たちによってでもないだろう。だから無駄な話だ、このごろつきめ」と彼は言う。

「それならデイビッドに語ってもらわなくてはならないな」とアランは言う。

「どうやって？」と叔父はとげとげしく言った。

「ああ、まさにこうしてだ。おれの友人たちは、いくらかでも銀になりそうならうちは間違いなくあんたの甥を手もとに留めておくだろうが、そうでないとなれば、どこへなり好きなところに行かせるだろうな、そして勝手にくたばりやがれとやつに言うんだ！」。

「そうか、だがわしはそれも気にしはしないぞ。そんなことは屁でもないわ」。

「そう言うと思っていたんだ」とアランは言った。

「なんだと、なぜだ？」とエベニーザは尋ねた。

「なぜかと言えば、バルフォアさん」とアランは答えた。「聞いたかぎりじゃ二つの道があった。あんたがデイビッドを好きで、取り戻すために金を払うか、さもなければ、彼を必要としないもっともな理由があって、おれたちに金を払って、拘束させておくかだ。どうやら最初のほうではなさそうだ。そうだとすれば、二番目だ。それを知って嬉しいよ、というのも、おれのポケットと友人たちのポケットにたっぷりと小銭が入るからだ」。

「そこのところがわからんのじゃ」と叔父は言った。

「わからない？」とアランは言った。「ふむ、こういうことだ。あんたはあの若者を帰してほしくない。さて、それじゃあどうしてもらいたいのか、そしていくら払う気があるのか？」。

叔父は何の答えもしなかったけれど、座った場所で居心地悪そうに位置を変えた。

「さあ」とアランは叫んだ。「おれは紳士だということをあんたに知ってもらいたい。おれは王の名前を持っているんだ。あんたの戸口を蹴とばすような行商人とは違うんだ。丁寧な言葉で、しかも即座に返答をするか、さもなければグレンコーのてっぺんに誓って、三フィートの鋼をあんたの急所に突き刺すかだ」。

「ああ、おい」と叔父は叫んであわてて立ち上がった。「ちょっと待て！　何が気に食わないんだ？　わしはただの平凡な人間でダンスの教師じゃあないんだ。それにわしはできるだけ礼儀正しくしようとしている。あの突拍子もない話はどうかといえば、かなりいかがわしい。急所と言ったな！　わしがラッパ銃を持っているというのに？」と彼は怒鳴った。

「火薬とあんたの老いぼれた手など、アランが手にした輝く鋼に較べたら、カタツムリとツバメだ」と相手は言った。「あんたの不器用な指が引き金を見つける前に、この柄がその胸の骨の上で震えているぞ」。

「ああ、おい、誰がそれを否定している?」と叔父は言った。「好きなように言うがいいし、好きなようにするがいい。邪魔するようなことはしない。ただ、何を望んでいるのか言えば、わしらは立派に合意ができるのがわかるぞ」。

「誓って言うが、おれはごまかしのない取り引きしか求めてはいない。ふた言だ、つまりあんたがあの若者を殺してもらいたいのか、閉じ込めておいてもらいたいのか?」。

「おお!」とエベニーザは叫んだ。「おお、いや! そんなことが言えるか!」。

「殺すのか閉じ込めておくのか?」とアランは繰り返した。

「おお、閉じ込めておけ、閉じ込めておけ!」と叔父は泣きながら言った。「よければ血を流さずにおこう」。

「ふむ」とアランは言う、「好きなようにすればいい。そのほうが高くつくがな」。

「高くつく?」とエベニーザは叫ぶ。「お前は犯罪で手を汚したいのか?」。

「ほう!」とアランは言った、「いずれにしろ、両方とも犯罪だ! そして殺したほうが簡単で、手早く、確実だ。あの若者を閉じ込めておくのは面倒な仕事、面倒で微妙な厄介ごとだ」。

「それでも、閉じ込めておいてもらおう」と叔父は返答した。「わしはこれまで道徳的に間違ったことをしたことはないんじゃ。それに、これから無法な高地人を喜ばせようという気もない」。

「あんたはずいぶんと良心的なんだな」とアランは嘲笑った。

「わしは節操のある男なんじゃ」とエベニーザはそっけなく言った。「そして、払わなくてはならんのなら、払わなくてはならんのだろう。それに、お前はその若者がわしの兄弟の息子だということを忘れている」。

「結構、結構」とアランは言った、「それでは値段についてだ。それを言うのはあまり簡単なことではない。はじめに些細なことをいくつか知らなければならない。たとえば、最初の出発の時にホーシーズンにいくら払ったんだ?」。

「ホーシーズンだと!」と叔父は不意を打たれて叫ぶ。「何のために?」。

「デイビッドをさらうためにだ」。

「嘘だ、それは悪意にみちた嘘だ!」と叔父は叫んだ。「やつはさらわれたんじゃない。そんなことをお前に言った者は嘘をついたんだ。さらわれた? そんなことはない!」。

「おれが嘘を言ったわけでもなければ、あんたが嘘を言ったわけでもない」とアランは言った。「それにホーシーズンが信頼できる男なら、やつが嘘を言ったわけでもないさ」。

「どういうことだ?」とエベニーザは叫んだ。「ホーシーズンがお前に言ったのか?」。

「もちろんだ、この鈍い老いぼれの出来損ないが、そうじゃなければなんでおれが知っている?」とアランは叫んだ。「ホーシーズンとおれは仲間なんだ。おれたちで金を分け合うんだ。だから自分でもわかるだろう、嘘をついても何にもならないんだ。それに、率直に言わなければならないが、あんたはあんな船乗りを私事にこんなにも深くかかわらせた時点で、馬鹿な取り引きをしていたんだ。だが、そんなことは祈ってみたって無駄なことだ。自業自得の罰は受けなければならない。そしてさしあたっての要点はこういうことだ。やつにどれだけ払った?」。

「やつが自分で言わなかったか?」と叔父は尋ねた。

「あんたには関係ないことだ」とアランは言った。

「ふうむ」と叔父は言った、「やつが何と言おうと知ったことか、やつは嘘をついたんだ、そして神かけて真実はこうだ、わしはやつに二十ポンド払った。だがお前には洗いざらい話してやる。そのうえやつは、あの若造をカロライナで売るはずだったんだ、それでもっとずっといい金になっただろうが、わしのポケットから出るのじゃあない」。

「ありがとう、トムスンさん。それで申し分ないでしょう」と弁護士は言い、前に歩み出た。それからとても礼儀正しく、「今晩は、バルフォアさん」と言った。

そして「今晩は、エベニーザ叔父さん」とぼくは言った。

そして「いい晩でやすね、バルフォアさん」とトーランスがつけ加えた。

叔父は、悪態も愛想のいい言葉もひと言も口を利かなかった。ただそれまでいた戸口の段のいちばん上に座ったまま、石になった男のようにじっとぼくたちを見つめていた。アランがラッパ銃をさっと奪った。そして弁護士が腕を取り戸口の段から立ち上がらせ、台所に連れてゆき、ぼくたちはみなそれに続いて、火が消え、ただ灯心草蠟燭*だけが灯っていた暖炉の脇の椅子に叔父を座らせた。

そこでぼくたちは皆しばらくのあいだ、成功に大喜びをして叔父を眺めていたのだけれど、それでもこの男の面目が丸つぶれになったことに対しては何か憐れみのようなものを感じていた。

「さあ、さあ、エベニーザさん」と弁護士は言った、「気を落としてはいけませんよ、寛大な条件で折り合いをつけると約束しますから。その前に、地下室の鍵をください、そうすればトーランスが今晩の出来事を祝してあなたのお父上のワインを一本わたしたちに注いでくれますから」。それからぼくのほうを向いて手を取ると「デイビッドさん」と彼は言った、「きみには幸運を喜んでもらいたい、それは当然きみのものだと信じている」。それからアランに向かって、ちょっと冗談めかして、「トムスンさん、あなたには敬意を表します。まったく巧妙に振る舞われましたな。しかし一点、よく理解できないところがありました。あなたの名前はジェイムズなのですか？　それともチャールズ？　あるいはもしかしたらジョージですか？」。「何でその三つのうちのどれかでなくてはならないのでしょうか？」とアランは言い、嫌がらせを感じ取った人のように姿勢を正した。

「ただあなたが国王の名前に触れたから」とランキラーは答えた。「そしてこれまでトムスン王というのはいたことがないか、少なくともそのご高名に接したことがなかったものですから、洗礼の時に受けた名前に言及されたにちがいないと思ったのです」。

これはまさしくアランがもっとも痛烈に感じたにちがいない突きで、彼はそれをひどく悪く受け取ったとぼくはためらわずに認める。ひと言もアランは答えようとせず、台所の反対側へと下がり、しゃがみ込んでふくれっ面をした。そしてぼくが彼のところに行き、手を差し出し、ぼくの成功の根源という称号を奉って感謝すると、やっと彼は、少し頬笑みはじめ、そしてとうとうパーティーに参加するよう説き伏せることができたのだった。

この時までには火が焚きつけられていて、ワインの瓶はコルクが抜かれていた。旨い夕食がバスケットから出てきて、トーランスとぼく、そしてアランが腰を下ろして食べはじめた。そのあいだ、弁護士と叔父とは隣の部屋に入って協議した。二人は一時間ほどそこに引きこもったままだった。それだけ時間がたつと、彼らはよく理解し合い、そしてぼくと叔父は正式な合意に着手した。この条件により叔父はランキラーが間に入るということで彼を満足させ、ショーズの年収のまるまる三分の二をぼくに支払うと約束した。

こうして物語歌（バラッド）の乞食は家に帰ってきた。そしてその晩、台所の櫃（ひつ）の上に横になった時、ぼくは資産家であり、その地方の名士だった。アランとトーランスとランキラーは自分たちの固いベッドの上で眠り、鼾をかいた。けれど、野天で土と石の上で、幾日も幾晩も、そしてしばしばすきっ腹を抱えて、死に怯えながら横になってきたぼくにとっては、境遇がこうして好転したことで、以前の悪い日々よりももっと気が抜けてしまった。そして夜明けまで横になったまま、天井に映る火影を見つめ将来の計画を立てていた。

第30章　別れ

ぼく自身に関するかぎりは、港に着いた。けれどもまだアランがいて、彼にはたいへんな恩義を受けていた。そのうえ、殺人の件とグレンズのジェイムズの件では重い責任を感じてもいた。この二つの点についてぼくは次の朝、六時ごろにショーズの家の前を歩きながら、ランキラーに打ち明けた。目にするかぎりは代々ぼくの先祖のもので、今はぼくのものである畑と森だった。こうした深刻な問題について語っている時ですら、ぼくの目は嬉しそうにこの光景を見渡し、胸は誇りに躍っていた。

ぼくの友人に対する明らかな義務については弁護士は何の疑いも抱いていなかった。ぼくはどんな危険を冒しても彼が国を離れるのを助けなければならない。けれどジェイムズの場合は、意見が違った。

「トムスンさんの場合とトムスンさんの身内の場合とではまったく事情が異なります」と彼

は言う。わたしは事実をほとんど知らない。しかしある大貴族（よければその人のことを〈Dオブ A〉〔The Duke of Argyle〕と呼びましょう）がこの件にはいくらか関心を持っていて、恨みを感じているとすら思えます。〈DオブA〉は疑いもなく立派な貴族だ。しかし、デイビッドさん、*timeo qui nocuere deos*〔災いをもたらす神を恐れる〕*です。もし彼の復讐を妨害するために乗り出したりしたら、きみの証言をさえぎる道がひとつあるということを忘れてはなりません。それはきみを被告人席に就けることです。そこではきみは、トムスンさんの親戚と同じ困った立場に置かれるでしょう。きみは無実だと言うだろう。ふむ、しかし、彼もまた無実なのです。そして高地の陪審員の前で、高地の問題を、高地の判事によって、死刑になるかどうか裁かれたら、絞首台はすぐそこです」。

さて、こういう推論は前もってすべておこなっていて、それに対するあまりいい回答は出てきていなかったので、できるかぎりの無邪気さを装った。「そうした場合は」とぼくは言った、「縛り首になるしかない――そうじゃありませんか？」。

「なあ、きみ」と彼は叫ぶ、「神の御名において進み、自ら正しいと思うことをおこなえ。この歳になって、安全で恥ずべきことを選択するようきみに助言するとは見下げ果てた考えだ。陳謝して撤回します。行って義務を果たしなさい。そして、そうならなければいけないなら、紳士らしく縛り首になりなさい。この世には縛り首になるよりも悪いことがあります」。

「そう多くはありませんがね」とぼくは頬笑みながら言った。

「なに、そうでもないですよ」と彼は叫んだ、「とてもたくさんあります。きみの叔父上が、もし絞首台にきちんとぶら下がれば（これ以上踏み迷わないように）、十倍もいいことでしょう」。

そう言うと彼は家の中に戻ってゆき（あいかわらずとても胸を熱くして、だからぼくは彼を心から喜ばせたことがわかった）、そこで二通の手紙を書き、書きながら説明をしてくれた。

「これは」と彼は言う、「わたしの銀行である英国リネン社*宛てで、きみの名前で預金をする。トムスンさんに相談しなさい、彼が方法を知っているでしょう。そしてこの預金で資金をまかなえるでしょう。きみが自分の金を大切に遣うと信じているが、トムスンさんのような友人のことでは、むしろ散財したいとさえわたしは思います。それから彼の親戚については、司法長官*を捕まえて、きみの話をし、口述書を差し出すのがいちばんいい方法です。彼がそれを取り上げるかどうか、そして〈DオブA〉に楯突くかどうかはまた別の問題です。さて、きみが首尾よく司法長官に会えるように、きみと同じ名前の、わたしが尊敬する、学識あるピルリッグ*のバルフォアさん宛ての手紙をあげましょう。同名の人によって紹介されたほうが体裁がいいでしょう。それにピルリッグの地主は法律家仲間ではおおいに尊敬されているし、司法長官のグラントの受けもいい。わたしだったらこまごまとしたことで彼を煩わさないでしょうがね。

習うんです、あの人はいい模範だ。司法長官と交渉する時には慎重にね。そしてこれらすべてにおいて、神のお導きがありますように、デイビッドさん！」。

こう言うとすぐに彼は別れを告げ、トーランスとフェリーに向かって出発し、その一方、アランとぼくはエジンバラの街に向かった。小道を通り門柱と未完成の門番小屋を通り過ぎる時、ぼくたちは先祖の家を振り返りつづけた。その家はそこに、まるで人が住んでいない場所のように、空っぽで、大きく、煙も上げずに建っていた。ただ上の窓のひとつでナイトキャップが、穴からウサギの頭が覗くように、上下にそして左右にひょいひょいと動いていた。ぼくはやって来た時にはほとんど歓迎されず、滞在しているあいだはもっと冷たくされたけれど、ついに出てゆく時にはじっと見送られたのだった。

アランとぼくは歩くのにも話すのにもあまり気が乗らず、ゆっくりと道を進んでいった。別れの時が近づいているのだという同じ思いがなによりも二人の心にあった。過ぎ去った日々すべての思い出が胸を締めつけるようにのしかかっていた。ぼくたちは実際、なすべきことについて話した。アランはこの地方からは離れずに、ある時はここで、またある時は別の場所で待つが、一日に一度、決められた場所に来て、そこにぼくは直接行くか、使いの者をやって連絡がつくようにする。そのあいだにぼくは、アッピンのスチュワートであり、それだから完全に信頼できる弁護士を探す。そして船を探してアランを無事に乗船させるのはその人の役目となる。この仕事が終わるとすぐに、語る言葉がなくなったように思えた。そしてぼくはトムスンさんの名前でアランをからかおうとし、アランはぼくの新しい服と土地のことでぼくをからかおうとしたけれど、二人とも、笑うよりも泣きそうになったことは感じ取ってもらえるだろう。

ぼくたちはコルストールフィン*の丘を越える脇道をやって来た。そして〈休憩と感謝〉と呼ばれる場所の近くまで来て、コルストールフィンの湿原を見下ろし、街と、丘の上の城を見渡して、ぼくたちは足を止めた。二人とも言葉には出さずとも、道が分かれるところに来たのがわかったからだ。ここで彼はもう一度、二人のあいだで合意されたことを繰り返した。すなわち、弁護士の住所、アランが見つけられる毎日の時間、そして誰であれ彼を見つけに来た人がする合図である。それからぼくは持っているだけのお金（ランキラーさんの一ギニーか二ギニー）を渡して、そのあいだ彼が飢えないようにした。それからぼくたちはしばらく、立ったまま黙ってエジンバラを見渡した。

「それではさようなら」とアランは言って、左手を差し出した。

「さようなら」とぼくは言って、その手をちょっと握り、丘を下っていった。

どちらもお互いの顔を見ることはなかったし、彼が見えるところにいるあいだ、ぼくは別れて行く友人を一度も振り返って見なかった。けれど街に向かって進んでゆきながら、すっかり道に迷ったようで寂しく感じ、土手の脇に座りこんで、赤ん坊のように大声をあげて泣きたい気がした。

　正午近くになって、ぼくは西教会とグラスマーケット脇を通って首都の通りへと入っていった。十階から十五階にも伸びる、建物の途轍もない高さ、たえず通行人を吐き出す狭くアーチのある入り口、窓の中の商品、どよめきと終わることのない喧騒、いやな臭いに立派な服装、そして些細すぎて言及することもできない、数多くのほかのこまごました事柄に驚いて茫然自失となり、そのためにぼくはあちらへこちらへと人ごみが運ぶままに身を任せた。それでもたえずぼくが考えていたのは〈休憩と感謝〉でのアランのことだった。そしてたえず（華美なものや新奇なものに喜んでばかりいたと思われるかもしれないけれど）心の中には、何か間違ったことに対する良心の呵責のような、冷たい痛みがあった。

　漂っているうちにぼくは、神の導きの手によってまさに英国リネン社の銀行の戸口に運ばれた。

献辞

親愛なるチャールズ・バクスターに

この物語をお読みになられたら、わたしが答えたいと思う以上の疑問が湧くことだろう。たとえば、なぜアッピン殺人事件が一七五一年に起こることになったのか、なぜトラン・ロックスがこんなにもエレイドに近づいているのか、あるいはなぜ公刊された公判記録はデイビッド・バルフォアに関することにはすべて沈黙しているのか。これらはわたしの力では解決できない難問なのだ。しかしもしアランが有罪か否かという点でわたしを問いつめるならば、本文に書いてあることを擁護できると思う。今日に至るまで、アッピンの言い伝えでははっきりとアランは無罪だとされているのが分かるだろう。もし尋ねてみれば、弾丸を放った「他の男」の子孫が今日に至るもその地方にいるということまで耳にするかもしれない。しかしその、他の男の名前は、どれほど尋ねても聞かされることはないだろう。というのは高地人というのは秘密それ自体のために、そして秘密を守るという彼らの気質に合った行為のために、秘密を尊重するからだ。ひとつの点を正当化し、また別の点は擁護できないと認めるために、長々と続けてもいいかもしれないが、正確さを期したいという欲求にわたしがどれほど動かされていないかをただちに告白したほうがもっと正直だろう。これは学者の書斎の備品ではなく、冬の夕暮れ時、授業は終わり、寝る時間が近づいている時のための本なのである。そしてあの時代には冷酷で喧嘩っ早いとされていたが、誠実なアランは、この新しい具象化においては、誰かある若い紳士の注意をオウィディウスからこっそりと奪い、しばらくのあいだ高地と前の世紀へと彼を連れ去り、寝床の中で何か魅力的なイメージと彼自身の夢とを入り混じらせようという以上の危険な目的は持っていないのだ。

親愛なるチャールズ君、きみに関して言えば、この物語を好きになってくれとは頼まない。しかしおそらく、もっと大きくなったらきみの息子は気に入ってくれるだろう。そしたらきみの息子は父親の名前が見返しに載っているのを見つけて喜ぶかもしれない。それまでは、幸福だった数多くの日々と（今になって思い返してみればおそらく楽しくはあるのだが）悲しかった何日かの記念として、その名前をここに記すことはわたしの喜びである。わたしたちの青春時代のこうした過ぎ去ってしまった冒険を、時間的にも空間的にも離れたところから振り返ることが、わたしにとって不思議な気がするとしたら、同じ通りを歩むきみ――明日にでも、わたしたちがスコットやロバート・エメット〔アイルランドの愛国者で一八〇三年の反乱の指導者〕、そして、最愛にして最悪のマクビーン〔スペキュラティブの図書係、幹事〕の仲間入りを果たした、かの懐かしのスペキュラティブ〔エジンバラ大学の弁論会。一七六四年に創設される〕のドアを開けるかもしれないきみ――あるいはかの偉大なる団体L. J. R.〔Liberty, Justice, Reverence. エッセイ・クラブ〕が会合を開きビールを飲み、バーンズやその仲間たちの席に座ったあの小路の角を通り過ぎるかもしれないきみにとっては、もっと不思議な気がするにちがいない。わたしにはきみが、白昼そこを動き回り、きみの仲間にとっては夢の中の光景の一部になってしまったこうした場所を生きた目で眺めているのが見えるような気がする。現在の仕事の合い間合い間に、過去がきみの記憶の中に反響しているにちがいない！　どうかそれがきみの友人のことを考えずに響き渡ることがあまりないように、

R. L. S.

スケリーボー、ボーンマス

一八八六年

歴史に関する少し長めの訳注

一六〇三年、エリザベスが嗣子のないまま没すると、スコットランドのジェイムズ六世がジェイムズ一世としてイングランド王を兼ね、スコットランドとイングランドの同君連合が成立する。しかしスチュワート家の王たちは、どうもあまり有能だったとは言えなかったようで、ジェイムズ一世の息子のチャールズ一世は清教徒革命後に首を切られ、王政復古後のジェイムズ二世も、これまた名誉革命でフランスに亡命するはめになる。そのあと、イギリスは共和制を選ばず、スチュワート家の血を引く（チャールズ一世の娘を母親に持つ）ウィリアム三世をオランダから輸入して妻でジェイムズ二世の娘であるメアリーと共に王位に据える。もともとフランス（当時のヨーロッパの大国である）相手の戦争で先鋒に立っていたウィリアムは、イングランドをより一層反フランスへと駆り立ててゆく。そうしたなかで、イングランドに対する反感が強く、イングランドと対立するフランスと容易に結びつきやすかったスコットランドは、厄介の種子だった。

特に高地地方ではカトリックの勢力が依然として強く、そのうえそれぞれの氏族が、日本でいえば各藩のように自治権・司法権を握っていて（本書第23章を参照）、必ずしも中央政府の言いなりにならず、彼らのあいだではフランスに逃れたジェイムズ二世とその子孫たちの人気が高かった。そもそもの初めから、この氏族意識を解体し、スコットランドを服従させることがウィリアムの一つの課題だったのである。その現れの一つが、グレンコーの大虐殺（第20章）だった。一六九一年八月にウィリアムはジャコバイトの氏族に対して翌年の一月一日までに恭順を誓えばよし、さもなければ血の制裁もあるとの脅しをかけた。このとき見せしめとして大虐殺の対象に選ばれたのがグレンコーのマクドナルド一族だった。マクドナルドの氏族長マッキアンは、おそらく意図的にこの恭順の宣誓書の署名の期限に間に合わないようさせられる。二月、グレンコーに滞在して歓待を受けていた、グレンライアンのロバート・キャンベル大尉率いる軍隊に密命が下り、村を包囲した他の部隊と合わせて、村人の皆殺しが企てられる。さすがにこの行為のあまりの薄汚さに躊躇した兵が多かったからか、その場で殺されたのは村人の一割ほどだったようだが、村を逃れても厳寒の荒地で、多くの人々が死んだ。

このマクドナルド一族をはじめとして、第25章や、のちに『カトリアナ』にも登場するマグレガー一族など、スコットランドの小さな氏族のあいだでは、生活のために家畜泥棒をおこなうというのが慣行となっていた。そのいちばんの被害者は、北西スコットランドで最大の氏族である、アーガイル公爵率いるキャンベル一族だった。そのためアーガイル公爵は彼らと対立し、また他の弱小氏族を圧迫し、彼らの土地を侵略して勢力を拡大し、さらに常にイングランド側に立って、ジャコバイトの敵にまわっていたから、彼らの憎悪の主要な対象だった。

ウィリアムの死後、アン女王の時代の一七〇七年には、スコットランドは議会を解散し、イングランドと合併、それ以後およそ三百年にわたって自分たちの議会を持つことができなかった。連合王国の名のもとにその実はイングランドに従属することになるのである。これに対してはイングランドでも、スコットランドでも、小さな叛乱がいくつも起こる。アンも嗣子なく没すると、血統をやはりジェイムズ一世にまで遡り、そのなかでプロテスタントという条件に合致したドイツのジョージ一世が即位する。ジョージ一世を支持するホイッグ党に対して、トーリー党には、カトリックであってももっと血縁の近い者を王位につけるべきだという主張をする者も多かった。その者たちの一部が、ジョージの即位後一七一五年に、のちに老僭王と呼ばれることになるジェイムズ・フランシス・エドワード・スチュワートをジェイムズ三世として王位につけようとしたジャコバイトと結んで起こしたのが、エベニーザが加わったとされる(第28章)一七一五年の反乱である。彼はルイ十四世によって、スコットランドおよびイングランドの正当な王位継承者として認められていた。

このときの反乱では、反乱軍はフォース湾を渡り、アーガイル公爵率いるエジンバラ守備軍と対峙するが、いつまで待っても肝腎のジェイムズ・スチュワートはフランスから到着せず、いたずらに膠着する戦況に、高地に帰る氏族長たちも続出するありさま。ようやく十二月になってジェイムズが到着したときには時すでに遅く、彼はなすすべもなく翌年二月にフランスに逃げ帰る。

最大にして最後のジャコバイトの反乱はその三十年後に起こる。一七四五年七月に、ジェイムズの息子であるチャールズ・エドワード・スチュワート(若僭王)はごく少数の仲間とともにエリシケイ島に上陸した。接触した人々の多くは、反乱は無謀であるからフランスに帰るようにと促したにもかかわらず、おそらく当人も、イングランド側も、誰も予想もしなかったような規模で、現体制に不満を抱えていたジャコバイトが結集する。勢いに乗ってエジンバラを攻略したジャコバイト軍は、九月二十一日にはプレストンパンズで、スコットランド守備軍司令官コープ将軍が率いる訓練不足の部隊を一瞬のうちに粉砕して勝利を収める。その数日前に、クルーニー・マクファーソン（第23章）はコープ将軍の陣営からジャコバイトの陣営にと走っていた。

さらにロンドンを目指したジャコバイト軍は十二月にはロンドン北方二百キロほどのダービーにまで進出するが、ここでロンドン攻略をためらい、フランス軍の上陸を待つことにする。しかしいくら待ってもフランス軍は到着せず、ジャコバイト軍は北方に向かって撤退を開始してしまう。戦いもせずして退却するジャコバイト軍の士気は下がる一方で、そのまま故郷に帰ってしまう氏族も出はじめる。ついに翌四六年四月、人数も減ったジャコバイト軍と、最新鋭の大砲で武装した、カンバーランド公爵率いる政府軍は、インバネスに近いカロデンムーアで最後の決戦をおこなうことになるが、装備に優れたカンバーランド軍が圧勝する。この時カンバーランドはまさに無慈悲にジャコバイトたちにあたり、負傷者も殺し、捕虜となった兵に対しても血も涙もない虐待を加え、「屠殺者」の異名をとることになる。

「勝利者たちはスコットランドの反乱を根絶しようと固く決意し、鎮定計画に乗り出し、手はじめに戦場に負傷して取り残された反乱者たちを皆殺しにした。赤服の一団が谷間を襲い、放火し、家畜を盗み、略奪をおこなった。小作人たちは家を出て丘に逃れ、そこで一七四六年の寒い冬に死んだ者たちもいた。ある襲撃では、略奪者たちは用心深く、家の猫が食料とならないようにと射殺したあとで、女と幼い子供たちを家から追い出した。百二十人の反乱者が処刑され、その首のいくつかは市門に高く掲げられ、反体制者に対して、文明の進展に対する抵抗への見せしめとされた。〔ジョージ二世の〕政府は、そのほとんどが懲罰的である立法を連発し、それに加わった。反乱の指導者たちの土地は没収され国王の財産とされると宣言された。氏族長や地主たちは先祖伝来の支配権、即ち自分たちの氏族民を裁き、私的軍隊に好きなだけの人間を召集する権利を剝奪された。……武装解除条例はハイランド・ラインの北に住むすべての非戦闘員に武器を差し出すように求めた。……この条例はキルトやトゥルーズ、タータンの布地、そして他のすべての高地の衣装の付属品を禁じていて、この禁制は、こうした鮮烈な衣服が表現するとされた反抗的な精神を消滅させることを意図していた」(Seamus Carney, *The Appin Murder*)。

こうした全般的な状況の中、さらに小さな地域の事情に立ち入れば、グレンズのジェイムズはカロデンで敗れて亡命した腹違いの兄弟、アッピンの支族長であるアードシールから、残された土地と小作人を託されていた。一方、グレンズのジェイムズの農場から、土地に慣れた者だったら半日ほどの道のりにある、(そしてこの荒野の中では隣といってもいい)グレニュアを本拠とするコリン・ロイ・キャンベルは、周囲のスチュワートともキャメロンとも複雑な血縁関係を結んでいた。経済的にはまったく利益もない国王の土地管理人を引き受けたのは、ジャコバイトとつながりがあるのではという疑惑を晴らすためだったとも言われている。しかし、土地を追われる側の人間にしてみれば、血のつながりがあるだけに一層コリン・ロイに対する反感と憎しみは募った。大反乱後のスコットランドの状況の中で、彼も苦しい立場に置かれていた。ヘンダーランドの「彼はどの道、死ぬ運命にある」という発言(第16

章）は、その点で真実をついていたといえるだろう。そして一七五二年五月十四日の夕方四時半頃、一発の銃声がアッピンのレターモアの森に響き渡った。

訳者あとがき

佐復秀樹

一七五二年五月十四日の午後四時半ごろ、アッピンのレターモアの森に一発の銃声が響き渡り、国王の土地管理人が殺された。この殺人事件とそれに続く捜査、裁判はまさに四五年の大反乱後のスコットランド高地の状況を象徴するような出来事だった。そしてこの、スコットランド法制史上最悪の暗黒裁判と呼ばれることになるアッピン殺人事件の公判記録が、ロバート・ルイス・スティーブンソン(彼はR. L. S. と署名するのを常としていた)の想像力をかき立てた。

この作品は、現在ではほとんど『宝島』と『ジキル博士とハイド氏』の作者としてしか知られていないR. L. S. の、自他ともに認める最高傑作です。ヘンリー・ジェイムズやキプリングからヘミングウェイ、ナボコフにまで絶賛された作者の代表作ともいえます。ちなみに漱石も一九〇一年四月五日の日記に「今日ハ Good Friday ニテ市中一般休業ナリ終日在宿 Kidnapped

ヲ読ム……」と記し、『予の愛読書』の中では「西洋ではスチヴンソンの文が一番好きだ。力があって、簡潔で、クドクドしい処がない……。スチヴンソンの文を読むとハキ〳〵してよい心持だ」と評しています。

この作品と続編の『カトリアナ』(*Catriona*)はもともと一つの作品として書きはじめられたのですが、長くなりすぎたことと、スティーブンソンの健康が一時衰え、続きを書けなくなったために、二つの作品に分割して出版されました。作者本人は、いちばん自分らしさを出せた作品、自分の作品のなかでもいちばん価値のあるものと認めています。ある人がこの作品をロード・ムービーのような、と呼んだのですが、暗い夜、蝙蝠の飛び交う廃屋の尖塔、閃く雷光と、いかにもゴシック・ホラー的な表現も含めて、きわめて映像的です。この作品が、早くも一九一七年に映画化されてから、二〇〇五年のBBCによるTV映画化まで九度にもわたって映像化されているのは、物語性の豊かさとともに、そうした性格にもよっているのでしょう。

一八五〇年一一月にエジンバラで、代々灯台技師をしていた家庭に生まれたR. L. S.は、父親たちと同様に技師を目指してエジンバラ大学で工学を学ぶのですが、のちに法律に転向し、弁護士資格を取得しています。しかし、もともと志すところは文学でした。

『宝島』で作家としてデビューし、『ジキル博士とハイド氏』で本格的な作家として認められるようになったスティーブンソンは、そうした家庭的な背景、弁護士となった経歴をフルに利用して、前々からから興味を抱いていた「アッピン殺人事件」を題材とした本作品に満を持してとりかかります。

「スコットランド人が南の隣人と区別できないようになるまでは連合王国は連合した王国とはならないだろう」（Seamus Carney, *The Appin Murder*）と言われ、スコットランドがスコットランドらしさをすっかり奪われようとしていた一八世紀の半ばを舞台にして展開されることの作品には、スコットランドの国土、歴史、言語を子供たちに伝えたいという彼の気持ちが強く反映されています。自分が熟知するスコットランド西海岸、高地地方の荒地、そして（『カトリアナ』では）愛してやまないエジンバラの町を地理的背景とし、近代スコットランド史上最大の悲劇といえる一七四五年のジャコバイトの反乱を歴史的背景にして、主人公のスコットランド語を交えた言葉で物語は語られます。そしてコリン・ロイ、ジェイムズ・スチュワートはもちろん、アラン・ブレックから司法長官、伝説的盗賊ロブ・ロイの息子たち、小作人に至るまで、登場人物の多くが実在の人物である歴史冒険物語です。

この作品を執筆した当時のR. L. S.の置かれた状況を少し見ておきます。

長篇小説だけに限ればその執筆・出版年代は次のとおりになります。

一八八三年　『宝島』（*Treasure Island*）、

『黒い矢』（*The Black Arrow: A Tale of Two Roses*, のち一八八八年単行本化）

一八八五年　『プリンス・オットー』（*Prince Otto*）。
一八八六年　『ジキル博士とハイド氏』（*The Strange Case of Dr Jekyll and Mr Hyde*）、
　　『さらわれて』（*Kidnapped*）本書。
一八八九年　『バラントレーの若殿』（*The Master of Ballantrae: A Winter's Tale*）
一八九三年　『カトリアナ』（*Catriona*）本書の続編。

『宝島』から生前最後の出版となった『カトリアナ』まで約十年、その期間の実に三分の二の時間を〈デイビッド・バルフォアの冒険〉二部作にかかわっていたことになります。それどころではありません。一八八〇年にアメリカで結婚した妻とその子供を伴ってスコットランドに帰国していたR. L. S.は、スコットランドの歴史について書きたいと思っていました。彼は、八一年に訪れたインバネスで、父親のトーマスから『ジェイムズ・スチュワートの裁判』という一冊の小さな本を買い与えられます。父親は息子が歴史について書くのにこの本は必要だと考えたのです。詳細な地図が折り込まれてついていたこの本は、地図好きのR. L. S.の想像力をすぐにかき立てました。また本書の重要な舞台の一つとなる、マル島の南西の端、エレイド島を船の窓から初めて見たのは十五歳のとき。こうして長い年月をかけて物語は醗酵し、歴史、地理、言語はそれぞれの場所を物語の中に見つけていきました。
　この間、一八八五年には彼は病気療養のためにスコットランドを後にし、イングランド南部のボーンマスに転地し、スケリーボーと名づけた家に暮らすことになります。アランの言葉ではありませんが、彼もまた「故郷が恋しくてしょうがないんだ。……ヒースと鹿（ではなくともエジンバラの通り）が恋しくてしかたがな」かったのかもしれませんし、ディビッドのように「（彼は）南の地方のなまりで話したのだけれど、その響きにぼくは焦がれはじめていた」のかもしれません。友人であるチャールズ・バクスターにあてた献辞の中でも彼はエジンバラとそこでの青春時代を懐かしんでいます。

彼が生きた一九世紀後半という時代は、言ってみれば失われたスコットランドに対するロマンチックなあこがれが復活しつつあった時期でもありました。サー・ウォルター・スコットが『ウェイバリー』をはじめとした一連のスコットランドを舞台にした小説で大人気をとり、また、その彼がみずからプロデュースして一八二二年に実現させたジョージ四世のエジンバラ訪問は、遠い国、遠い時代へのあこがれというロマン主義の流行とも相俟って、人々の目をあらためてスコットランド高地に、あるいは一七四五年へと向けることになりました。さらに一八四二年以降しばしばスコットランドを訪れ、のちにはバルモラル宮殿を建て、毎年スコットランドで夏を過ごすようになったビクトリア女王のスコットランド贔屓（びいき）が、人々の意識に改めてスコットランドをよみがえらせ、人気に拍車をかけもしたのです。一九世紀の後半はスコットランドのリバイバルの時代と言えました。スティーブンソンは子供も含め彼の読者が、四五年を理解していると当てにすることができたのです（しかしわたしたちも、武力による他民族の支配、少数者・弱者に対する迫害、テロリズム、さらには冤罪をも、現在進行中の事実としてよく知っています）。

物語の発端は何かおとぎ話のような、あるいはこの物語そのものの中に頻繁に出て来る物語歌（バラッド）、この時代でいえば「ディック・ウィッティントンと猫」のような、典型的な rags-to-riches（貧乏から大金持ちへ）の物語の始まり方をします。両親を失った、田舎育ちで世間知らずの貧しい若者が、うららかに日が照り、鳥が歌う中を、言ってみればのほほんと、甘い夢を抱いて世の中に出てゆく。デイビッドが世間知らずだということを強調するのが頻出する物語歌（バラッド）という言葉です。この当時、ジャーナリズムの一形態として行商人が売り歩いた絵草子か瓦版のごときこの媒体が、彼が世間を知る数少ない手段の一つでした。そしてそれは、「これまで読んだ……本の中では」とか「これまで本の中で読んだことから判断するに……」というような表現も同様です。こうした表現は続編の『カトリアナ』では姿を消します。現実が、読んだものにとってかわるのです。

それに対して、R. L. S. の経験は直接的でした。ランキラーはデイビッドの旅を「スコットランドのどの教区が、きみの放浪に満たされていないだろうか？」と言っていますが、エレイド島からアラン・ウォーターの中の蕗（ふき）の生えた小島に至るまで、実際に R. L. S. が自分の足で踏み、熟知していた土地でした。たとえばエレイド島は、R. L. S. が二十歳のときに、この島の沖合十二マイルにある岩礁に灯台を建設している父親と伯父に伴われて、その陸上基地になっているこの島に上陸し、三週間にわたってこの小島を踏査しつくし、マル島の本土にまで渡っています。「こうした面における細部への気配りはたいへんなもので、読者はしばしばこれが虚構だということを忘れてしまうという罠に陥る。スティーブンソンは自分の物語のために必要だと考えた時だけは虚構を事実に優先させたとはいえ……それは一つには、スティーブンソンが『さらわれて』にできるだけ自分がよく知っていて、直接の知識でもって記述できるような地域を通らせることで達成されている。彼はこの時期の古い地図を綿密に調べ、道の途中で出会った人々に話しかけ、地方色の断片を拾い集め、それから彼の観察力、描写力、想像力が引き継いで虚構と事実を融合させたから、それらは区別しがたくなるのだ」(Ian Nimmo, *Walking with Murder*)。

物語そのものについては、読めばわかるので、あまり語ろうとは思いませんが、いくつかの点だけを指摘しておきます。

物語は、確かに rags-to-riches の物語として始まりますが、「物語歌(バラッド)の乞食が家に帰ってきた」ところで物語は終わりません。田舎育ちで、キャンベルさんに叩き込まれたガチガチのプロテスタントであるデイビッドが、まったく異なった価値観を抱く高地人アラン・ブレックと出会ったことによって、またコリン・ロイの暗殺の現場に居合わせたことによって、単なるrags-to-richesと一線を画することになります。デイビッドは人間として成長するのです。スティーブンソンが考える、その当時の一つの理想像としての紳士となるために、彼は多様性を認め合い、自分の信念を貫き通すだけの強さを持った大人にならなければならない。しかし、彼が自分の財産に手をかけようとする最後の場面が、冒頭とは対照的に、まるで暗雲が漂うような雰囲気の中で閉じられるのは、そうした大人になるために現実の世界で待ち受けている困難を暗示しています。

また、物語は、兄弟の関係について考察しているとも言えます。デイビッドとアランの関係は単なる友人同士というだけでなく、兄と弟という要素が含まれている、と見てもいいのではないでしょうか。アレグザンダーとエベニーザという、実際的ではないが自らのロマンスをつらぬき、貧しくともそれなりに幸せな生涯を送った兄と、我欲をつらぬき、金に執着することでほとんど常軌を逸した守銭奴となった弟。こうした対立的な関係に対して、時には喧嘩し、反発しても、温かく弟を導いてくれる兄と、それを慕う弟、そういった兄弟関係のコントラストがここには描かれているようにも思えます。

また、スティーブンソンは、『バラントレーの若殿』で同じように四五年を背景として、同じように兄弟の確執を扱っているのですが、その中では人間の善と悪が完全に分離し、悪の権化のような、ほとんど戦慄を感じる登場人物を作り出しているのに対して、この作品の中では一人の人間の中にある善悪の二重性が強調されています。それがホーシーズン船長によって、またリーアクさんによっても、よく示されています。『ジキル博士とハイド氏』をはじめとしてこうした人間の二重性に着目してきたスティーブンソンにとってはこういう扱いのほうが似つかわしいように思えます。

ヘンダーランドの登場をはじめ、宗教的な言及がしばしば見られるのは、父親の助言を受け入れたと言われています。これはかつて無神論者だと宣言して両親にショックを与えたR. L. S. の父親との一種の和解だったのでしょう。

前にもふれたチャールズ・バクスター宛ての献辞といえば、この時代のある種の散文に特有な、凝った、というか気どったと言ってもいいスタイルで書かれているのですが、『さらわれて』の文体はこの時代の「通俗小説」の言葉で書かれていて、それにデイビッドの低地の背景と、時代性を示す表現がつけ加えられています。言葉遣いの一部はエジンバラの若者時代に使っていた、あるいは家族の使用人たちが使うのを聞いた言葉から採られているといいます。そして一部はゲール語話者の不正確な英語を表すのに作家たちが使った伝統的な方法に基づく文学的創作です。実際、スコットランド語の辞書を引くと、スティーブンソンが『さらわれて』だけで使った表現という説明に出くわすことがありました。

このスコットランド語の使用をどう日本語に直すのかというのには最後まで頭を悩ませたのですが、結局うまい解決策は見つからず、必要最小限の会話中の表現だけをいわゆる「非標準」の言葉遣いを表すのに使われる「伝統的な」方法を踏襲するしかありませんでした。地の文の中に、訳者がその中で育ち、現在も使用している、辞書によれば「東京・北関東方言」といわれるものをいくつか滑り込ませました。しかし、これを全面的にやってしまったら、読みづらくなるだけでなく、作品自体の世界観までが変わってしまう危険性があると恐れたのです。したがって、この方言の使用は遊びと言われれば確かにその範囲をこえていません、どうか読者のご寛容をお願いします。

さて、最後に、なぜコリン・ロイ殺しが一七五二年ではなく五一年に変わったのか、またある地名がわざと事実と違ったり、曖昧にされたりしているのか、R. L. S. はあまり答えたくはないと言っています。しかし、アランとデイビッドがたどった経路を地図上で、あるいは実際に自分の足でたどってみるというのはこの作品を読む上での大きな楽しみです。今ではネット上で、きわめて細かい地図まで簡単に参照できるのですから余計そうです。しかし、地図ソフトなどのスコットランドの地名の日本語表記には疑問のものも多く、到底受け入れられないものもあります。そこでエジンバラなどは除いて、細かい地名にはすべて原綴を入れ検索の便をはかりました。また注もかなり多めに入れているのですが、最初はそんなものにはあまりこだわらないで物語の面白さを楽しんでもらえればいいと思います。そして、二回目には注も含めて読んでもらえればまた新たな楽しみが見つかるでしょう。再読、三読しても面白い作品だということは保証つきです。

二〇二一年八月十一日記す

第30章

p. 378　災いを……　オウィディウス『悲しみの詩』I, 74.
p. 379　英国リネン社　元来スコットランドのリネン産業振興のために設立されたが、銀行業も兼ねていた。
p. 379　司法長官　政府の最高法律顧問で、日本の検事総長と法務大臣と内閣法制局長官を兼ねたような役割。
p. 379　ピルリッグ Pilrig　現在ではエジンバラ市内の北部で近くにはバルフォア（Balfour）の地名も残る。ピルリッグのバルフォアはR. L. S. の母親の曽祖父である。
p. 381　コルストールフィン Corstorphine

[テキストについての覚え書き]

Kidnapped は最初、週刊誌 *Young Folk* に1886年５月から７月まで連載され、同年に英国では Cassel から、米国では Scribner から単行本として出版された。*Catriona* との合本として1895年に出版された *The Adventure of David Balfour* のために R. L. S. はこれにいくらかの改訂を施し、それが *The Works of Robert Louis Stevenson*（1894-1898）に収録されていて、通例エジンバラ・エディション（EE）と呼ばれている。今回の翻訳はこの EE を主に用いた。Emma Letley 編になる Oxford World Classics 版は、初版に基づいて、それを EE と校合したものであるが、そこから EE には欠けている部分を何か所か補った。

子の卵とは、ゼウスとの結婚で生まれたレダの子孫（ヘレン、そしてカストールとポルックス）のことを言っている。ランキラーはこの引用で、デイビッドに不要な敷衍をしたり、物語のそもそもの始まりまで戻ったりすることなく語れと言っている。

p. 342　初版では「一七三四年」。しかし、1751年当時の暦法では3月25日から新年がはじまるので、1733年3月12日とは、現在で言えば1734年の3月12日のことであり、第1章での1751年6月に17歳という記述からすれば、このほうが正しい。

p. 343　アンガス Angus　スコットランド東部、エジンバラ北方の州。

p. 345　保護者から……若者　ホラチウス『詩について』161.

p. 349　この地球上の……　ウェルギリウス『アエネーイス』I, 460.

p. 350　（彼の隣で……　『アエネーイス』VI, 158. アケイティーズは、トロイの王子アンキセスとビーナスとの息子であるイーニアスの親友で、親しい道連れの代名詞となっている。

第28章

p. 353　おお……見目麗しいから　マルティアリスのエピグラム XII, 30. サベルス人は、古代ローマ勃興期に、イタリア中部・南部に住んでいた民族。

p. 353　もっと……歌いましょう　ウェルギリウス『牧歌』V, 1.

p. 354　（神は）あいだに……　ホラチウス『詩について』191.

p. 356　限嗣相続財産　限嗣相続とは、不動産などの財産が分割されるのを防ぐために、通例、長男がすべての財産を相続する相続法。

p. 362　ダンダス Dundas　クイーンズフェリーの山側。

第29章

p. 374　灯心草蠟燭　イグサの芯を獣脂に浸して乾かした小さな蠟燭状の照明。

トンからバラスターを通り、そこから北上してインバネスの北東ネアンに至るとされる。

第26章

p. 321　ストラサイア Strathire, あるいは Strathyre
p. 321　ユーアム・バー Uam Var は Uamh Mhòr ないしは Uaighmor を英語化した綴り。また Uamh Bheag を参照。
p. 321　アラン・ウォーター Allan Water　フォース川の支流の一つ。
p. 322　歴史上名高い場所　1297年の第１次スコットランド独立戦争の古戦場。
p. 326　オウハル山地 Ochil
p. 326　アロウア Alloa
p. 326　クラックマナン Clackmannan
p. 326　クラス Culross
p. 326　ライムキルンズ Limekilns
p. 331　「かわいいチャーリー」 'Charlie is my darling.' これも有名なジャコバイトの歌。
p. 332　ホワイト・プディング　豚の内臓やオート麦などをソーセージの皮に入れて調理したもの。これに血を混ぜたものが有名なブラック・プディング。
p. 333　ピッテンクリーフ Pittencrieff　ライムキルンズから四キロメートルほど北方。
p. 333　ファイフ王国 Fife　フォース湾を挟んでエジンバラの対岸（北岸）の地域。かつてはピクト人の王国があり、スコットランドでは今でも「ファイフ王国」として知られている。
p. 333　ロウジアン Lothian　フォース湾南岸地帯。
p. 336　インバーキーシング Inverkeithing
p. 337　キャリデン Carriden　クイーンズフェリーの西。

第27章

p. 338　ニューホールズ Newhalls　クイーンズフェリーの近く。
p. 339　ピーブルズ Peebles　エジンバラの南にある直轄都市。
p. 340　クラウドベリー　日本ではホムロイチゴともいう。実は食用。
p. 342　トロイ戦争も……起こらない　ホラチウス『詩論』147. 双

p. 294　アソール Athole, あるいは Atholl

p. 296　水のケルピー　スコットランドの湖や川の淵に住む、さまざまに姿を変える水の精。

p. 298　バルクヒダー Balquhidder. このあと Balwhidder（バルウィダー）, Balquidder（バルキダー）, Balwhither（バルウィザー）などいろいろな表記がされている。

p. 298　「ぼくを忌み嫌った」『旧約聖書』「ヨブ記」19, 19.

p. 301　やあ……いるのかい？　通例アダム・スカービング（1719-1803）の作とされるたいへん有名なジャコバイトの歌。

第25章

p. 307　ティース川 River Theith　フォース川の支流の一つ。

p. 307　名前を奪われ　1693年にこの名前は非合法とされた。

p. 308　ロブ・ロイ　ロバート・ロイ・マグレガー（1671?-1734）。スコットランドの無法者で、のちに義賊として民衆の英雄となる。またの名をロバート・キャンベル。

p. 308　ジェイムズ・モア　『カトリアナ』の登場人物になっている。

p. 310　ロビン・オイグ　若いロビン（ロブ）という意味で、ロブ・ロイの四男（1717-54）。金持ちの未亡人ジーン・ケイをエジンバラから誘拐してきて結婚したとして兄のジェイムズ・モアと共に死刑判決を受けた。ロビンは1754年に絞首刑になるが、ジェイムズはエジンバラ城から脱走した（『カトリアナ』参照）。

p. 310　バルフロン Balfron

p. 315　マクリモン　マクリモン家は代々スカイ島のマクラウド一族のパイプ吹きをつとめた。

p. 318　ピブロッホ　戦争や葬儀などのときに使われる、一連の手の込んだ変奏。

p. 318　グラスマーケット　エジンバラ城のすぐ下にある市場で、いろいろなことがおこなわれた広場でもある。

p. 319　低地帯　今のベルギー、オランダ、ルクセンブルグにあたる地域。ただしこの年にライデン大学に通っていたというのは『カトリアナ』の記述と矛盾する。

p. 319　ハイランド・ライン　スコットランドの高地地方と低地地方とを分かつとされている線。グラスゴーの北西ダンバー

p. 246　月は……ない　『旧約聖書』「詩篇」121, 6参照。

第21章

p. 250　コリナキーヒェ Corrynakiegh, あるいは Coire na Ciche. Sgorr na Ciche のことだと思われる。

p. 253　コーリスナコーン Koalisnacoan. Loch Leven の南岸には現在 Caolasnacoan という地名がある。

p. 254　血火の十字架　戦争の合図として村から村へと送られた木の十字架で、一部を焦がしたり血に浸したりした。

p. 254　フォース川　スコットランド南部を東に流れ、エジンバラ付近のフォース湾に注ぐ。

p. 254　松の小枝　253頁では「モミの小枝」と言っている。モミの木はマツ科ではある。

第22章

p. 265　ミルク酒　熱いミルクに酒を加えてスパイスなどで甘く味付けした飲み物。玉子酒のように風邪のときなどに用いられた。

p. 266　ベン・オルダー Ben Alder

第23章

p. 277　伝令官　国家の重大事を公式に布告した役人。

p. 285　それは……だから　Balfour とはスコットランド・ゲール語で「村の牧草地」という意味。

第24章

p. 289　エロホト湖 Loch Errocht. ベン・オルダーの付近に Loch Errochty という湖はあるが、たどった道筋から言えば、Loch Ericht だろう。

p. 289　ランノホ湖 Loch Rannoch

p. 294　グレン・ライオン Glen Lyon

p. 294　グレン・ロハイ Glen Lochay

p. 294　グレン・ドハート Glen Dochart

p. 294　キッペン Kippen

p. 294　グレノーキー Glenorchy

p. 193　キンガーロッホ Kingairloch

p. 194　武装解除条例　最初1716年に制定され、1725年に強化された。

p. 198　スコットランドの盟約　長老派教会をカトリックから守るための国民契約。

第17章

p. 201　リーブン湖 Loch Leven. バラフーリッシュでリニ湾とつながる。

p. 201　レターモア Lettermore, Lettervore

p. 203　州司法官　Sheriff. 元来は州における治安と秩序の維持の責任を元首に対して負う役人で、民事・刑事の裁判権を有していた。多くの場合、地主の家系の世襲で、専門の法律家が州副長官（sheriff-depute）として任命され、司法権を執行した。1747年以降、世襲的司法権が廃止されたのちは副長官が州長官の全権限を引き継ぎ、代わって州長官代理（Sheriff-substitute）が民事・刑事裁判権その他を管掌したが、通例この役人も Sheriff と呼ばれた。

第18章

p. 212　スケリーボー Skerryvore　チリアーの南東18キロほどのところにある岩礁。Alan Stevenson（著者の伯父）が建てた灯台で有名。

p. 216　インバララ〔インバラリ〕Inverara, あるいは Inveraray

第20章

p. 237　グレンコー Glencoe　グレンコーのマクドナルドは1692年1月1日までに、ウィリアム王への臣従の義務を示すために姿を現さなかった。彼の氏族は2月13日に不意打ちを受け、多数が殺された。

p. 245　英語の……見つけ出せるだろう　デイビッドは会話の部分のみならず、地の文の中でもスコットランド語やスコットランド語法を使っているのだが、この翻訳では必要最小限しかそれを示してはいない。日本語で読むかぎりは読みづらくなるだけで意味がないと考えたからだ。

第14章

p. 160　小島　R. L. S. はこの近辺を訪れたことがあり、ここでの経験を「ある小島の思い出」の中に記している。
p. 161　ロス Ross　マル島の尻尾のように伸びた大きな半島。
p. 166　チャールズ二世　清教徒革命で処刑されたチャールズ一世の子供で王政復古後の英国王。1630年生まれ、1685年没。
p. 166　この国王は……逃げる時　チャールズ二世は1651年9月3日にウスターでクロムウェルに敗れた。

第15章

p. 175　トロセイ Torosay 「マル海峡に面し本土のモーベン地方を見渡す」地域。
p. 178　プラック銅貨　プラック銅貨は四スコットランド・ペンスに相当する古い硬貨。ボードゥル銅貨は3と3分の1スコットランド・ペンスに相当する古い硬貨。
p. 182　公会問答　祈禱書の中の信仰教理についての問答で、堅信礼を受ける子供たちが学ぶ。

第16章

p. 188　トロセイからキンロハライン Kinlochaline まで　トロセイ側の渡し船の出発点は、スティーブンソン自身が作らせた地図によれば、現在のフィニッシュではなく、もっと北の、今では小さな飛行場がある近くにあったようだ。キンロハラインはアライン湖の奥。現在のフェリーの発着所であるロハラインの集落はまだなく、当時はランノホ川を少し遡ったあたりに船着き場があったらしい。
p. 189　アライン湖 Loch Aline
p. 190　「ロッヒャバーよ去らば」 'Lochabar No More.' スコットランドの詩人アラン・ラムジー（1686-1758）が作ったとされる歌。
p. 191　クレイモア Claymore
p. 191　コラン Corran
p. 191　バラフーリッシュ Ballachulish
p. 191　デュラー Duror
p. 191　オーハーン Aucharn

p. 139　プレストン・パンズ　1745年に起こったジャコバイトの蜂起での最初の重要な戦闘で、チャールズ・エドワード・スチュワートに率いられたジャコバイト軍が、ジョン・コープ率いるジョージ二世軍を打ち破った。

p. 141　ケール　キャベツに近い野菜だが葉は結球しない。

p. 142　カロデン Culloden　ジャコバイト軍は1746年4月16日にこの地で決定的な敗北を喫する。

p. 143　わたしに……くれるか？　伝統的なキツネ狩りで狩りの対象となるのは多くはアカギツネ。殺した狐の尻尾は記念に持ち帰られることがある。

p. 143　家畜飼い　小作人で、地主から家畜を借りて、増えた仔を地主と分け合う。

p. 145　クライド川 The River Clyde　スコットランド南西部を流れる川で、グラスゴーなどの都市をその沿岸に持つ。

p. 148　カンタイア Cantyre, 現在の Kintyre 半島

第13章

p. 151　できるかぎり……向けて　Close-hauled.「詰め開き」のことで、このとき船は風に向かって35～45度の角度で進むことができる。

p. 152　トラン・ロックス Torran Rocks　マル島の南西の沖合いにあるきわめて危険な岩礁。

p. 153　前檣楼　いちばん前のマストの最上部付近に設けられた足場。

p. 153　「そして……傷ついていた」EE にはなし。

p. 153　バイオリン弾き　日本の瞽女のように、バイオリンを弾きながら旅をして歩く大道芸人。たいていは妻と二人連れ。271頁参照。

p. 154　アイオナ島 Iona

p. 155　エレイド Earraid, あるいは Erraid. Scottish Gaelic では 'Eilean Earraid' で、発音はあえて仮名で表記すればエラン・エリチとでもなるのだろうが、現地ではエレイドという発音で通じたからこうしておく。

p. 156　横静索　マストの先から左右の舷側に張るロープ。

p. 159　砂地の湾　今日ではバルフォア湾と呼ばれている。

ケルト系の言葉。

p. 125　（　）内、EEにはなし。

p. 125　アッピン Appin　スコットランド高地西部にある地方。

p. 125　ブレッドールベン Breadalbane　スコットランド高地中南部の地方。

p. 126　初版では「アランはぼくのベッドを床の上に作ってくれ、ピルトルを手に持ち……」となっている。

p. 126　スカイ島 Skye

p. 126　ラム Rum

第11章

p. 127　パン　初版では「ビスケット」。

p. 132　アードガウア Ardgour

p. 132　モーベン Morven, 現在の綴りでは Morvern.

p. 132　アラシグ Arisaig

p. 132　モーラル Morar

p. 132　アールドナマールハン Ardnamurchan

第12章

p. 135　リトル・ミンチ海峡 Little Minch　スカイ島とノース・ウイスト島、ベンベキュラ島、サウス・ウイスト島等を隔てる海峡。

p. 135　カナイ島 Isle of Canna

p. 135　ロング・アイランド〔外ヘブリディーズ〕諸島 Long Island

p. 135　エリシケイ島 Isle Eriska[Eriskay]

p. 135　マル海峡 Sound of Mull

p. 135　チリアー島 Tiree

p. 135　マル島 Isle of Mull

p. 138　ブラック・ウォッチ　スコットランド高地地方の警備に当たった軍隊。

p. 138　カーリン王妃　本来は Caroline だが、スコットランド語で魔女の意味をもつ Carline としている。

p. 138　屠殺者カンバーランド　ウィリアム・オーガスタス公爵（1721-65）。ジャコバイトの蜂起をカロデンの戦いに勝利し鎮圧した。敵に対する残虐な仕打ちで知られる。

改め、EE ではさらに「十一時」に訂正されている。この時期、この付近では日没は午後九時過ぎである。残照がかなり明るいという記述から考えれば、この三つの時刻のうちでは11時というのがもっとも適切か。

p. 91　右舷タック　風上方向に進むのに、右舷から風を受ける帆の開き方。

p. 97　リース Leith　フォース湾に面した港町。現在ではエジンバラの一部。

第9章

p. 99　ラス岬 Cape Wrath

p. 100　船首斜檣　帆船の船首から斜めに延びた帆柱。

p. 103　四五年と四六年のごたごた　1745年にルイ15世の助力を得てチャールズ・エドワード・スチュワートがスコットランドに上陸し、ジャコバイトの多かったハイランド地方で内乱を起こしたが、1746年、インバネス近郊のカロデンの戦いで反乱軍は大敗を喫し、チャールズはフランスに逃亡した。

p. 104　リニ湾 Linnhe Loch, あるいは Loch Linnhe

p. 111　アラン・ブレック Alan Brek　歴史上実際にグレンズのジェイムズ（141頁を見よ）の養子で、「四五年」のあとに土地を没収された氏族長アードシールの小作料徴収人としてフランスとのあいだを行き来していた人は、通例 Allan とつづられる。

第10章

p. 115　第10章 円室の包囲攻撃　ヘンリー・ジェイムズはこの章について次のように述べている。「筆者の、驚くべきものの中に現実的なるものを見、突拍子もないものをまことしやかな細部にと還元する才能のこれ以上なく良い例が、この船の船室でのアラン・ブレックの防御の記述に示されている」。

p. 115　オーク　スチュワート一族の紋章はオークかアザミ。

p. 117　破城槌　戦場で戸や壁などを打ち壊すのに使う道具。

p. 123　ゲール語　アイルランド、スコットランドなどで話される時の多数の有名人の伝記を書いた。

第5章

p. 59　「季節に……楽しみさ。」 民謡「リンカーンシャーの密猟者」の一節。
p. 61　ダイザート Dysart　エジンバラの対岸にある昔の港町。
p. 61　盟約　神と人間とのあいだの約束、あるいは信者間の福音の教えを守るという盟約、ないしは長老派教会を支持するという盟約。
p. 66　入り江 The Hope　フォース湾のことである。hope はスコットランド語で、湾、入り江の意味。
p. 67　遊歩桟橋　海に突き出た広い遊歩道でパブやレストランなども建っている。
p. 67　ホーズ亭　クイーンズフェリーに現在でも存在する。正面には現在ではコンクリート造りだが、幅広い桟橋があり、昔の遊歩桟橋を思い出させるよすがになっている。R. L. S. 自身もしばしば散歩の途中に立ち寄ってビールを楽しんだという。この宿屋が『さらわれて』のインスピレーションを掻き立てる一因となったと R. L. S. 自身が書いている。

第6章

p. 69　メイ島 Isle of May　フォース湾の湾口にある島。
p. 71　パンチ　酒に砂糖や果汁などを混ぜて造る飲料。
p. 73　「乗り方さえ知っていれば」EE にはなし。
p. 74　初版ではこのあとに「船乗りの無様さはまったくなく」が入る。
p. 76　舷牆　波をよけたり転落を防いだりするために甲板の脇に設けられた柵。

第7章

p. 81　船首楼　船のへさき近くにある一段と高くなった部分。
p. 87　「北の国」 'The North Countrie.' スコットランドの民謡。

第8章

p. 90　初版では「九時」、1886年に R. L. S. 自身が「十二時」に

地名の原綴と訳注

第1章

p. 13　エッセンディーン Essendean　エッセンディーンはエジンバラの南、約50キロメートルほどにあるエトリックの森（後注参照）にあるとされる架空の村。

p. 14　クラモンド Cramond　エジンバラとクイーンズフェリーの中間にある場所。

p. 15　キルレネット Kilrennet

p. 15　ダンスワイヤー Dunswire

p. 15　ミンチ Minch

p. 15　紳士　本書でいう紳士とは、単に上品で礼儀正しい男という意味ではなく、貴族ではないが資産があり、生活のために働く必要がない、騎士の下の身分の者をさす。

p. 15　エトリックの森 Forest of Ettrick　Selkirk and Traquair Forest とも呼ばれる、以前の国王の保留地で、Peebles の町の南に広く横たわる。

第2章

p. 21　コリントン Colinton

p. 26　EE には「――確かに……丸ごとよりも」なし。

第3章

p. 31　弱いビール　アルコール分が1パーセント以下で、しばしば濾されていないお粥状のビール。子供や使用人が飲むためによく自家醸造された。

p. 39　高地　スコットランドのグランピアン山脈より北の地域。

p. 41　十五回　ジェニット・クラウストンは「十九回」と言っていた。

第4章

p. 44　パトリック・ウォーカー　十七世紀の有名な行商人で、当

[著者]
R. L. スティーブンソン（Robert Louis Stevenson 1850-94）
スコットランド、エジンバラ生まれの小説家、詩人、エッセイスト。19世紀イギリスを代表する作家。『宝島』『ジキル博士とハイド氏』などは世界中で翻訳され読み継がれている。

[訳者]
佐復秀樹（さまた・ひでき）
1952年群馬県生まれ。東京大学大学院人文科学研究科修士課程修了。イギリス演劇専攻。主な訳書に、『ウェイリー版 源氏物語』全4巻、G. ガリー『宮澤賢治とディープエコロジー』（以上、平凡社ライブラリー）などがある。

平凡社ライブラリー 923
さらわれて　デイビッド・バルフォアの冒険（ぼうけん）

発行日…………2021年10月8日　初版第1刷

著者……………R. L. スティーブンソン
訳者……………佐復秀樹
発行者…………下中美都
発行所…………株式会社平凡社
〒101-0051　東京都千代田区神田神保町3-29
電話　(03)3230-6579[編集]
(03)3230-6573[営業]
振替　00180-0-29639

印刷・製本……中央精版印刷株式会社
DTP…………平凡社制作
装幀……………中垣信夫

ISBN978-4-582-76923-4
NDC分類番号933.6　B6変型判(16.0cm)　総ページ416

平凡社ホームページ　https://www.heibonsha.co.jp/

落丁・乱丁本のお取り替えは小社読者サービス係まで直接お送りください（送料、小社負担）。

平凡社ライブラリー　既刊より

ヴァージニア・ウルフほか著／利根川真紀編訳

新装版 レズビアン短編小説集

女たちの時間

幼なじみ、旅先での出会い、姉と妹。言えなかった思い、ためらいと勇気……見えにくいけど確実に紡がれてきた「ありのままの」彼女たちの物語。多くのツイートに応え新装版での再刊！【HLオリジナル版】

オスカー・ワイルドほか著／大橋洋一監訳

ゲイ短編小説集

ワイルド、ロレンス、フォースターら、近代英米文学の巨匠たちの「ゲイ小説」が一堂に会して登場。大作家の「読み直し」として、またゲイ文学の「古典」としても必読の書。【HLオリジナル版】

紫式部著／アーサー・ウェイリー英訳／佐復秀樹日本語訳

ウェイリー版 源氏物語 全四巻

もっとも読みやすい源氏物語。ウェイリーのこの英訳によってGENJIは世界文学になった。それを忠実に日本語訳。うるさい敬語も、わからない歌もない20世紀小説・源氏を提供。【HLオリジナル版】

グレゴリー・ガリー著／佐復秀樹訳

宮澤賢治とディープエコロジー

見えないもののリアリズム

この作家が最先端の科学と共有したエネルギーの連鎖など見えないもののリアリズムの思想を確認しディープエコロジーとの連関を描く。【HLオリジナル版】

ジョナサン・スウィフト著／原田範行編訳

召使心得 他四篇

スウィフト諷刺論集

偽占い師を告発した「ビカースタフ文書」や、執事や女中のあるべき姿を説いた「召使心得」など、『ガリヴァー旅行記』作者の面目躍如たる痛烈・いじわる新訳セレクション。【HLオリジナル版】